中

閩海王鄭芝龍

海商帝國崛起

劉峻谷——著

劉峻谷

目次

中——海商帝國崛起

16

荷蘭艦隊通事

海浪一波波打上平戶港碼頭堤岸，破碎成一堆白色的水花，我坐在堤岸邊，仰頭看著好望號桅杆上帆索迤邐垂掛到甲板，捲成一捆捆堆在甲板上，船員忙碌地在洗刷或修補破損的甲板，不由得想起第一次從澳門搭葡萄牙克拉克大帆船前往馬尼拉的情景，以及被許心素、弗烈德連袂誣陷搶劫銀圓，被迫含冤逃亡到平戶的驚險過程。

好不容易在平戶落腳，歷經險釁、波折和貴人相助，我終於開了吳服店、中藥鋪，娶妻成家，正待一展身手，有所作爲之際，許心素竟又唆使廖金順兒子縱火焚毀吳服店、中藥鋪店面和貯存中藥材、布匹的倉庫，不但令我多年奮鬥的積蓄付之一炬，還欠李旦巨款，被迫不得不再度涉入風波險濤，到荷蘭遠東特遣艦隊當個通事，冀望賺取工資和貿易分紅，償還債務，盼求東山再起。

幾天後，我搭乘好望號離開平戶。

啟航時烏雲蔽天，海水渾濁，北風勁急，好望號張開十一片大白帆布，船速飛馳，我含淚遠眺碼頭上愈來愈小的人影，能夠再回來嗎？老實說我沒有把握。

船經過港灣內的黑子島往北走，就算駛離平戶港，看到度島再折往南，航經生月島就是往南方的航線。

航行數日，北風稍歇，天光雲開，朝霞似橘紅的魚鱗排鋪天際，旭日升空燦燦金光，片刻間將橘紅魚鱗抹成白雲朵朵。我在甲板吹風，遠方出現數個黑點，瞭望臺上的水手喊：「漁翁島到了。」

沒多久，海鳥飛到船的上空盤旋，船前的黑點慢慢變成綠色的小島。船經過一座美麗的小島，島的尾巴拖著一條長長的白沙灘，沙灘和海交界處呈藍綠色，眞想跳下去游泳，到細柔的沙灘散步。

漁翁島是葡萄牙人的說法，荷蘭人沿用。

宋、元之際稱此地爲平湖。平湖後來又變成澎湖，平湖與澎湖的河洛話發音一樣。

今年，我二十四歲*，大明朝天啟四年，也就是後金天命九年（一六二四年三月），我乘

---

* 鄭芝龍確實生日難考。依《臺灣外記》記載生於萬曆三十二年三月十八日（一六〇四年四月十六日）；日本川內浦《鄭氏遺跡碑》則記載生於萬曆二十三年（一五九五年），兩者相差九歲。本書採折衷，以一六〇〇年生，二十四歲至澎湖荷蘭船隊任通事，較符合其在澳門與平戶定居的時間與經歷的實際狀況。

荷蘭商船好望號到澎湖群島的最大島澎湖島。島上有一間媽祖廟，廟前有漁村，此地依廟命名爲娘媽宮。

澎湖島和相鄰北側的長條狀白沙島、西側的西嶼，圍成一個ㄇ字型、向南開口的大海灣，稱爲北環；北環的下方、澎湖島向北環開口的海灣，稱爲南環或媽宮灣，荷蘭艦隊選擇停泊在媽宮灣、娘媽宮的對面，澎湖漁民稱之爲風櫃尾的蛇頭山上築四稜城堡。蛇頭山是風櫃尾向北方凸出伸入海中的一塊高地，形狀如同魚鉤的鉤子尖端那一小點。

四稜堡呈正方形，長寬各一百八十呎（約五十五公尺），其四角正對著東、南、西、北方位，轉角處均有往外凸出的菱形稜堡，土牆高約三丈（約七公尺）。城堡外觀已完工，正在築堡內的房屋和艦隊司令官邸，尚未命名，一般人就叫它荷蘭稜堡。

一群衣衫襤褸的漢人用扁擔和畚箕挑土，有的在搬運石塊，荷蘭士兵持長槍站在一旁，不時大聲吆喝：「快點！不要偷懶！」

一名瘦弱的漢子轉頭看著荷蘭人，手指著地下，嘴巴開合，荷蘭兵揮動鞭子朝瘦漢子大腿就是一鞭。

我放下行李奔向荷蘭兵：「停，請等一下，他有話要說。」

荷蘭兵聽我講荷語，愣住了。

「我是通事，尼可拉斯。」我站在兩人之間，轉頭用河洛話問瘦漢子什麼事。

「挖到大石頭，要用鋤頭或圓鍬才能挖起來，這是蓋城牆或石屋的好石材。」他摀著大腿痛處：「這個紅毛聽不懂還打人。」

「他說，挖到一顆可以蓋房屋的石頭，是個好石材，要用工具才挖得起來。」我向荷蘭兵說：「請不要打他。」

「哦！好。」荷蘭兵說：「你叫尼可拉斯，你會講荷語，眞是怪事。」

「你叫什麼名字？」我問他。

「烏特（Wouter）。」他說。

「勇猛的武士，你好，麻煩你去拿工具。」荷文中烏特的意思是勇猛的武士。

「尼可拉斯，荷文學得不錯。我是上尉隊長。」烏特顯然很高興：「好吧，我叫人去拿工具來。」

就在烏特離去的片刻，在瘦漢子身邊工作的人圍攏過來。

「大人啊，救命喔！我們是被紅毛抓來的，一天到晚做苦工，求出無期，拜託你救苦救難。」一時間，哭聲和啜泣聲四起。

有的人說，家住金門，在種田時突然被抓；有的在烈嶼乘舟捕魚被拖上紅毛船；有的在鼓浪嶼釣魚，以爲紅毛來問路，好心指路竟被押上船……

「各位，我是泉州府南安縣鄭一官，暫時在紅毛船做通事，我也是紅毛的薪勞仔（雇員）。」我拱手向大家說：「我很同情大家的遭遇，如果可以，我會替大家講好話，但是請各位不要有太高的期望，才不會太失望。」

此時，好望號船長安德魯斯（Andries，荷文戰士之意）陪著一個壯壯高高，穿深藍戎裝，戴頂高帽，金髮藍眼珠的荷蘭人快步走過來，安德魯斯船長向我招手：「尼可拉斯，這位是艦隊司令雷約茲。」

我單膝下跪行禮。

「尼可拉斯，你是本公司高薪聘請的通事，請開始執行你的任務。」雷約茲聲如洪鐘：「現在，傳達我的命令。」

「叫所有的俘虜集合。」

漢人俘虜從四面八方被帶來，共三百一十八人。

雷約茲講兩三句，即命我翻譯給漢人聽。

大意是，荷蘭王國和大明國處於敵對關係，你們是敵國的俘虜，要聽荷蘭長官的命令工作，建築城堡，努力工作者一天吃兩餐，偷懶者依軍法處置，逃跑的一律處死。

「我什麼時候可以回家？」一個漢人老者問，我隨即翻譯。

「回家？」雷約茲哈哈大笑，其他荷蘭人也跟著大笑。

「俘虜就是俘虜，不能回家。」雷約茲高傲地說：「除非我們和大明國不打仗了，不打仗，你們才能回家。」

我講完後，所有漢人面面相覷，眼神流露悲哀、落寞、無望，摀臉痛哭。

❖　❖　❖

雖然抵達澎湖，我仍舊住在好望號艙間，但是換了一間大艙房，多了個室友彼得・佩斯，彼得是他的名字，佩斯是他的姓。

彼得是遠東艦隊助理商務員，今年十九歲。在東印度公司受訓一年後，被派到非洲南部好望角一年半，再轉調巴達維亞，現在隨遠東特遣艦隊到澎湖。

「這艘是好望號，你待過好望角。」我打趣：「荷蘭船堅砲利，沒有敵手，還需要好運嗎？」

「這當然。」彼得手指航海圖，從荷蘭往下滑到非洲南端：「好望角，是兩個大洋海流交會處，整年波濤洶湧。經過好望角，就進入東方。葡萄牙人本來叫它風暴角，後來葡萄牙國王希拉里歐二世改爲好望角。」他的指頭滑向印度和巴達維亞，「這段海路也不好走，到了巴達維亞天氣太熱，我病了兩個月才康復，一度以爲自己將命喪遠東，還有同船來的人得了熱病死亡，我們當然需要好運。」

「我們漢人有句俗話說『大難不死，必有後福』。彼得，蒙主保佑你將來一定前途光明。」

我看著船艙小窗外北風怒吼下的灰暗大海，這兩天海象又變壞了，春天後母面，善變。

「感謝你的祝福，我只希望存夠錢，平安回荷蘭。」彼得問：「你有妻子和小孩嗎？」

「有，我離開平戶時，妻子剛懷孕。」我說：「她是日本女子，她好美，好美。」

「喔！你竟有一段浪漫的異國戀情。」彼得問：「她預計何時生產？」

「可能還要七或八個月吧。眞希望孩子出生時，我可以回家，親手抱著小孩。不知道是男是女。」

「你喜歡男的或是女的？」

「我們漢人喜歡第一個孩子是男孩。我的小名叫一官，就是長子的意思。你呢？想何時結婚？」

「誰知道？我十六歲到東印度公司工作，不知何時才能有個定居的地方，讓我娶妻生子。」船一陣顛簸，彼得抓著床緣說：「像這種漂泊天涯的日子，能活多久都不知道，說不定，下回遇到強悍的武裝中國船把我們打沉，或遭遇風暴沉淪海底，只能蒙主寵召了！」

「唉！」我們同聲輕嘆。

「尼可拉斯，司令找你。」大副打開門說。

風櫃尾岸邊多了一艘大鳥船。

我走進司令的船艙，一名穿淺藍色大明官袍的男子坐在司令雷約茲對面，笑容僵硬，他的臉色紅潤、大眼，左眉梢有一小顆痣，一雙大眼炯炯有神，下巴留山羊鬍子，四名穿藏青色甲衣、戴頭盔的帶刀侍衛立在一旁，神色緊張。

「這是……你們的官員，帶來一封信。」雷約茲遞信給我。

荷蘭艦隊的八名船長陸續走進來。

我收下信，先向雷約茲敬禮，再轉向大明官員雙膝落地磕頭：「草民鄭一官叩見大人。」

「起來回話。」紅臉官員：「你是紅毛的通事？哪裡人？」

「草民鄭一官，世居泉州府南安縣石井村，目前權充荷蘭東印度公司通事，負責與我朝交涉事宜。」我站起來：「有任何事需要草民協助者，請大人儘管吩咐。請問大人尊姓大名？」

「我乃福建水師守備王夢熊。」王夢熊說：「職司泉州到漳州沿海郡縣守備。」

「這位王大人是負責守備沿海地方，包括島嶼的任務。」我向雷約茲及荷蘭船長翻譯。

接著，我開信閱覽，乃是福建巡撫南居益限期雷約茲兩個月內率荷艦離開澎湖，否則將率大軍征討。

我大聲念一次，向王夢熊請示：「此乃福建撫撥大人之命？」

王夢熊點頭：「撫撥之命即天朝之命，傳達給紅毛。」

我轉身向雷約茲及衆船長說明，福建巡撫南居益說，漁翁島是大明國的領土，荷蘭派兵占領就是入侵，念荷蘭人自西洋遠來，不知國界何在，限期兩個月內率艦離開，否則將率大軍來攻。

雷約茲和八名船長低聲討論，要我轉達：「之前貴我雙方無法溝通，以致產生許多誤會，司令雷約茲代表荷蘭東印度公司向貴國致歉。」

我向王夢熊翻譯雷約茲道歉的意思，王夢熊聽罷手撫山羊鬍子，點頭微笑。四名帶刀侍衛也露出笑容。

雷約茲見情勢緩和，接著重申荷蘭東印度公司想與大明國貿易，請求比照葡萄牙在澳門設立貿易港的前例，准許荷蘭在漁翁島築堡建港與大明國貿易。

「我們眞的不是來打仗，沒有想過要侵略大明國土。」雷約茲強調：「我們是來貿易，用白銀購買大明國的絲綢和瓷器運回歐洲販售，滑順輕柔的絲綢，和美麗細緻的瓷盤，是歐洲人喜歡的商品，這對大家都有好處。」

「我總算明瞭紅毛來此的目的。」王夢熊聽罷連連點頭：「但是兩國通商貿易，不是我小小守備能決定的事，我還要回稟撫撲再議。」

我用荷語翻譯。

「沒錯，這的確不是海岸守備官員能決定的事。」雷約茲聽罷，對於雙方終於可以對話，十分高興，「不過，這是一個好的開始。」指示我將上述內容寫成信，中荷文並呈，由王夢熊帶回福州覆命。

我坦白向雷約茲說，我能聽說荷語、讀荷文，但是不會寫正式的荷蘭文章。雷約茲於是命彼得協助寫荷文並解釋給我聽，我再逐段譯成漢文。

如此討論內容和文句，一來一往，耗費大半天才寫完信，下筆的同時，我想起方才俘虜的眼神。

「報告司令。」我向雷約茲建議：「我方要求大明國准許據地互市，應先表示善意，我建議，不妨送回一些俘虜，以示善意。」

「嗯，好吧！」雷約茲考慮後同意：「挑三十個瘦弱、生病的、老人俘虜，送還大明國，以示善意。」

天黑以前，王夢熊帶著信和三十名漢人俘虜，離開澎湖回閩。

❖　❖　❖

雙方交涉期間，船來船往，一趟來回少則十天、多則半個月，我有充分的時間到娘媽宮，找到何金定的堂兄打聽何金定的消息。

何金定的堂兄說，何金定每年三月底、四月初會攜帶烏魚子等漁獲從大員灣到媽宮稍事休息，再轉回廈門。

我留了一封信給何金定，要他來找我。

荷蘭人也沒閒著，雷約茲下令俘虜趕工建築城堡，另令好望號與「鹿特丹號」、「馬斯垂克號」組成船隊，巡弋澎湖南方海面。

「去做個好買賣。」意指搶劫浙閩粵沿海開往南方的商船，特別是去馬尼拉、澳門與西班牙人和葡萄牙人做生意的中國商船。

「既然要和大明國談判，爲什麼還要搶劫商船？」我問。

「這是一手蘿蔔、一手棒子策略。」船長安德魯斯說：「公司派船隊來中國是爲了交易絲綢、瓷器、花瓶，如果中國人不願做生意，買不到就搶，一方面搶到貨品，不會空手而回；一方面讓船商向大明官員投訴遭搶，迫使大明國的皇帝答應跟我們交易，買得到貨品，我們就不搶了。」

「原來如此，但是你們的想法錯了。」我說：「大明皇帝下令禁止沿海居民下海貿易，違者要關押甚至斬首，與你們或是去澳門、馬尼拉做生意的商船都是犯法的行爲，就算被你們搶了，也沒有人敢去投訴大明官員。」

「眞的是這樣？」安德魯斯說：「難怪大明國一直不願與荷蘭貿易，原來根本沒人去投訴官員。這該怎麼辦？」

「只能繼續交涉。」我說：「看這次能否說動大明官員和皇帝，開放雙方貿易。」

安德魯斯接著說，荷蘭艦隊與大明水師已經交手多回，互有損傷，且兩軍在澎湖對峙許久，卻無法溝通，一直處於劍拔弩張的緊張狀態，故荷蘭艦隊急著找到可以信任的通事，有效地與大明國交涉。

艦隊司令雷約茲聽了威廉・亞當斯（「武士」三浦按針）的建議，派好望號航向日本平戶荷蘭商館求援，找李旦和我。這是荷蘭紅毛願意花高薪聘用我的原因。

除了翻譯，我在船上無事可做，正好用來練習刀法、槍法，了解大砲的性能，向砲手學習火砲裝彈、發射的步驟，以及保養方法，將這些技術寫下來編成冊。我發現荷蘭人眞是講究實用和創新的民族，航海儀器、槍砲技術比大明國不知進步多少倍，朝廷的官員卻看不起荷蘭人，還鄙稱紅毛，眞是以管窺天的井底蛙。

❖ ❖ ❖

三月底，天氣忽冷忽熱，船隊在七美島南方漂蕩兩天，正想回風櫃尾。

「十一點鐘方向有中國船！」瞭望手回報。

我在船上看到西洋鐘，才了解十一點鐘是在什麼方向。

安德魯斯拿起千里鏡搜索。

好望號四層樓高，看到中國船只在海平線露出一個黑點，中國船低矮，尚未發現好望號。

安德魯斯下令瞭望哨用旗語告訴鹿特丹號和馬斯垂克號，往南急馳繞到西南方攔截中國船，好望號悄悄跟在中國船後方，計劃到會合點再堵住其去路。

鹿特丹號和馬斯垂克號先鼓帆往東南走，至肉眼幾乎看不到才轉向西方，海平線上的中國商船繼續維持往南航向，不知前方有兩隻攔路虎。

好望號先下帆減速，等了一刻鐘，待中國商船走到西南方，才升帆加速追躡其後。

黃昏時分，鹿特丹號和馬斯垂克號橫攔在中國商船前頭，中國商船想調頭，才發現好望號堵在後方。這是一艘甲板上有兩層樓、載重量四百石，俗稱花屁股的福船。

「停船，停。」我站在船頭大喊。

花屁股不想停船，轉篷伸槳想從三船的間隙脫身。

「砰！」鹿特丹號發砲，打碎花屁股船首。

馬斯垂克號貼上去，船舷一排士兵輪流開槍，坐在花屁股甲板上的一群人猝不及防，血肉紛飛，中槍哀嚎。

「喂！爲什麼要開槍？」我大喊：「停，不要打了！停，不要開槍！停呀！」沒人理我，又是一排槍輪放，花屁股甲板上只有不會動的屍體和受傷的人。

馬斯垂克號士兵勾住花屁股船舷跳上船，到處搜索，押著一群漢人跪在甲板，一個紅頭髮荷蘭人拽著懷抱嬰兒的婦女，將她推倒跌坐甲板，嬰兒受驚嚇哇哇大哭。

好望號也勾住花屁股，我盪繩跳上船，「哪位是管船？」

「是我。」一個棗紅臉漢子答話，他讓我想起陳暉。

「請問，船要去哪裡？」

「廣東。」

我告訴安德魯斯，「這艘船要去廣東。」

「跟我下艙。」安德魯斯大踏步下艙，那裡有一簍簍用稻草包裹的碗盤、碟子、花瓶，一擔擔生絲，最下艙是麻布袋裝著稻米，安德魯斯摸著瓷碗說：「賣瓷器給廣東的中國人？尼可拉斯，你相信嗎？去問清楚。」

我心知此船應是去馬尼拉。

我上了甲板，看著一群漢人跪著，五、六個婦女瑟縮著跪在船舷下方，背後站著持刀槍的荷蘭人，一個家族男女老少、婦女抱著嬰兒和幼童畏縮在一角落。

「管船先生，我……我是通事。你最好說實話，不然紅毛會殺人，我會替你們說好話。」

「殺人？」管船低聲但嚴厲地質問：「紅毛已經殺了多少人了，他們是人嗎？既然被你們抓住了，我們還能活命嗎？」

「你要去馬尼拉？」我再問，他不語。

我走向少婦，摸摸嬰兒的頭，「這位大姊，哪裡人？」

「長樂。」

「要去馬尼拉？全家人都去？」

她怯生生地點點頭。

「馬尼拉。」我向安德魯斯報告。

「告訴他們，」安德魯斯一聲冷笑，大踏步走到舵輪旁：「荷蘭與西班牙正在打仗，西班牙是荷蘭的敵國，你們去馬尼拉和西班牙人做生意，就是幫助西班牙，你們就是荷蘭的敵人。現在，我以荷蘭共和國和荷蘭東印度公司的授權宣布逮捕你們，你們是俘虜，船上的貨品全部沒收。」

「烏特上尉。」安德魯斯下令：「只要年輕的、壯的、女的，其他的不要。」

「是！」烏特將年輕和中年男人集中，將年輕少婦和女子趕在一起，把十餘個老人、老婦和小孩全推到船舷。

「噢！不要！」我感到不妙，「船長請不要，不要這麼做。」我撲向前抓著烏特的槍，「他們是無辜的。」

「尼可拉斯，你很盡職，接下來沒有你的事。」安德魯斯下令：「烏特，執行命令。」

烏特粗暴地推開我，喊道：「上刺刀。」十二名士兵抽出匕首，插到槍管前面。

「等一下！」我喊道：「司令說我們需要更多奴工蓋堡壘。」

「好，不要老人。」安德魯斯下令：「刺！」

「啊！啊！」刺刀扎進老人的背部，士兵的長靴踩背拔刀，血噴紅鞋子，再一踢將他們踹進海中。

幾名婦女呼天搶地大哭，掙扎著衝到船舷，烏特抓住少婦的頭髮，一手搶奪嬰兒，將少婦踢倒。

「不行，不行，烏特！」我搶下嬰兒抱在懷裡，一轉身，一名紅髮士兵用槍托重擊我的頭，我踉蹌跌倒，鬢角流血，懷中的嬰兒大哭。

烏特彎下腰，從我懷中搶走嬰兒，走到安德魯斯面前，兩人低語。

我閉眼，默念聖號。

少婦尖叫著欲跳海，被拖回綁住手腳扔在甲板上，哭紅的眼睛瞪著我。

烏特作勢要將嬰兒拋下海，我大叫阻止：「你沒有小孩嗎？」

烏特指揮士兵將我雙手反綁，推坐在船舷旁，血從我的頭髮裡滴落甲板。安德魯斯走到我面前，將嬰兒交給我並說：「告訴他們，跟荷蘭人合作才能活命。」

這些荷蘭人全成了魔鬼，這些每天和我嬉笑聊天，教我開槍擊劍的荷蘭人全是魔鬼。

我呢？我是誰？我也變了嗎？

❖　❖　❖

「尼可拉斯，你和安德魯斯船長這趟抓了二十七個俘虜，截獲一船貨物，工作表現傑出。」雷約茲司令話鋒一轉：「但是你出現許多干擾士兵執勤的行動，這些舉動不准再出現。」

「因爲，他們是平民，我才……」

「他們是敵國的人民，他們是俘虜，弱肉強食，你不懂嗎？」雷約茲大吼，暴跳如雷：「去年法蘭克和船員四十四個人脖子被戴上沉重的木頭刑具，走了三個月到北京被砍頭，有誰同情他們？」

我閉起眼，看到老人背部湧血被踢下海的畫面。

「如果你再出現干擾士兵執勤的行爲，我就依合約規定解僱你。」雷約茲說完，拿起鵝毛筆：「商務員彼得清查了貨物，這一船瓷器和生絲價值一萬兩千里爾。依合約你可以分百分之五的紅利，也就是六百里爾。恭喜你，我先記下。」他開了記帳單並簽名爲記，再將記帳單遞給我。

我看著記帳單，六百里爾等於七十五個佛頭銀，就是五十四兩銀，「五十四兩銀，五十四兩銀。」剎那間我腦中充滿了數字，「一艘船五十四兩銀，所以，要抓四十艘，我就還淸欠李旦的錢。」但是，腦中又浮現老人被踢下海，少婦哭紅的眼……我的心在淌血，我感到喪氣、愧疚。

❖　❖　❖

四月初，北風逐漸減弱，天氣日漸暖和，好望號和馬斯垂克號在澎湖與金門的南方海域盯上兩艘大鳥船，從航線研判是去馬尼拉。

去廣東和澳門的船，大多會沿著金廈水道南下銅山島和南澳島往南走，會走澎湖西南方的一定是去馬尼拉。

安德魯斯是個四十六歲的金髮藍眼怪人，大半生在船上漂蕩，人如其名，是個好戰分子。據彼得說，安德魯斯好戰嗜血出了名，很得荷蘭東印度公司駐巴達維亞總督柯恩（Jan Pietersz Coan）的賞識，派他爲遠東艦隊的旗艦船長，要他輔佐司令雷約茲以武力打開對中國的貿易。

安德魯斯這次又採取前後包夾的策略，由好望號先行趕到前方攔截，馬斯垂克號在後方接應。兩船拉開距離後，悄悄跟著兩艘大鳥船。

入夜，星空燦爛，我躺在官艙下方陰影處假寐。安德魯斯提了酒壺在官艙外甲板小酌，黑奴烏魯魯在一旁服侍。

「我在好望角擄了一船黑人賣到波斯當奴隸，大賺一筆，烏魯魯就是那個時候抓的，他的父親被賣了，我看只有八歲的他很可憐，就留下來當我的僕人。」安德魯斯喝著酒，向大副和隊長烏特吹噓他的海上歲月，「都是八年前的事了，烏魯魯也十六歲了，你們看，他對我多麼忠心。」烏魯魯臉上和手上有幾道疤痕，他淺淺一笑，下艙去拿食物。

「你們看這些中國人，個頭小，黑頭髮、小眼睛、塌鼻子，模樣怪異，會寫字，心機比黑人深，只能當奴隸，不能當僕人，太危險了。」安德魯斯拔劍對空比畫，「對付這些異教徒不能心軟，只有血的教訓才能令他們乖乖聽話。」

「船長，何時動手？」烏特的聲音。

「天亮前，人最鬆懈的時分，殺他們個措手不及。」

星河閃閃，細碎明珠潑灑夜空，有的聚成一叢，有的稀疏幾顆，涼風吹過我的臉龐，鹹鹹的淚珠流淌臉頰。

「尼可拉斯，起來。」烏特搖醒我，我睡眼惺忪支起身體。

「準備盤問你的同胞啦！」烏特大聲說，令我猛然驚醒。

天未亮，四周猶然墨黑，兩艘大鳥船一前一後船尾亮盞小燈靜靜航行，我緊張得手心發汗。

馬斯垂克號和好望號從兩旁靠向前後大鳥船。

後方這艘大鳥船的阿班，看見倏然出現在眼前的紅毛夾板船，瞪大了眼睛，呀呀呀叫不出口，拿著鑼「鏘！鏘！鏘！」猛敲。

爲時已晚，烏特將繩鉤從上而下拋向大鳥船勾住船舷，士兵群起盪過去跳下大鳥船，開槍殺了舵手，刀槍齊出制服值夜更的水手，烏特帶人下艙搜人。

前面的大鳥船聞聲驚起，舵手急轉舵用船首衝撞馬斯垂克號中段船腹，轉篷帆方向變成不吃風、減速，待馬斯垂克號煞車不及繼續往前走，它才斜走脫出，馬斯垂克號調頭追之不及，只好放棄追趕，調頭駛向好望號會合。

五十三名水手和商人，兩個移民家庭十八人，七十一人全成了荷蘭人的階下囚。下艙除了成簍的盤、碗、碟子和花瓶，一擔擔生絲，還有麻布袋裝的稻米壓艙，三隻豬、一群雞鴨和一隻狗。十八個乘客全因暈船病懨懨。

管船叫陳霖，廈門人。

我告訴他荷蘭人屠殺上一次抓到的福船，勸他合作，不要做無謂的抵抗，我會替他們說話。

陳霖見大勢已去，點頭同意。

「船長承認這艘船要去馬尼拉，他們不知道西班牙與荷蘭爲敵，船長願意交出船上貨品，請求不要殺他們。」

「我不喜歡殺人，我只殺抵抗的人。」安德魯斯逐一看了俘虜，「我們築堡需要工人，全部帶回去當奴隸。」

「中國商人和官員都不知道西班牙、葡萄牙與荷蘭爲敵，才會去與他們做生意。」我力陳：「船長不是說用搶的方式是要逼大明官員答應和荷蘭貿易，我認爲應該放幾個人開船回去，要他們向大明官員投訴，大明官員才知道此事。」

「嗯！」安德魯斯考慮後說：「這是個好方法。但是等下一次大明官員來談判時，向他們展示俘虜和船，不是更好嗎？」他把我推開，下令：「烏特，把船和人一起押回去，但我只要強壯的、能工作的，還有小孩。」他高聲奸笑：「懂嗎？」

烏特命水手和商人蹲下手抱頭，令兩個家庭的老人、老婦九人在船舷站成一排，「上刺刀！」

「刺！」

尖叫哀嚎哭聲四起。

我站在桅杆後方，手畫十字，口念《花地瑪聖母經》：

吾主耶穌，恕我們的罪過，助我們免地獄永火，求你把眾人的靈魂，特別是那些需要你憐憫的魂，領到天國裡去。

「尼可拉斯，看你那麼虔誠，上帝會赦免你的罪。」安德魯斯走向我，似笑非笑譏諷我：「你的祈禱應驗了，恭喜你，上帝又給你一筆分紅進帳。」

我的心揪在一起，這是用血換來的錢，每一個錢都沾滿血漬，我……我拿得心虛，拿得愧疚。結算後，我分到五百里爾，約四十五兩銀。加上之前的五十四兩銀，等於九十九兩銀。

「兩艘就有九十九兩，這樣也算快了。」我告訴自己：「他們不是我殺的，我只是個通事，是啊，我只是個通事，幹嘛將自己當成救世主，這不就是武器與熱血的教訓嗎？」

❖　❖　❖

「才兩艘船，這樣的數量不夠，運回歐洲的瓷器不夠裝滿一艘船，賣到日本的生絲也不到一艘船。」雷約茲敲桌子大罵，他站起來環視八名船長，指著其中兩名：「你們留在南環，其他六艘船兩兩一組，再出去抓中國商船，總督等著我們交貨呢。」

六位船長起身。

「慢著，這次分三組比賽，貨物金額最高的第一名，船長和船員可分紅百分之五。」

「我們去攔往返澳門的船。」安德魯斯和馬斯垂克號船長德・韋特（Gerrit F. de Widt）商量：「去澳門和暹羅的船載的貨更多，才是肥羊。」

「但是，他們的武裝也比較強。」德・韋特說。

「怕什麼？我們有榴彈*，轟他一發，保證這些中國人嚇得屁滾尿流。」安德魯斯哈哈大笑。行船一天，我隨著好望號來到銅山島、南澳島之間的海域。

多年前我去澳門，也是走這條航線。走這條航線的商船爲了保平安，大多三至五條船組成船隊，遇海盜船時得以互相支援。

我們在此徘徊觀察三天，第四天清晨發現兩艘落單的船，一艘大鳥船和船身較高的「花屁股」福船結伴同行，詭異的是兩船幾乎相連，緩速向我們駛來。

好望號與馬斯垂克號擺出八字形攔住兩船，才發現兩船竟是用長繩相連，「是中國海盜船嗎？」安德魯斯將千里鏡交給我。

從鏡中望去，前面的大鳥船甲板綁著許多人，幾個面目黝黑的男子亮著刀監視著，兩支桅杆兩側各有佛朗機砲，總共四具，看來是五尺長的三號砲，船舷兩側各有五具虎蹲砲；後方花屁股船上只有掌舵一人，沒有其他水手。

「前面這艘是海盜船，怎麼辦？」

「怎麼辦？」安德魯斯以不屑的眼神看著我：「海盜遇海盜，當然要一決勝負，贏者全拿。你先去勸降，叫他們讓出搶來的船。」又命：「拔鬼仔下士帶槍跟尼可拉斯一起去。」

十七歲的拔鬼仔全名是湯瑪士·佩德爾（Thomas Pedel），強壯高大，槍法神準，十五歲就到荷蘭東印度公司工作，受僱爲傭兵，接受槍砲訓練，我問他槍砲問題，他都會耐心回答。

三船就這樣對峙。

一刻鐘後，大鳥船拖著花屁股想後退離開，馬斯垂克號立卽跟上，故意保持一定距離，緊咬往大鳥船不放，逼得大鳥船連續發砲攻擊，砲彈都在距馬斯垂克號還有三十步之處落海；好望號趁機繞到另一側，引誘大鳥船發砲，砲彈落海只是噴濺起水花。

好望號與馬斯垂克號就這樣一進一退，不斷誘使大鳥船發砲。

「報告船長，它們只剩四發砲彈。」瞭望手說，從千里鏡看到甲板上只剩四顆砲彈，中國海盜還將原來綁坐在甲板中央的人移到兩側船舷，當人肉盾牌。

「這些狡猾的海盜，比我們還狠。」安德魯斯抽出指揮刀，向前方一指：「殺過去，射擊隊預備，滅火小組預備，叫馬斯垂克號退開。」瞭望手打旗語，馬斯垂克號駛離大鳥船後方。

大鳥船見好望號進入射程內，連發四砲，兩發落海，兩發落在甲板，鐵彈丸打破甲板，木屑紛飛，沒傷到人。

「它們沒有砲彈了。」安德魯斯大喊：「前進！」

「射擊！」烏特下令，好望號船舷冒出一排白煙，「砰！砰！砰……」第一排十五名士兵射擊完畢後退，第二排就位，「射擊！」又是一排白煙，大鳥船船舷的人肉盾牌中彈，血染紅了衣襟，垂頭掛在船舷。

一群人從人肉盾牌後方冒出頭，拉弓射來一波箭。

「咻！」一支箭飛過安德魯斯耳際，「咚」地一聲釘在艙門，惹毛了安德魯斯，大吼：「榴彈。」

「榴彈備便。」拔鬼仔回答，下艙第一層十六門砲口打開八門。

「測試射擊。」烏特下令。

「砰！」一發砲彈越過大鳥船，掉進海中。

「測試二擊。」

「砰！」一發砲彈擊中大鳥船船舷，幾個綁在船舷的人應聲震落墜海。

「校正砲位。」

「已校正。」拔鬼仔大聲回答。

「榴彈發射！」

「砰！」砲彈命中大鳥船主桅旁甲板，「轟！」發出強烈火光和巨大的爆炸聲，聲音大得我掩耳閉目，濃煙飄散後，赫見大鳥船甲板炸開大洞，火光到處閃動燃燒。船上的人和水手全都不見了。

好望號靠上大鳥船，我隨著烏特跳上船，船上的人不是不見，而是全部躺平，一個個肢體殘破不堪，像在瞬間被千刀萬剮，有人沒手或腳，有的頭顱被削一半，白花腦漿和著血絲往下流，有的肚破腸流哀嚎，我被這地獄般的場景嚇傻，一陣噁心，竟吐了。

突然間，一個漢子從下艙衝出來，舉刀劈砍，令持槍的荷蘭人來不及閃躲，匆忙間舉槍抵擋，漢子凶猛地一陣揮刀亂舞，幾個荷蘭人手腳、背部被砍，一個被劃開喉嚨，血噴四射，染紅他的臉，他衝向我舉刀欲劈，火光照亮他的臉，是劉香。

劉香大叫：「紅毛走狗。」兩手握刀劈下來，我舉藤牌擋下一刀，轉身就逃，他追上來，背後有人朝他開槍，他抓住繩子盪上半空，惡狠狠朝著我說：「紅毛走狗，我會來找你。」手一鬆跳下海，身影在浪濤中幾次沉浮，消失無蹤。

❖　❖　❖

馬斯垂克號士兵攀上大鳥船後方拖著的花屁股，舵手舉手投降。

沒多久，從下艙陸續走出十六個人，六個婦女和六個男女小童，四個男子。我乘小船登上花屁股。這群人穿著綾羅綢緞，男的腰懸玉佩，女的髮插銀簪，項戴金鍊，腕穿玉環，小孩和婦女直盯著荷蘭士兵，竊竊私語，看到大鳥船的殘狀，指指點點。

我從花屁股船首看大鳥船的船牌名「香根二號」，心想，是劉香的船沒有錯。

「感謝這位大俠解救。」為首一名講福州話的中年男子單膝下跪。

「不敢當，不敢當。」我扶起他：「我姓鄭，名一官，叫我一官。請教貴姓大名？」

「我們是福州府芙蓉巷許家，許心亮。」他說：「這隻船是我家的船，『芙蓉一號』。」

福州話聽得我很吃力，再三確認，「許心亮」這三個字令我心頭一驚。

「許爺，爲何被海賊擒拿？」

「我有一個堂弟在澳門做生意，這次叫我們族人坐伊的船順道遊覽澳門，見識佛朗機人和西洋船。」許心亮握拳氣憤地說，「誰知行船到潮州、惠州外海，竟被這夥海盜船挾持，其他船員和乘客被抓到海盜船，我們一家人關押在下艙，想向我的家人勒索贖金。」

「許爺的堂兄弟是不是許心素？」

「是呀！難道一官兄認識小弟心素？」

「不識。」我忍住激動的情緒，「許——心——素，許爺在澳門鼎鼎有名聲，我無緣認識，但是景仰伊的大名很久了。」

火在我眼前熊熊燃燒，馬尼拉港口小倉庫燒光了，裡面什麼也沒有，煙塵中西班牙士兵朝我開槍，腰腹中槍滲出血……火，火龍繞梁，橫梁燒斷崩落差點壓到小松，砸落地的剎那星火紛飛，滾滾黑煙燻紅我的眼……毒辣的火舌吞噬平戶港的倉庫，倉庫屋頂一落落在我面前塌陷。

「請問一官兄，可以放我們回去了嗎？」許心亮問，將我從回憶裡拉回來。

「哦！實不相瞞，我是紅毛的一個小小通事，如何處置人和船要由荷蘭船長決定。」我指指好望號：「等一下請你配合，實話實說，我會盡量幫你們說好話。我要先下艙去看看。」走下艙時，我摸著肚子的傷疤，我決定讓許心素血債血還。

花屁股下艙有三層，一層住人，兩層裝滿貨物。下艙第二層，全部是用稻草捆紮的瓷器碗盤、花瓶，有一區的稻草捆得特別厚，伸手摸裡面多了粗黃紙，撕開稻草和黃紙，包著一個白瓷碗。

咦！我腦中靈光一閃，從另一區取出一個白瓷碗，將兩個碗向著陽光，一個厚重不透光，一個輕薄透光，「啊！是薄胎瓷。」

底層起碼有兩百擔生絲，竟有一半白絲，一半黃絲和混絲，還用整根武夷山的鐵杉木壓艙，概略一數不下三十根。我再次細看所有貨物，手裡拿著兩個瓷碗，心中有新的盤算。

「安德魯斯船長，我不得不佩服您精準的眼光和睿智的判斷，將我們帶來這裡。」我回到好望號，揚揚手中的兩只碗：「報告船長，我們中獎了。」將碗交給安德魯斯。

「這是瓷碗？」

「是的，請船長將兩只碗向著陽光。」

「噢！」安德魯斯訝然：「這個好輕，透光，好美。」

烏特、拔鬼仔都湊上來看，小心地傳遞著碗，紛紛讚嘆：「這個碗薄得可以透光，好像蛋殼。」

「答對了。」我拿回薄胎瓷：「這種碗叫做薄胎瓷，也叫蛋殼瓷，是最上等的瓷器，製作費工，產量很少，只有中國的皇帝、王公貴族、官員和富有的商人家中使用蛋殼瓷做成的碗、杯子和盤子。那艘被海盜擄來的中國商船最少有五百個蛋殼瓷器，運到歐洲一定能賣到最高的價錢。」

安德魯斯聽得瞪大眼睛，小心翼翼捧著蛋殼瓷碗，透過陽光細看紋路，不住讚嘆：「太美了，這是藝術品，這是藝術品。」

「還有，底艙有一百擔上好的白絲，一百擔黃絲和混絲，以及三十根適合當房屋橫梁的南方鐵杉。我粗估至少有兩萬里爾（一千八百兩銀）的價值。」

「我們可以分紅了！船長。」烏特笑得高興。

「報告船長，那艘船囚禁的乘客中有十六人是一家人，他們來自富有的家族，他們的親人是澳門的華商首富。」

「然後呢？」

「之前的中國海盜囚禁他們，打算向家屬勒贖。」

「你有什麼建議？」

「沒有。」我恭敬地回答：「以上是我清查貨物的初步結果，眞正的價值還得由佩斯先生計算，至於俘虜如何處置，請船長定奪。」

「好，你隨我過去審問他們。」

❖ ❖ ❖

安德魯斯船長帶我、彼得，由拔鬼仔率六名士兵護衛，分乘兩艘小艇登上花屁股芙蓉一號，彼得下艙清點貨品；烏特率士兵在大鳥船搜查及戒護。

許心亮及家人看到九個紅髮、金髮、藍眼珠、綠眼珠，戴著插羽毛的寬邊圓帽，手中持槍的荷蘭人，全看傻了眼，驚奇勝過害怕，好奇地對荷蘭人的穿著指指點點，婦女捂嘴輕笑，一個八、九歲大的男童肆無忌憚走近士兵想摸槍，被士兵踹倒哇哇大哭，他的母親趕緊拉回他，一家人才開始顯得緊張。

我走過去摸摸男童的頭：「那是槍，小孩子不能隨便碰喔，子彈射出來會打死人。」接著向許心亮介紹：「許爺，這位是荷蘭船長安德魯斯先生。伊問你的話，你要誠實回答。」

「問他們是誰，要去哪裡？」安德魯斯發問。

「我是福州府芙蓉巷許心亮，與我的家人共十六人要去澳門找堂弟許心素。」許心亮回稱。

「船內的貨物是誰的？要賣去哪裡或賣給誰？」

「是堂弟許心素的，他邀我等搭他的船順道赴澳門一遊。」許心亮說：「我不知道貨物賣去哪裡或賣給誰，船到澳門自由許心素處理。」

「報告船長，許先生說，貨物是他堂弟丹尼斯・許的，聽說一半要賣給在澳門的葡萄牙人，另一半轉運到馬尼拉賣給西班牙人，而且以後每個月都有船載貨品賣給葡萄牙人和西班牙人，因爲他們許家已經跟葡萄牙人和西班牙人做生意好幾年了。」

「是嗎？」安德魯斯說：「再問清楚？」

「許爺，荷蘭的紅毛船長問你，這一船貨都是許心素的，不是你的，對嗎？」我教他：「是，要用力點頭，不是，要用力搖頭，這樣紅毛船長才看得懂。」

「是！是！是！」許心亮猛點頭。

「你只是順便坐丹……尼……斯的船去澳門，對嗎？」我提到丹尼斯的名字，安德魯斯船長一定會聽到。

「是！是！是！」許心亮猛點頭：「就是這樣。」

「報告船長，他說，他堂弟丹尼斯‧許寫信告訴他，船內的貨物一半賣葡萄牙人。」

「好，問他這群人和他的關係。」安德魯斯問。

「許爺，紅毛船長問你，這群人跟你什麼關係？麻煩你一個一個講。」

「哦！好。」許心亮拉著三個兒子說：「這是我的三個兒子。」指著許夫人：「這是我內人。」走到一群年輕婦女和孩童旁：「這是我的三個兒媳婦和孫子、孫女。」

「報告船長，三名青年是他兒子；老太太是他妻子；三名年輕女子是三個青年的太太，孩童是他的孫子和孫女。」我翻譯：「三個青年到澳門之後，一個留在澳門，兩個會與丹尼斯去馬尼拉做生意。」

「他口口聲聲說去澳門，」安德魯斯問：「他知道澳門在什麼方向嗎？」

「紅毛船長問你，你知道澳門在哪個方向？」我再問。

搭船多日的許心亮指指南邊，又指指東南邊，用眼神問我對否。

我對他點頭又搖頭。

他用力指了指南方。

「你知道馬尼拉在什麼方向？」我說：「就是你第二次指的那個方向，指給船長看。」

「哦！我知道了，澳門在南方，馬尼拉在東南方。」許心亮指著南方又指東南方，笑著對安德魯斯說。

「報告船長，他說堂弟丹尼斯・許在信中表示，船上的一半貨物要賣給澳門東南方馬尼拉的西班牙人。他剛剛已經明確指了方向。」

「嗯！」安德魯斯閉眼沉思一會兒：「他們與敵國通商，就是我們的俘虜，除了抓回去當奴隸，你還有什麼建議？」

「我認爲，許先生一家人至少值一萬里爾（九百兩銀）。」我說：「中國海盜原來也是要擄人勒贖，只是現在換到我們手上，而且許先生的堂弟丹尼斯・許，就是去年勾結福建官員，騙法蘭克司令下船綁架的通事。」

「什麼？你確定？那個出賣法蘭克司令的通事是丹尼斯・許？」安德魯斯嚴肅地說：「眞的嗎？你再確認。」

「確定。」我咬了牙，心一橫說：「我向許先生查證過了，丹尼斯・許去年從澳門回中國的廈門，去法蘭克司令的船上工作。」

「是嗎？再問清楚，這是一件大事。」安德魯斯神情緊張地說：「如果是眞的，我們一定要追究責任和要求賠償。」

「是，船長。」我答應著。

我轉過身看著許心亮思索該怎麼問，一時間我竟詞窮了，好一會兒才開口：「紅毛船長問你，你在哪裡被海盜搶劫和捆綁？在福州就豎大拇指，在潮州外海就比食指。」我強調：「紅毛船長要了解事發經過，才能決定怎麼處理你們，你要慢慢講。」

許心亮豎起食指說：「我們一家是在潮州外海被綁架，對否？」他問三個兒子，三人同時點頭。

「你們許家住福州府嗎？」

許心亮豎起拇指對安德魯斯說：「咱許家世居福州府，乃福州府有名的望族之一。」

「報告船長，許先生說去年丹尼斯・許一個人到法蘭克司令的船上工作，所以他比一的手勢。」我說：「我問他法蘭克司令被騙下船遭綁的事，他說當然知道，是丹尼斯・許的機智騙法蘭克司令等人下船被擒，這是值得驕傲的事，因此他豎起拇指，這個手勢在中國代表肯定、很好的意思。」

「好，確認就好。」安德魯斯高興地拍手：「好，太好了，不但至少撈到三萬里爾（兩千七百兩銀），還抓到背叛通事的家人，我們這趟發財又建功，告訴他們，跟敵國西班牙通商的人就是荷蘭的俘虜。」

許心亮見安德魯斯拍手，臉上掛著笑容，急忙問：「一官，紅毛船長說什麼？」

「紅毛船長說，你們之前被海盜綁架，辛苦了，幸好遇到我們解救你們，現在要帶你們回去保護。」

「啊？回去哪裡？」

「澎湖。」

「澎湖？」許心亮和三個兒子對看一眼，其中一個兒子嚷著：「找個港口放我們下船，我們要回家，不要去澎湖，不要紅毛保護。」

我沒有答話。

許心亮撲上前拉扯我的衣襟：「放我下船！放我們下船！」

「他們說，不要去漁翁島，要下船。」我向安德魯斯求救。

「拔鬼仔，押他們回去。」安德魯斯下令。

拔鬼仔搶上前一步，舉起槍托重擊許心亮下巴，許心亮慘叫一聲摔了出去，拔鬼仔轉身將刺刀對準欲撲上來救父的許心亮兒子，喝令士兵：「把他們通通押下去，關起來。」

許心亮被拖起，吐出幾顆沾著血絲的牙齒。

17 明荷決戰澎湖灣

這趟掠奪競賽，其他兩組空手而回，好望號和馬斯垂克號輕鬆奪標。彼得清查大鳥船香根二號船艙裡的貨物，黃絲燒壞十餘擔，尚有一百一十二擔、米兩百包，加上芙蓉一號的蛋殼杯碗和白絲、黃絲，不計鐵杉木，保守估計共值三萬里爾。好望號、馬斯垂克號船長和船員共分紅一千五百里爾；我依契約也分到一千五百里爾，等於一百三十五兩銀。

「尼可拉斯一個人就分紅一千五百里爾耶！」消息傳出，令很多荷蘭士兵、水手眼紅。我計算著，一百三十五兩銀加上之前的九十九兩，共兩百三十四兩銀。才兩個月，我居然賺了兩百三十四兩銀，還不包括將來福州許心素堂兄一家人人質贖款的分紅。

「搶的比賺的快」，只要再加把勁，不但可以還清欠李旦的錢，還可再賺一筆。「哼！許心素，你欠我的這筆帳，「有朝一日我一定要連本帶利討回來。」我暗自發誓。

處理陸續搶掠來的物資和找許家勒贖，是頭等大事。

司令雷約茲安排兩艘船前來載運搶掠來的貨物，派「格羅寧根號」（Groningen）載瓷器及白絲、黃絲各一百擔，返航巴達維亞轉運回荷蘭。

格羅寧根號還帶了一封重要的信，這是雷約茲的辭職信。信中說，他已經在中國外海漂蕩兩年，身心俱疲，「迫切想要離職」，要求巴達維亞總督速覓代理人選接掌司令一職。

他再派「大熊號」（Bear）載黃絲、混絲到日本平戶，交給荷蘭商館。

我寫了兩封信託大熊號帶回平戶給郭懷一和小松，讓他們放心。

爲了報復出賣荷蘭人的通事丹尼斯・許（許心素），司令雷約茲命我到福州送勒贖信，並打聽福建巡撫對荷蘭占領澎湖的態度。

「尼可拉斯，告訴大明國的官員，擄人勒贖不是荷蘭東印度公司想做的事，荷蘭想與大明國正正當當地通商，光明正大地做生意。搶劫商船和擄人勒贖、抓俘虜當奴工，是不得已的手段，如果大明國願與荷蘭通商，我會釋放船和俘虜，不再劫掠船隻。」雷約茲在我出發時特別叮嚀再三，派遣好望號送我到廈門。

❖　❖　❖

我先到廈門集美找到何金定。

「我在澎湖留給你的信，你有看到嗎？」我問何金定。

「一官！啊！沒有，今年我還沒去澎湖。」何金定見我先是大叫，拉著我上下打量，急著說：「我一直想去日本找你，你看，我們賺了好多錢。」他攤開帳本指著帳目說，這三年來每年夏季的鹿皮交易都能獲利一百兩至兩百兩，還跟大員西拉雅人做起以物易物的生意，換土產回銷廈門，賣得不錯。

「我不再打魚，買一艘小型鳥船運貨做生意，這是我們的貨船。」他喜孜孜地說：「我都照你教我的做，賺大錢，一家人生活變好，也把你每年的盈餘都送到泉州給鄭老先生點收。」

「金定兄，你眞是一個經商奇才，這都是靠你的努力。」我看完帳冊闔起帳本，感到他用心又眞誠。我握著他的手：「感謝你每年都跑一趟泉州，你的消息郭懷一都有跟我說。」

「是我要感激你，讓我從打魚郎翻身，跟著你做生意，才有今天的局面。」他激動地說，忽而腳一頓地：「對了，我們的貨船還沒命名，我在等你取名。」

「既然這隻船是用來跟西拉雅人做生意，就叫『西拉雅一號』吧！」我說：「眞歡喜，我們居然也擁有一艘船，祈求神保守，將來生意愈做愈大可以有西拉雅二號、三號、四號……」

「四號，不要啦，不吉利，跳過直接叫五號。」何金定說。

「沒錯，不要四號。」我笑著拱手說：「何老闆說幾號就幾號。」

「哈！哈！哈！」何金定大笑：「一官兄才是大老闆，您說了算數。」

兩人笑著編織美夢，又聊了何金定與葡船或西班牙船做生意的經過和遇到的困難，我依經驗一一解答。

還應何金定的要求，寫了幾張漢文、葡文並列的字條，方便他和葡萄牙人溝通。例如，「日安，我是何金定」、「我出售品質佳的鹿皮」、「醃魚」、「新鮮的蔬菜水果」、「×張鹿皮××銀元」、「多少錢」、「便宜」、「太貴」、「太少」、「太多」、「換」、「不換」、「交易愉快」、「願神保守您」……等等。

從何金定要求寫的字句內容，我推算他和葡萄人有過哪些遭遇，可以感受到他眞的努力在經營這個生意。

何金定滿意地一一收起字條。

「對了，一官，你怎麼來廈門？」何金定收好字條問：「一見面太高興，忘了問你所爲何來，你可能有事要辦，我竟拉著你寫字條，希望沒有耽誤你的行程。」

「沒錯，我來廈門有要事待辦。」接著，我跟他敘述許心亮的事，也想趁機回泉州老家探親。

「我正準備要去大員，既然這樣，你就坐我們的西拉雅一號，我先送你去泉州和福州，等你辦完事，送你去澎湖，我再去大員。」他興奮地說：「船上我們再慢慢聊。」

「對了，有件重要的事。」我問：「你可曾聽說，去年在漳州外海阻擋船隻出海，後來在廈門被騙下船，送到北京砍頭的荷蘭艦隊司令法蘭克的事？」

「有啊，此事轟動廈門，我親眼目睹四、五十個紅毛戴枷遊街呢！」

「你可知道紅毛的通事是誰？」

何金定茫然地搖頭，「不知道，我沒去打聽是誰。」

「可有地方打聽？」我說：「此事關係重大。」

「好，我去試試看。」何金定說。

❖　❖　❖

近鄉情怯，我看到熟悉的泉州府城門和石板街道，心跳竟不由自主地加速，將斗笠拉低一點。

站在家門口前，我伸手欲推門又縮手。在門前站了一會，拉起門環，遲疑了一會兒，吐口大氣，「叩！叩！叩！」

「誰啊！」是芝豹的聲音，他打開門，我推高斗笠，他一臉驚愕，低聲叫：「阿兄？」我正要比手勢制止他大聲喧譁，他已轉身衝進院子，跨進大廳喊：「阿兄回來了！阿兄回來了！」我也只能硬著頭皮走進大廳。

「阿爹！」我跪在父親面前，不敢抬頭，小聲地稟告：「不孝兒回來了。」

二媽在一旁哭得像淚人兒，窸窸窣窣地啜泣。

二弟蟒二（芝虎，吼聲如虎，外號蟒二）變得更壯，芝鳳和芝豹都長大了，模樣成熟。

爹摸摸我的頭，摸我的臉，我看見他頭髮斑白，白的比黑的多，皺紋爬上額頭，眼神依然犀利，但多了份慈愛。

「我知道，我冤枉你了。你這五年來在外面吃苦打拚，我都知道，你的信我都有收到，也知道你娶妻，成家立業，我眞歡喜。」他說：「從何先生每年按時送來你的股份分紅、郭先生不時送信來，我就知道你的事業有在發展，待人重情義，才有這些好朋友。」

「阿爹，我都是照你教的做，這些還談不上成就。」我想起吳服店和倉庫化爲灰燼，淪落到負債跑船，頓時淚珠不聽使喚滾落，「我也想考功名，光宗耀祖，讓爹感到驕傲，不過……」

「男子漢成就一番事業，不一定要走功名這條路。你如果能取得功名最好，如果沒有功名，好好做生意，心有餘力多照顧窮苦貧病的人，也能光宗耀祖，讓我感到驕傲。」他說：「你去看看你娘，她愈來愈不行了。」

娘依然躺在床上，看了我半天才認出我是誰，輕輕叫了聲：「一官，你回來了。」便不再言語，兩眼失神盯著牆壁。

「娘現在不管看到誰，只會說這句：你回來了。」芝虎說：「其實她根本不知道你去哪裡，離家多久。」

在家待了一晚。

晚飯後跟二媽、三個弟弟聊通宵。

聊到去駿府晉見大御所德川家康、去渤海灣遭遇海戰和遇見女眞皇帝努爾哈赤，平戶的吳服店、中藥店鋪和倉庫被縱火的經過，聽得三個弟弟熱血沸騰，握緊拳頭直嚷著想跟我出海闖江湖。

「現在還不是時候，需要你們的時候我會通知你們。」我按下芝虎和芝豹躍躍欲試的心情，「當務之急是練好身體和武藝，闖蕩江湖不能只靠熱情和好奇，靠的是武器和熱血。」

「武器和熱血？」

「勇氣、力氣和武器，血是努力的血汗，要敵人付出血的代價。」

❖　❖　❖

從泉州往福州的船上。

南風微弱，東北風仍盛，西拉雅一號放下竹篷，展現逆風航行的本事。

何金定教我操帆的技巧，也讓我把舵，領略船隻透過帆吃風力，靠舵變換方向借助風力往前航行。如果風向改變，則要看風向調整風帆和舵的角度，使之繼續往前或轉彎。

我離開許家，背後傳來一陣哭聲。

我昂然跨上馬背，直奔巡撫衙門。

❖　❖　❖

福建巡撫衙門大堂。

「草民鄭一官叩見巡撫大人。」我撩起袍子下跪磕頭。

「你是荷蘭通事？」福建巡撫南居益高坐大堂：「站起來回話。」

「是。」我站來拱手回答：「草民移居日本平戶，向荷蘭商館人員學習荷蘭語文兩年，略通荷語。」

南居益著深紅色官袍，烏紗帽緣露出灰白相間的髮絲，蠟黃瘦削的臉龐掛著深深的眼袋，兩眼炯炯，說話中氣十足。

「我看過王夢熊帶回來的信。我知道他們想來通商貿易。」南居益搖頭晃腦，烏紗帽兩側的展角微微顫動：「但是紅夷前年入侵我澎湖，派專人求市，說辭謙恭有禮，見了我卻拒絕下跪叩首，只是脫帽點頭致意，眞是猖狂無禮，遭我命人逐出，竟惱羞成怒，派船堵在漳州九龍江口，擄掠沿岸城鎭人民爲奴，搶豬牛羊雞鴨爲食，行徑有如海賊，如此不講禮的蠻人如何與我大明通商？」

「草民奉荷蘭遠東特遣艦隊司令雷約茲之命，稟告巡撫大人，擄人勒贖不是荷蘭東印度公司想做的事，荷蘭想與我朝通商，搶劫商船和強擄奴工是不得已的手段，如果我朝願與荷蘭通商，荷蘭會釋放船和俘虜，不再劫掠船隻。」我再解釋：「荷蘭人的禮儀沒有行下跪、叩首之禮，僅在晉見國王時才行單膝下跪禮，一般是低頭敬禮，並非故意無禮冒犯巡撫大人。」

「鄭一官，你是哪國人？」

「草民……草民是大明王朝泉州人氏，自然是大明子民。」

「站在本朝的立場，你認爲與紅毛通商好嗎？」

「啟稟大人，以草民淺見，與紅毛通商可以賣出本朝的瓷器、絲織品，增加工匠賣出產品的數量，讓工匠賺錢，官府收稅捐兼有充裕府庫之效，甚合我地狹人稠，耕地不足的閩省所需，另可輸入紅毛及歐洲人新近發明的千里鏡、火砲及航海技術，可謂一舉兩得，有利無弊。」我趁機侃侃而談，將這幾年在海上的所見所聞毫不保留，傾瀉而出，希冀促成雙邊貿易，救回人質和俘虜。

「一舉兩得？」南居益拿起驚堂木拍桌「砰！」大喝：「大膽刁民，我《大明律》嚴禁下海興販，買賣舶來的番香、番貨，是從太祖洪武二十七年、三十年兩度頒訂的規矩，太祖親廢市舶司，汝竟要我與紅毛通商。」他氣得站起來，扶著桌子大罵：「汝不忒誘我入罪，大膽至極！」

「威武！」兩旁的衙役殺威棍同時叩擊地板，發出可怕的「砰！」撞擊聲。

「草民不敢，求大人恕罪！」我登時下跪叩首：「草民無知，草民只是將所聞所見據實稟告大人，是否與荷蘭通商，尚請大人裁處，草民無知，求大人恕罪，求大人恕罪。」我伏地磕頭如搗蒜。

「也罷！自古兩國交戰，不斬來使，汝今爲通事，姑且恕你無罪。」南居益站起來走到我前面：「你回去告訴紅毛，本撫不會坐視荷蘭侵踏我門戶，強占澎湖，僅紅毛擄我人民，掠奪財物卽令我痛心切齒，限紅毛一個月內撤出澎湖，釋還我人民，否則吾誓必以誅紅夷爲己任。此非兒戲，吾已加緊操練水師，近日將先遣王夢熊率兵進駐澎湖白沙島。」

「是，大人。」我伏地叩首，恭謹回答：「小人必遵大人之令，確實回覆荷蘭司令，限令其一個月內撤出澎湖，釋放掠擄的本朝子民。尚請撫院大人賜信一函，略說大人之令做爲回覆。」

「很好，我卽令師爺寫信，令你持函回覆。」南居益說完拍板，逕自下堂。

我在大堂上等了半個時辰，南居益又回到堂上，我下跪叩首，他將信交由衙役轉交給我。

「給你三天交通時間，從你到澎湖荷營算起一個月。」南居益囑咐道：「一個月荷蘭人若仍在澎湖，我水師將不惜一戰，護我朝領土，救我子民。你且速去！」

「是，草民謹遵大人之命，據實回覆荷蘭特遣艦隊司令雷約茲。」我再叩首，倒退走出大堂。

我滿腔熱血，換來冷水淋頭，嚇出一身冷汗不說，還差點丟了性命，原來這班只會「之乎者也」的官僚毫無見識，我的一番爲國爲民見解不啻對牛彈琴。

我走出巡撫衙門，回頭看一眼衙門牌匾，嘆口氣，跨上馬逕投馬尾港。

❖　❖　❖

我回到澎湖覆命。

「既然如此，我們就繼續搶！」雷約茲聽完我轉述南居益的說法，看完由我口述，彼得翻譯的信函後，立即召集船長會議並下令：「爲防中國水師來襲，三艘駐港防衛，其餘三艘到澎湖東南方海域巡弋，繼續搶掠中國商船，若見黑煙即是中國水師來襲，立即趕回。」

有了上次搶掠香根二號和芙蓉一號的豐碩戰績，各船無不競相邀我坐其船。

我挑馬斯垂克號，因爲船長德・韋特與我甚有話聊。

他告訴我，荷蘭東印度公司駐巴達維亞總督柯恩作風強勢，相信「沒有戰爭，就無法進行貿易；沒有貿易，也無法進行戰爭」，命令遠東特遣艦隊不惜以武力打開與中國的貿易，還要強擄、載運中國人到巴達維亞，因爲中國人是勤快又聰明的奴工。

我才明白雷約茲司令和安德魯斯船長不計代價下令打、砸、搶，就是要逼大明朝與荷蘭通商。

出海第五天，在澎湖往大員（福爾摩沙）的黑水溝邊緣，發現一艘從馬尼拉回航的花屁股。花屁股看到紅毛大帆船，立卽轉向往西走，馬斯垂克號追上去攔在前頭，用船舷的銅砲射擊五發迫令停船。

花屁股先佯裝配合停船，冷不防用虎蹲砲射擊三發砲彈，兩發落海，一發擊中馬斯垂克號側面吃水線船艙。

「排砲預備！」德・韋特下令：「自由射擊。」

十門船舷銅砲陸續開火，吐出陣陣白色濃煙，炸掉花屁股二桅和尾桅，轟得船上水手招架不住，豎白旗投降。

我跳上船，手起刀落砍死一個被砲轟掉左臂，捧著左臂哀嚎亂竄的漢子，減少他的痛苦；再舉槍射倒一名抽箭拉弓的水手；大聲威嚇所有船員和乘客蹲下，雙手抱頭。

我不再心軟，在海上討生活，只要遇到反抗的人，不論是紅毛或漢人就是殺，這是一場不是你生、就是我亡的爭鬥，弱肉恆爲強食的遊戲。

這艘花屁股有三層下艙，是載貨量四百石的大船。

我下艙搜查，盡是胡椒、肉桂等香料和南海各地土產兩百五十擔，令我大失所望。

「管船，你這船從馬尼拉回來？只載香料和土產？」

管船張浩沉默無言，看著大海。

「船長，我認爲這艘船從馬尼拉回航，一定不只載香料。」我向德・韋特報告後，他派五名士兵支援我搜查，果然在水櫃內找到白銀兩千兩。

「報告船長，搜到兩千兩白銀，折合約兩萬兩千兩百二十二里爾。」

「好，太好了！」德・韋特高興地喝彩。

此時瞭望手回報。

「報告，漁翁島方向有黑煙。」瞭望手大喊。

德・韋特用千里鏡觀望一會兒，下令：「強壯、健康的帶上船，受傷的跟船一起放火燒了，順便通知友船回航。」

馬斯垂克號頂著東南風迅速往西北走，我看著綁在甲板上的花屁股管船張浩及船員十二人，看著張浩身後被烈火吞噬冒出白煙的花屁股，船艙中還有十個受傷的人，他們遭烈火焚身的哭喊聲，我再也聽不到了。

此時，我心中快速計算著、盤算著，兩千兩銀加上兩百五十擔香料，應該有三萬里爾，如此一來，我應可分紅一百三十五兩銀。加上之前的兩百三十四兩銀，共有三百六十九兩銀。

「加油！朝五百兩銀邁進。」我暗自期許。

❖　❖　❖

馬斯垂克號進入澎湖媽宮灣，我看見二十二艘大鳥船靠泊白沙島。

「兵船，福建水師的兵船。」我放下千里鏡，向德・韋特報告，「大約來了一、兩千名士兵。」

回到風櫃尾尚未靠岸，雷約茲搭小船登船，派德・韋特和我赴白沙島了解明軍態度，並跟德・韋特咬耳朵。

馬斯垂克號轉頭航向北邊的白沙島。

德・韋特向守備王夢熊脫帽鞠躬致意，我則下跪叩首。

「撫揆大人令紅毛一個月撤離的期限已到，命我率兩千士兵來此監督紅毛撤離。」王夢熊說：「加上福州芙蓉巷許家報案，紅毛擄綁族人許心亮等十六人，震驚府臺諸位大人，咸認紅毛無法無天，嚴令我傳達紅毛立即撤離，交出許心亮及家人，否則我軍不惜一戰，不要自誤。」王夢熊出示複本：「信是你寫、你送的，不是嗎？尼可拉斯・一官。」

「許心亮一行十六人是好望號船長安德魯斯下令帶回澎湖保護，信是草民奉荷蘭艦隊司令雷約茲所寫。」我跪道。

「回去告訴雷約茲，撤離、放人。」

「本人是馬斯垂克號船長德・韋特。」德・韋特問：「奉司令雷約茲之命請問大人，如果荷蘭艦隊撤離澎湖，大明國是否同意與荷蘭貿易？」

「撫揆大人不同意與你們在澎湖通商，因爲澎湖乃我大明屬地。」王夢熊說：「至於另地貿易，我未獲授權，無法回答。」

「請大人轉達巡撫大人，荷蘭雷約茲司令不同意撤兵。」德・韋特態度強硬。

「敬酒不吃吃罰酒。」王夢熊撂話：「等著一決雌雄。」

馬斯垂克號轉回到風櫃尾基地。

「兩千士兵、二十二艘船，船上配備一般加農砲、射速較快的子母砲和鐵彈，弓箭和連弩是主要的長攻武器，近戰武器是刀、矛和鳥銃。」德・韋特在特遣隊評議會報告在白沙島觀察的明軍裝備，「明軍火力差我們太遠，不是我們的對手，但是近戰時要注意強勁的連弩。」

「我們人數僅明軍四分之一，不利陸戰，應該避免陸戰，盡可能在海上決勝負。」一名船長說。

其他船長紛紛點頭贊成。

「海上一決勝負？那是我們片面的看法。」雷約茲指著掛在牆上的地圖，漁翁島的南段就像一個魚鉤，蛇頭山荷蘭稜堡位於魚鉤尖端，「如果我是大明軍首領，我不會尋求海上決鬥，我一定發動海陸三方夾擊，船從媽宮灣和外海的桶盤嶼、虎井嶼兩側砲擊我們的稜堡，陸軍從西邊陸路直撲稜堡營地，仗著人多的優勢以陸戰決勝負。」

說得由船長和資深商務員組成的評議會委員人人點頭稱是：「這樣該如何防禦大明軍海陸夾擊？」

「馬上調動奴工在西邊陸路築砲臺，挖壕溝。」雷約茲隨後指著風櫃尾蛇頭山南北兩側海域，「在媽宮灣、桶盤嶼各放三艘船做爲禦敵第一線，北、東、南側城牆設砲位，這是禦敵第二線火力。」

接下來幾天，日夜都有明軍哨船靠近窺伺，被媽宮灣巡羅的荷艦發砲趕走。

五百名漢人奴工分成三班，日夜趕工築砲臺。

許心亮一家人也在挑擔夯土行列。十六個人穿著鮮豔的綾羅綢緞，在穿著粗布衣、骯髒的奴工行列裡格外顯眼。

許家的孩童被分配與老人一起挖石頭。

「你爲什麼要陷害我們一家人？」許心亮冷不防撲過來，打了我兩巴掌：「你的心被狗咬走，沒有良心了嗎？」

我抓住他的手，頭錘撞胸再當胸一推，將他推倒。

「良心？」我大喝：「你應該先去問許心素有沒有良心。」

那個在船上想摸槍挨打的調皮男童，抱住我的大腿，狠咬一口，痛得我用刀柄痛擊他的頭再猛踹一腳，他痛得在地上打滾大哭，許心亮抱著孫子喃喃說著我聽不懂的福州話。

「哼！」我轉身離去。

我經過督工挖壕溝的荷蘭士兵身旁，聽到他自言自語似的說：「出賣同胞賺大錢的叛徒，早該受罪。」

「你說什麼？」

「噢，沒什麼，通事大人。」他脫帽致意：「我只是想家，自言自語罷了。」

陸海攻勢受阻，立卽敲鑼鳴金收兵。

我再次見識榴彈的威力，以及荷蘭士兵訓練有素的槍砲打法，「明軍根本不是對手。」連我這個門外漢都看得出來。

荷蘭雖然兩度擊退明軍攻勢，但仍被圍困在稜堡，食物和飲水愈來愈少。特遣艦隊評議會分成兩派，一派主張交出許心亮一家人，艦隊撤離澎湖；一派反對，認爲明軍不是對手，應等巴達維亞指示再行動。

最後，折衷爲：如果未來明軍形成更強大的威脅，例如增加火力或兵員，且是荷軍明顯無法長期抵抗，則艦隊撤離澎湖，交出許心亮一家人，但要求許家補償軍費。

❖　❖　❖

我奉命送信到白沙島給俞咨皋，說明荷軍願撤出澎湖，但要求大明國允許通商及許家補償軍費。

或許是吃過了荷蘭大砲的威力，俞咨皋氣焰明顯減低，待我行叩首禮後，命人抬一張椅子賜座。

「鄭一官，你站哪一邊？」俞咨皋問。

我立卽下座叩首：「稟將軍，我乃大明子弟，自然心向我朝，只因略通荷語，暫充荷蘭通事，不敢逾越本分。」

「你旣是我大明子弟，令尊且爲泉州府吏，本將相信你必然心繫本朝，然則你能否以眞實語相告？」

「將軍有問，一官必答。」原來俞咨皐已經知道我的來歷。

「紅毛兵力如何？」俞咨皐揮揮手：「起來回話。」

「紅毛目前有八艘戰艦，配大小砲逾一百五十門，兵員扣除近日戰死五人、十二人受傷，仍有五百二十人，火槍八百餘枝。火砲發射一種特殊鐵丸，稱爲榴彈，爆炸後鐵片四射，彈落點百步之內非死卽傷，幾無人倖存，將軍日前應已見過其威力。」我起身回答：「荷方估計，其城堡內及船上的食物和飮水，仍可支撐兩個月。」

「荷方僅戰死五人、十二人傷？」俞咨皐挺直身子：「此事當眞？」

「回稟將軍，千眞萬確。」我拱手回答：「小人親眼目睹。」

「吾令王夢熊指揮攻堅死了兩百三十六人，吾率兵撲堡一瞬間竟有四百六十三人陣亡，總共六百九十九人戰死，兩百餘人傷，眞箇死傷慘重。紅毛僅五人戰亡……這……」他重重地嘆了一口氣：「嗯，紅毛火砲威力超乎我想像，令我……」一度哽咽，稍停一會才說：「你，有何令紅毛退兵之計？」

「荷蘭紅毛遠渡重洋只為通商……」我回稱。

「我知道，但朝廷不准。」俞咨皐揮手：「有何不須通商，也能令紅毛退兵之計？」

我思索著，南居益和俞咨皐只想要荷蘭撤離澎湖，好向朝廷交代；荷蘭只想通商做生意，願撤離澎湖。

總之，此事癥結在於「只要滿足荷蘭通商要求」，荷蘭就會撤走，即能令雙方滿意。問題是，如何滿足荷蘭通商的要求？

我苦思之，其實只要滿足荷蘭能夠採購大明商品轉販回歐洲，就能向巴達維亞的荷蘭總督有交代；也就是說，荷蘭人能向誰買？或誰能賣東西給荷蘭人？

「咦！有了。」火石電光之間，我忽然心生一計，暗喜：「此事可行，只待我鼓起如簧之舌。」

「啟稟將軍，紅毛已經有撤出澎湖的想法，只要許家補償軍費兩萬兩千兩百二十二里爾，合約兩千兩銀。」我站起來說：「這兩千兩銀在許家如九牛一毛，令許家出錢讓荷蘭退兵，既不須府庫出錢又能令荷蘭退兵，一石二鳥，請將軍深思。」

「如果我能讓許家出錢贖人，你可勸說紅毛撤離澎湖？」

「是，草民願勸紅毛撤到東番，一稱大員。」我說：「小人去過東番，在澎湖以東，且東番非本朝屬地。」

「極好，汝言極是，東番非本朝汛地。」俞咨皐喜道：「若雷約茲同意撤離澎湖，本朝可派人協助往渡東番覓地建堡，至於荷蘭人與誰做生意，不關本爵的事，荷蘭人要自行設法。」

原來俞咨皋也想通了，只求荷蘭艦隊撤離，他對南居益有交代即可。

「謝謝將軍！」我拱手辭謝。

我回到風櫃尾荷蘭稜堡。

「報告司令，大明王朝願與荷蘭通商且願意補償軍費，條件是我方撤離漁翁島到其他非大明國的領土建立貿易據點。」我報告雷約茲：「福建官員答應，我方撤離漁翁島後的第二個月起，每個月至少派三艘船與我方交易。」

「說得容易，沿海哪裡有離大明國近、又非大明國領土的地方？」雷約茲問。

「我建議，可到福爾摩沙闢港建立交易據點。」我拿出海圖，指了位在漁翁島東方的大島嶼。

雷約茲僅點頭，沒有新的指示，令我納悶。

❖ ❖ ❖

數日後。

七月一日午後，格羅寧根號與四艘荷蘭艦組成的增援艦隊陸續駛入媽宮灣，荷蘭士兵歡聲雷動，士氣大振。

繼任艦隊司令官宋克(Martinus Sonk)來了。

宋克是個大禿頭,該長在頭上的頭髮全都長到下巴和下頷,變成一大把蓬鬆的灰白鬍子,一雙湛藍的眼珠外凸,看人時好像瞪著你,講話時鬍子一抖一抖,十分滑稽。

當天晚上,在特遣隊評議會委員及十三名船長見證下,宋克與雷約茲舉行交接典禮,隨後召開評議會。

雷約茲向宋克解說目前與大明軍談判的進度及遭遇的困難,以及「大明國的將軍建議,荷蘭撤離漁翁島,轉往福爾摩沙闢港設館,大明國才同意與荷蘭做生意。」

「但是福爾摩沙離大明國較遠,較易受西班牙人和葡萄牙人攻擊。」安德魯斯和范・梅爾德說:「漁翁島距大明國近,轉口商品容易,且不易受西班牙人和葡萄牙人攻擊,應該留在漁翁島。」

其他人則持反對意見,主張撤到福爾摩沙。雙方討論許久。

新任司令官宋克最後說,目前艦隊已增加到十三艘船,兵員近八百人,彈藥充足,決定「繼續留漁翁島觀望再說。」

三天後,大熊號載著日本的生鐵、甲冑和火繩槍,以及福爾摩沙的鹿皮回航巴達維亞,特別轉到澎湖送來稻米一百包,並接走雷約茲,同時捎來郭懷一的一封信。

郭懷一說,吳服店已經重建,川內浦喜相院完工,田川大夫和田川松已經搬進喜相院,小松大腹便便，已屆產期，田川大夫日夜照護。

當夜，我高興地手持念珠，在甲板上向聖母祈願，小松生產順利，母子均安。

當荷蘭人還沉浸在增援艦隊到來的喜悅之中，七月七日午後，大明軍的鳥船一艘艘開進北環，駛向白沙島，守城荷兵以千里鏡觀察計算，竟達一百五十艘，船上載滿士兵。

「明軍戰船總數兩百二十五艘，士兵逾一萬人。」德．韋特在評議會主張：「明軍人多勢眾，比螞蟻還多，我們的彈藥遲早會耗盡，已經出現上次會議預期的情況。我建議，保存實力撤離漁翁島，轉到福爾摩沙。」

評議會討論許久決定，上策是索取軍費補償再撤離漁翁島，下策是拖到雙方開戰前才表明願意撤離。

宋克命我送信給明軍，相約七月十日談判。

我送信到明營，在中軍帳內。

「本官奉撫揆之命，訂十二日舉行會談。」俞咨皋神色自若地說：「一官，撫揆大人將再親率六千士兵增援，兵員已逾一萬人，船逾兩百艘，器械糧餉充足，是你親眼所見，回去轉告紅毛，盡快撤兵，可免一死。」

當天晚上，明軍大小船隻盡出，將風櫃尾蛇頭山三面包圍；數不清的人龍陸續行軍抵達西面的蒔上澳紮營屯軍，堵住西面陸路，擺出攻擊姿勢。

荷軍背腹受敵，緊張得日夜輪班監視，提防突襲。

❖　❖　❖

十二日上午，宋克率領安德魯斯、德・韋特等五名船長兼評議委員，到白沙島中軍帳談判。荷方六人甫坐定，等待俞咨皋入帳的期間，王夢熊說：「為了讓談判順利進行，避免通事會錯意，我方也找了一位通事。」說完拍拍手，簾幕掀開，走進來的竟是李旦。好望號船長安德魯斯認得李旦，向宋克咬耳朵。

李旦向我招手，我迎了過去。

「李員外，何時到澎湖？」我用河洛話問。

「昨天晚上，還來不及跟你聯絡。」李旦以河洛話回答後，改用日語：「時間緊急，不多廢言，你有什麼好方法，讓兩邊都可以向上級交差？」他拉我到一旁低語。

「巡撫要紅毛退兵，紅毛要的是通商。」我用日語回答：「我有一個想法是，向紅毛佯稱巡撫同意通商，讓紅毛先撤走，再想辦法集資找船，佯裝朝廷派船與紅毛交易，如此兩方皆大歡喜。」

「嘿！嘿！好方法。」李旦眉毛一挑，看穿我的心思：「你想獨吞。」

「不敢，不敢，我沒有錢，無力獨營，正想事後找員外商量，由您來籌辦最適合。」

「好，正合我意，等一下你我就這麼辦。」李旦小聲說：「將來向紅毛供貨的事包在我身上。」他沉吟了一會：「但是，紅毛能撤去哪裡？」

「東番，大員、福爾摩沙。」我得意地說。

俞咨皋走進大營帳，我和李旦下跪叩首。

「啟稟大將軍，此乃荷蘭特遣艦隊新任司令官宋克先生。」我先介紹宋克的身分。宋克率船長脫帽致敬。俞咨皋和王夢熊也站起來拱手回禮。

雙方坐下開始談判。

議題仍繞著荷方要求仿澳門例在漁翁島（澎湖）據地通商。

「福建巡撫南居益大人授權本官全權負責此次談判，本朝太祖皇帝親頒《禁海令》，不准海外貿易。」俞咨皋說：「荷蘭艦隊必須馬上撤離，交出許心亮一家人。」

「俞將軍說，他獲巡撫大人授權負責談判，荷蘭艦隊如果撤到福爾摩沙，大明國同意每月派船前往福爾摩沙交易。」李旦代表大明國的通事以荷語翻譯。

「很好，我們願意撤到福爾摩沙，但是營救及保護許心亮一家人的費用三萬三千里爾，請貴國付清。」宋克回應。

李旦向我眨眨眼，小聲問：「許心亮是誰？」

我無暇說明。

我必須馬上代表荷方向俞咨皋翻譯道：「宋克司令說，同意率艦撤離澎湖，但要求先拿到營救許心亮一家十六口的軍費支出三萬三千里爾，也就是兩百九十七兩銀，請本朝付錢。」

「太祖皇帝頒《禁海令》，不許大明子民出海貿易，許心亮一家人干犯《大明律》，應依法問罪，不干本朝之事。」俞咨皋說：「而且，許心亮的堂弟許心素是否為法蘭克司令的通事，亦有可疑之處，本朝不會幫許家出錢贖人。」

李旦如實翻譯，講完後猛向我眨眼。

「經通事尼可拉斯・一官查證，丹尼斯・許確實是去年法蘭克聘用的通事，丹尼斯・許聽從貴國官員的命令，騙法蘭克下船致五十二名荷蘭船員被擒遇害，丹尼斯・許或貴國必須為此補償。」宋克撂下狠話說：「否則撤離漁翁島（澎湖）以前將殺掉許心亮一家十六人報復。」

我如實向俞咨皋翻譯宋克所述。

「誰說我是法蘭克司令的通事？」許心素突然衝進帳內，怒目瞪著我，我嚇了一跳，李旦也瞪大眼。

糟了！我忘記許心素曾是俞咨皋的帳下幕僚，我心跳加速，汗流浹背。

中軍營倏忽寂靜，大家都看著我、李旦和許心素。

許心素環視帳中人等，瞪著我，改以葡萄牙語說：「我是澳門來的丹尼斯・許，去年我都在澳門，不曾回中國。」他指著我，用低沉的嗓音低吼：「尼可拉斯栽贓我是法蘭克司令的通事，他是騙子。」

荷方人人相覷，看看許心素又看著我，似懂非懂，滿是疑惑的眼神。

我環視場面，我判斷在這種場合，許心素應該不敢造次，我昂然挺身以荷語解釋，我在安德魯斯船長面前向許心素亮查證的經過。

「俞將軍！」許心素跪地叩頭，指著我用河洛話說：「此人詭計多端，擔任通事常一手遮天，玩兩面手法，不可輕信其言，我主張用葡萄牙語談判，我亦可爲本朝利益把關。」

許心素說，講荷語，李旦和我懂，他不懂；講河洛話，荷蘭人聽不懂；我們三人皆會葡語，用葡語最安全。

「誰也不要想騙誰！」許心素衝著我講這句話。

我再次用荷語如實翻譯許心素與俞咨皐的對話，後面加一句河洛話：「眞金不怕火煉！」回嗆許心素。

宋克司令與諸位船長討論後，同意以葡萄牙語談判，「好，但是要等我們派人去接精通葡語的首席商務員范・梅爾德過來，再繼續談判。」

談判因此暫停，雙方分帳休息。

❖　❖　❖

李旦拉著我和許心素到帳外，問明白許心亮一家十六口被綁、荷方勒贖經過。

「一官！」李旦罕見動氣，嚴厲地說：「你藉機報復許心素。」

「他派人燒我的倉庫和兩間房屋，還差點燒死我。」我掄起拳頭怒嗆許心素：「難道不該向他討回一個公道嗎？」

「是你先殺了廖大肚，許萬福才帶廖大肚的兒子去平戶找你報仇，與我何干？」許心素像隻膨風的蟾蜍，怒氣沖沖揪著我的衣襟：「卑鄙的小人，我與你誓不干休。」

我格開他的手，朝胸口猛打一掌推開他，撩起袍子，露出腰部的傷疤：「這是四年前，你勾結馬尼拉弗烈德誣賴我私吞銀兩，西班牙士兵向我開槍，差點打死我的傷疤。」我抽出倭刀跟著一個箭步向前，用刀尖抵住他的脖子，刀尖刺進皮膚，「你才是卑鄙小人，我要你血債血還……」

「住手！且慢！」李旦將許心素拉開，擋在我刀前：「你們冷靜！冷靜！」

許心素伸手抹下脖子的血痕瞪著我，我舉著倭刀盯著他伺機攻擊。

「一個上好的、穩賺不賠的生意快要被你們毀了！」李旦嘶吼，瞪著我和許心素。

突然，他手中一抹銀亮閃光，射出一把刀「咚！」釘在許心素身後的樹幹，我一轉頭，赫見一把槍口抵在我額頭。

李旦右手射刀，左手握槍抵住我。

「一官，收刀。」李旦眼露凶光冷冷地說：「你們兩個都坐下。」見我們都不動，他低吼：「坐下。」

我收刀入鞘，徐徐盤腿坐下；許心素扶著樹幹坐下。

李旦恢復了平常的口氣，向許心素說明我和他要滿足明朝和荷蘭雙方的願望，讓荷蘭退兵又可做生意的方法，「將來獨占紅毛的生意，五年、十年，甚至二十年，只要本朝的海禁不廢，就能一直做下去，你想想這會賺多少錢。你也可以加入，我們三人合夥，穩賺不賠，一官你說呢？」

「我反對！」我看著沙地：「他要先賠我平戶的損失兩千兩銀，我才答應讓他加入，否則我向荷蘭人說實話，讓這場戰爭繼續打下去。」

「免談，我也不想加入。」許心素捂著脖子的傷口：「我要向俞將軍報告，鄭一騙他，我要揭穿鄭一的兩面手法。」

「你們都是我的晚輩和左右手，讓我說一句公道話。」李旦揚了揚手中的槍說：「許心素，你沒有約束好手底下的人，讓他們跑到平戶縱火燒屋、燒倉庫，你有管束不周的責任，應賠五百兩銀；我事前疏忽不知道你們的恩怨，沒調停化解你們的心結怨仇，也該賠五百兩銀，就從一官欠我的兩千一百兩中扣掉一千兩，一官你只欠我一千一百兩，可以了吧！」

我心中盤算著是否划算，這樣等於是李旦替許心素出錢。

許心素盯著地上不語。

「好，我願賠五百兩銀，我入夥。」許心素說：「但是我的貨被搶，損失兩千多兩銀，堂兄一家人的贖金還要我出，不合理。」

「紅毛堅持要贖金。」我說：「紅毛從許心亮等人穿綾羅綢緞就知道是有錢人家，就算不是你族人，他們一樣要贖金，何況許心亮的情況不好，再不回去，恐怕……活不久了。」

許心素朝我衝來，我迅速抽刀，刀尖指著他的胸膛。

李旦躍起，一腳踢掉我的倭刀，刀在空中飛旋三圈，「咚」的一聲射入樹幹；一手扣住許心素的脖子，一手持槍把猛擊我的頭，再將槍口抵住我的頭，轉頭朝許心素大喝：「你先出錢，事後再向你堂兄要回來。」他撂下狠話：「你如果破壞這個獨占紅毛生意的機會，你就不用在澳門混了，我會收回給你的股份，你回去當挑夫。」再轉頭對我說：「你再不識相，敬酒不吃吃罰酒，我可以進口你所賣的布匹、藥材，用低價傾銷，打倒你的金閩發商號，再讓你滾回去做裁縫。」

薑果然是老的辣，李旦一出手就點中許心素和我做生意的穴道，令我們動彈不得，打落牙齒也得和血吞。

李旦這等身手我還是第一次見識。

「好，我同意李員外的主張。」我佯裝不甘願，但心中暗自得意地說：「讓許心素入夥。」

「你呢？」李旦問許心素。

許心素表情無奈地點點頭。

一個明軍小校走過來通知：「荷蘭人來了，請各位通事大人入帳議事。」

「待會兒見機行事。不要壞了我的大事。」李旦舉槍叮嚀我和許心素：「我說到做到。」

說罷將槍收進長袍裡，恢復平常和藹的笑臉，向小校比了個請的手勢。

❖　❖　❖

明荷談判代表回到中軍帳。

「找首席商務員范・梅爾德參與談判，因為他精通葡語，而且去年他與法蘭克司令一起共事。」宋克說：「請重啟會談。」

「什麼？范・梅爾德會與法蘭克司令一起共事。」我心中暗自叫苦：「糟糕！」

「俞將軍說，荷蘭艦隊若撤到福爾摩沙，我大明朝同意每月派船前往福爾摩沙交易。」

李旦用葡語重複剛才談判的進度。

「我們願意撤，目前的爭議是營救及保護許心亮一家人的費用三萬三千里爾，請貴國付清。」宋克回應，由我以葡語翻譯。

「豈有此理，你們搶了我的貨又綁人，貨已經被搶走就算了，不能再要贖金。」許心素用葡語強硬回答。

「因爲，尼可拉斯說你是去年出賣法蘭克司令的通事。」宋克說：「范・梅爾德，請你指認，他是不是去年出賣法蘭克司令的通事。」

范・梅爾德走到許心素面前仔細看了看，他用葡語問許心素幾句話，兩人低聲交談幾句話，范・梅爾德轉身向宋克說：「報告司令，不是他。」

「什麼？」宋克及多名船長臉有慍色，看看我，又看范・梅爾德問：「你確定？」

「我確定。」范・梅爾德說：「中國人黑髮黑眼睛看起來都很像，但我記得去年的通事葡語說得不好，他則講得非常流利，而且身高和體型都不同，不是他。」

「既然我不是出賣法蘭克司令的通事，請把我的堂兄一家人放了。」許心素指著我：「請宋克司令嚴懲這個謊話連篇，藉機公報私仇的通事。」

范・梅爾德將葡語翻譯成荷語，聽得我如坐針氈。

「這是我方的事，不用你教導該怎麼做。」宋克看看我，再向許心素說：「雖然你不是出賣法蘭克司令的通事，但還是要付清營救及保護許心亮一家人的費用，費用可降爲兩萬兩千里爾，這是最低的必要費用。」

雙方接著就贖金討價還價，僵持許久。

李旦拉著俞咨皋、許心素低聲會商，我聽到俞咨皋不斷催促許心素付錢，讓紅毛快走，讓巡撫早日向朝廷有個交代；李旦則在一旁使眼色。

眼看即將日正當中，俞咨皋坐回太師椅宣布：「好，本官已說服許心素願付贖金一千兩銀（一萬一千一百一十一里爾），宋克司令以爲如何？」

許心素一臉不悅。

宋克與德．韋特等人商量後說：「荷蘭同意贖金降爲一萬一千一百一十一里爾，收錢後開始搬遷，請允許我們拆卸荷蘭稜堡建材，需時一個月。」

「許心素十天後付錢，搬遷時間要由撫揆大人定奪。」俞咨皋下令：「李旦和鄭一官起草撤兵協議書。我去稟告巡撫大人。」

❖　❖　❖

我和李旦、許心素、范．梅爾德來到文書帳。

帳裡擺三張大桌，桌上擺著文房四寶，范．梅爾德自備鵝毛筆。協議書的中文由我執筆，范．梅爾德寫荷文。

擬撤兵協議書時，對地名有了爭議。

「紅毛要去的那個島要叫大員……東番……還是琉求？嗯，還是福爾摩沙？唉！這麼多地名都把我搞混了。」李旦抱怨。

「福爾摩沙是葡萄牙人的說法，荷蘭人也跟叫，福爾摩沙寫入荷蘭本協議書沒有問題。」我說：「東番是古稱，現在打魚的叫它大灣、大員，指的是一個大海灣。我去過那裡，實際上它不僅是大海灣，也是一個大島。」

「古時候除了稱它爲東番，也可能是秦始皇派徐福載五百童男童女求取長生不老藥的蓬萊、方丈、瀛洲三座仙山的其中一座。」許心素自顧搖頭晃腦：「叫它蓬萊島吧！字雅好聽又有典故。」

「古書曰蓬萊仙島在渤海之東，指的應是日本。」我提高聲調：「渤海和日本我都去過，根本不是東番，三者天差地遠，不能取名蓬萊。」

「不叫蓬萊，難道叫方丈？」許心素不服氣回批。

「叫方丈島，可以。」我哈哈大笑雙手一揮：「而且方丈島只准住男人，不准住女人。」

「你們在討論什麼？」范・梅爾德看我和許心素帶著怒氣，你一言和我一語聲音高亢，好奇地用葡語問：「好像在吵架。」

我和許心素都轉過頭，不吭聲。

「他們在爭執這個島該取什麼名字。」李旦用葡語回答。

「簡單啊！直接用音譯也叫福爾摩沙。」范・梅爾德提議。

「不，我們中國人取地名，喜歡用當地的特色或地形命名。」我說。

「那也簡單，乘船接近福爾摩沙大海灣時，除了看見島上的高山，首先會看到七座高高的沙丘。」范・梅爾德說：「上個月，我奉命預做準備，曾去福爾摩沙查看地形。」

「那裡我去過。」我說：「范・梅爾德說的沙丘，是指從島內向海灣延伸出來的沙洲臺地，漁民叫一鯤鯓、二鯤鯓、三鯤鯓，『鯤』的來源是《莊子・逍遙遊》，『北冥有魚，其名爲鯤。鯤之大，不知其幾千里也。化而爲鳥，其名爲鵬。鵬之背，不知其幾千里也；怒而飛，其翼若垂天之雲。是鳥也，海運則將徙於南冥。南冥者，天池也。』」我輕聲背出〈逍遙遊〉。

「所以，要叫鯤島嗎？」李旦問我。

「鯤身既然指的是高高隆起的沙洲，那就是臺地，有臺地的大海灣。」我思索著如何將兩者合而爲一，我提議：「就叫它臺灣吧！」

「好吧！」李旦同意。

許心素閉著眼睛不表意見。

洋人口中的福爾摩沙就此定漢名爲「臺灣」，寫進撤兵協議書。

我和范・梅爾德等四人，花了許多時間才寫好中文、荷文兩份撤兵協議書，呈給宋克和俞咨皋看過。待雙方都認可協議書內容，俞咨皋才出帳稟報南居益。

等了一刻鐘，南居益穿著紫色官袍，頭戴烏紗帽，由俞咨皋前導，四名侍衛護衛下威風凜凜走進中軍帳。

我、李旦、許心素下跪磕頭；宋克等人再次起立、脫帽致意。

「草民鄭一官，參見巡撫大人。」我磕頭跪奏：「荷蘭艦隊司令宋克，懾於巡撫大人威望，及我大明軍容壯盛，決定率荷蘭艦隊轉往東番。請撫臺大人，給予搬遷時間一個月。」

「一個月才撤兵，太久了，五日爲限。」南居益皺著眉，盯著宋克和德・韋特等人的紅髮、金髮。

「啟稟大人，荷蘭艦隊這兩年在澎湖以泥塊、石頭和磚塊蓋了一座小城堡及司令住所，他們希望能將石頭和磚塊拆下，搬往福爾摩沙，也就是古書所稱的東番，東番目前定名爲『臺灣』，闢地蓋城堡與商館。」我伏首回答：「五日恐無法完事，且因連日酷熱，飲水不潔及食物不足，紅毛多人染風寒罹病，搬遷人力不足。請大人再多寬限幾天。」我用荷語及葡語重述一次，宋克等人跟著微微鞠躬致意。

南居益看到那麼多紅毛對他謙恭有禮，終於面露微笑：「那麼再多給十天，以十五天爲限，我會派隨營大夫前去爲紅毛看病，抓藥治病。」

接著舉行簽約儀式，由南居益和宋克代表雙方簽字。

簽約後，宋克率荷方代表搭船回風櫃尾，在船上。

「你這個騙子，差點壞了我們與明軍的會談。」安德魯斯瞪著我。

「船長，我的查證或許有誤，但許心亮是有錢人，許家有能力負擔贖金，這點沒有錯。」我辯稱：「能不能拿到錢，十天後就知道，屆時我還要分紅呢！」

❖ ❖ ❖

第十天，宋克派船長安德魯斯率我駕好望號到白沙島取贖金一萬一千一百一十一里爾（一千兩銀），放走許心亮一家人，順便送還一百多名老弱、生病的俘虜。

俘虜列隊下船時，有一個瘦弱、生病的中年男子偷偷向我哀求：「大爺，不要把我送回去，我想留下來。」是一艘被劫商船的管船。

「為什麼？你們不是想回家？」

「唉！大爺你有所不知，我叫施福。」施福用力咳嗽，手撫胸脯，「我是鳥船的管船，私載買辦商人出洋做生意，半途被紅毛俘虜。再說，《大明律》禁止出海，私自出海興販貿易者，依《大明律》正犯斬首，從犯發配邊疆，最輕者杖一百。我已經病成這樣了，就算沒砍頭也禁不起打，這一打，我不死也丟了半條命，倒不如留在這裡，好死不如賴活啊！」結果竟有三十一人願意與施福一起留在漁翁島，不敢回福建。

我暗忖施福既是管船，自是習於駕船操帆，可爲我用，於是先給他五兩銀，並將他安置在何金定堂兄處，告知：「先稍事歇息養病，下個月西拉雅一號的船主何金定會來尋你，屆時再上船隨之料理雜事，希望有朝一日我能有艘船，讓你擔任管船。」

「一官兄，大恩不言謝，我自銘記在心，他日願肝腦塗地以報您的大恩大德！」

「來日再說，今當一別，各自保重。」我拱手辭去。

數日後。

在白沙島碼頭，李旦與許心素將回福建。

「拋開以前的恩怨，重新開始，你們都很優秀，合則兩利，分則兩敗。」李旦苦口婆心地說：「我們三人合股與荷蘭做生意是個一本萬利、只賺不賠的生意，不要輕易把這個機會毀了。」接著又撂下狠話：「否則我會讓你們在澳門和平戶都混不下去，回去當挑夫。」

李旦上船前又吩咐我：「一官，你帶紅毛到臺灣，我和心素回福建籌備下個月派兩艘船到臺灣與紅毛交易。」他臉色凝重看著我：「你要遵守我們的約定，不得有誤，好自爲之，你的路還很長。」

「是，員外，我知道。」我恭謹地回答。

19

荷蘭艦隊進入大員灣

大明天啟四年（一六二四年）七月二十六日清晨，司令宋克率十三艘船、八百名船員、三艘搶來的鳥船，載著三百五十三名俘虜離開澎湖。

明軍水師派五艘鳥船相送，水師士兵站在船舷揮手大叫，守備王夢熊站在船首，向宋克揮手致意。

次日，午後抵達臺灣，船隊依序進入大員灣停泊。

烈日當空，浪尖反射陽光，像一條條金蛇游動。宋克差遣航海員和土地測量員搭船巡遊海灣，登陸勘察地形。

我也趁機登陸找到何金定。

他在海灣北端建了一棟房屋和一間倉庫，小碼頭靠泊著一艘漁船和中型鳥船西拉雅一號。

第三天，宋克決定在灣內一塊寬一里、長五里的沙洲建堡。

這塊被漢人稱為「北線尾」的沙洲，與大島以七座沙丘相連，漢人叫它一鯤鯓、二鯤鯓……，北線尾連七鯤鯓和大島中間隔著一道海灣，灣內可停船，可避風及躲避大島和海上來的攻擊船隻。低潮時，南端七鯤鯓之間會露出可以涉水的小路，與大島相連。

宋克指示我找原住民商談購地。

我找何金定商量。

「買地？怎麼個買法？」何金定指著海灣灘岸：「這裡是西拉雅人新港社的獵場，不屬於誰的土地，向誰買？」

「紅毛和其他的西洋人一樣，重視所有權，凡事先確定所有權，再簽約購買。」我說：「既然此處是新港社的獵場，就找新港社的酋長來談，只要酋長承認某一塊地是給紅毛的，答應以後不能再以武力討回就行，紅毛願意付錢或以物易物買地。」

何金定花了半天工夫，找來西拉雅族新港社酋長、長老和十多名族人，在沙洲與荷蘭人會談。

何金定將西拉雅話翻成河洛話，我接著翻成荷語。

「酋長問，錢是什麼？」何金定說：「這裡不使用錢。」

宋克令彼得回船，搬下鏡子、梳子、布匹、刀、箭、菸、鹽、糖等一堆生活日用品，堆在西拉雅酋長和長老面前。

酋長和長老輪流拿起鏡子、梳子端詳，興奮地交談，手舞足蹈。宋克、彼得和我交換眼神。

酋長忽而大喝一聲，平展雙手，長老們和族人安靜下來。

「這麼少的東西，只能換一小塊土地。」酋長打開手掌，示意土地如手掌一樣大，眼望宋克身後幾艘大船。

「啊！」宋克順著酋長的眼神回望艦隊，暗自咒罵：「狡猾的原住民。」卻不知該如何回答，看著眼前廉價的日用品，因心思被識破感到困窘，白臉一陣紅熱。

「沒關係，我們只要換像這樣的牛皮，十張牛皮大的土地。」我從日用品中挑出一張大牛皮：「再加十擔米，如何？」

彼得驚訝地搖手阻止，我以眼神制止彼得，並向宋克微笑。

宋克則點點頭，示意彼得讓我繼續與酋長交涉。

酋長和長老們交頭接耳，最後同意。

我請何金定見證，將日用品和十擔米交給酋長點收，寫了一份漢文、荷蘭文購地契約，由何金定讀給酋長和所有的西拉雅人聽並解釋意思，聽完後，酋長和兩名長老代表西拉雅族新港社人以大拇指沾印泥在契約蓋章。

完成購地程序，我對何金定說：「以後荷蘭人將在這裡建堡壘和商館，你要開始學荷蘭話。」

然後，我拿出一把剪刀，將牛皮剪成細線放在地上，一剪一剪又一剪，使出裁縫的巧手和耐心，將牛皮剪得細如絲線，逐段接起來成一長線。

宋克至此明白我的把戲，拍手叫好。

彼得也明白了，扔下帽子：「哦！你這狡猾的一官，太聰明了！」

隨著牛皮繩愈接愈長，土地愈圈愈大，新港社酋長和長老的臉全垮了下來。

我剪完十張牛皮才圈出城堡的基地。

確定建堡基地範圍後，宋克指示用拆自澎湖的石頭、磚塊和從芙蓉一號搶來的鐵杉木，以及從陸地取得的建材興建城堡，以荷蘭的城市命名為奧蘭治城（Fort Orange），做為對大明國貿易的轉運商館和城堡。

我用如此低廉的價格向西拉雅人購地建堡，為此，宋克在特遣艦隊評議會上表揚我的功勞，稱讚我「靈活、機智，有過人的勇氣」。

❖　❖　❖

興建奧蘭治城期間，船員、士兵和俘虜都在沙洲紮營，宋克派遣荷蘭士兵四處探勘地形，尋找水源，測繪地圖，調查農作物，嘗試與西拉雅人接觸。很快就發現臺灣土地肥沃，大多未開墾，平原野鹿極多，原住民族友善平和。

艦隊評議會幾經討論後決定，不僅要建城堡做為與大明國貿易的據點，還要向島內購地種植蔬菜、稻麥、甘薯、甘蔗等經濟作物，希望能自給自足，像巴達維亞一樣，將來生產蔗糖銷往日本和歐洲。

落腳臺灣不到一個月，宋克急著派我去福州，要求巡撫南居益落實承諾，派船到臺灣貿易，並令我伺機去廈門、泉州和福州招商，廣為宣傳荷蘭人已在臺灣落腳，歡迎商船到臺灣做生意，同時招募農工移居臺灣，免人頭稅，荷蘭人需要勞動力種植蔬果和養殖畜牧。

我和何金定返閩，途經澎湖接施福上船。

福建現在還有禁海令，我不敢明目張膽四處為荷蘭招商，先到廈門李旦老家，想了解與荷蘭貿易的船隻籌備進度如何。

「我父親上個月從澎湖回廈門後，感染風寒，大病一場，咳嗽不止。」李旦的兒子李國助說：「剛回來時鼻塞、頭痛，吃了幾帖藥不見效，後來轉為肌骨疼痛、咳濃痰、流稠涕，驚覺病情嚴重，才延請大夫看診。」

「大夫怎麼說？」

「大夫說是暑熱不調，暑熱之邪侵襲肺衛，熱蒸肌表，兼以耗傷津氣。」李國助憂愁地說：「他足足吃了半個月的藥，才逐漸好轉，病情剛剛好轉，就趕著要回平戶，其實他看起來仍然虛弱，沒有精神，我勸他留在廈門養病，他仍執意要去平戶，五天前已經乘船轉回平戶。」

「助舍（河洛話「舍」即少爺之意），不瞞您說，上個月令尊與我合夥要做荷蘭人的生意。」我拱手道：「這番我奉荷蘭特遣艦隊司令之命從臺灣來，就是要了解派遣商船的進度。」

「這事我知道。」李國助站起來看著我說：「我父親交代，與紅毛做生意的事都由許心素負責。他去平戶前三天，每天都找許心素來談要與紅毛貿易採購貨品之事，我不在場，詳細情形我無由知之。欲了解詳情，一官該去找許心素。」

「原來如此，多謝助舍指點。」我站起來拱手作揖：「我再去找許心素了解採購商品進度和發船的日期。」

離開李府，我自忖，「去找許心素？不妥吧！」我單槍匹馬去找他，他現在正在氣頭上，還在他的地盤上，我豈不等於自尋死路？

「只是如此一來，該如何是好？」我回去與何金定商量。

「乾脆我們自己和紅毛做生意，不要管許心素。」何金定提議：「這兩、三年來我和洋人、西拉雅人做生意，已經建立買賣貨品的管道，買貨可以月結或季結，我們有西拉雅一號，手頭上還有三百兩銀可以周轉，資金雖不多，但可從小筆生意做起，也可招攬貨運，這筆生意何須假手他人，看人臉色？」

「我早有此意，想獨攬對荷蘭的貿易，可恨那天談判時先冒出李旦，後來又殺出個許心素，壞了我壟斷荷蘭貿易的計畫。」我說：「好，就照你的辦法去做，我先回臺灣，你留下來先弄一船黃絲、瓷器，還有米、蔬菜和幾條豬，他們缺豬肉缺得厲害，盡可能在這個月底運到臺灣賣給紅毛，先安定他們的心，我也好交差。」

「金定兄，您今後就負責採購交易，開船的事交給施福。」

我再找來施福，由何金定以船主的身分宣布，施福接任西拉雅一號管船，何金定並交代他：「要做生意需要人手，請施福兄再去招募幾名熟練的船員。」

「好，包在我身上。」施福拍胸脯。

「還有，不要讓紅毛知道我們合夥的事。」我叮嚀何金定和施福：「口風要緊。」

「是，一官爺。」施福說：「我曉得此事輕重。」

「還有請兩位分頭去探聽，李旦和許心素安排的船，預備何時出發去臺灣。」臨行前我吩咐：「務必保密，並且盡快告訴我。」

「是。一官爺。」施福拱手道。

❖ ❖ ❖

九月二十七日，西拉雅一號滿載令荷蘭人望眼欲穿的三百擔黃絲、一百簍瓷器駛進臺灣。

宋克看著一擔擔黃絲從西拉雅一號搬到碼頭，一捆捆稻草紮好的瓷碗、瓷盤和花瓶卸到岸邊，四條豬搖搖擺擺被趕上甲板，不知是暈船或板子太陡，竟嚎叫著滑下來，撞倒船員，接著船員不慎打翻竹編的雞籠，一群雞四處亂飛啼叫，樂得宋克哈哈大笑：「總算開始了，開始對中國貿易了！我要寫進《奧蘭治城日誌》。」

西拉雅一號總共載來價值兩萬里爾的貨物，約一千八百兩銀，荷蘭人很大方地付現。西拉雅一號還載來金門商人林亨萬和三戶十一口移居臺灣的金門農民。

多年前我在馬尼拉見過林亨萬。

「淨利兩百兩銀。」何金定高興地說。

「這只是開始，以後會源源不絕呢！」我欣喜地在心中計算著將來的盈餘。

「林亨萬怎麼來了？」我悄聲問：「還有，李旦、許心素的船何時來？」

「我探聽到，李旦與許心素已經採購備妥生絲、瓷器、碗盤和白米等貨品，但是有五艘船因爲遇到風暴，卡在南洋和馬尼拉，一時派不出船來，貨品全堆在倉庫。」何金定悄聲回答：「許心素怕延誤船期，遭紅毛人誤會不守信用，忍痛找林亨萬替代先來與紅毛做生意。我推估，許心素最快十一月才能派船到臺灣。」

「好，在李旦和我、許心素的船來之前，我們能做多少筆紅毛人的生意就做多少筆。」我說：「我先會會林亨萬，我多年前在馬尼拉認識他，可稱得上是故舊。」

「林員外。」我拱手向林亨萬致意：「我是澳門鄭一，現在紅毛人處做通事，我們又見面了！實在有緣。」

「是鄭一，一官兄，有緣再見，我眞歡喜。」林亭萬不待我問，自行解釋：「我經過許心素介紹，也剛好聽金定仔說，紅毛在臺灣開港，就趕快來看。」林亭萬說：「以後就不用跑那麼遠去馬尼拉做生意了。」

我將林亭萬介紹給宋克等人認識。

林亭萬當場允諾每個月都載貨來臺灣交易，樂得宋克力邀林亭萬、何金定和我對飲，不斷稱讚我去一趟福建，不但讓官府履行承諾，讓商船前來貿易，還招來了商人、勞工一次到位。

從十月起，西拉雅一號固定每月兩趟船到臺灣交易；我同時透過何金定向林亭萬和其他想到臺灣和紅毛做生意的福建商人抽佣金，每船五十兩銀。

何金定跟商人們說：「要跟紅毛做生意，先得打通一官。不然，一官就會跟紅毛講，這些貨原來要買給紅毛的死對頭西班牙人，你們知道的，荷蘭和西班牙正在打仗，凡是和西班牙做生意的就是荷蘭紅毛的敵人，貨會被沒收，人被抓去當俘虜。」

林亭萬雖然讓我抽佣金，還是有賺頭，從十一月起也勤快地發船來臺灣做生意。

宋克見貨源穩定，物品不斷送進奧蘭治城倉庫，他開始調度船隻順著北風將生絲和瓷器載回巴達維亞，再轉運歐洲，好望號和格羅寧根號陸續離臺。

每隻船除了載貨，還有遞送福爾摩沙的工作日誌《奧蘭治城日誌》給荷蘭東印度公司設在巴達維亞城的總督，逐日報告商館運作情形，進出貨品數量與金額，建館進度和所有發生在臺灣的大小事。

❖　❖　❖

十二月耶誕節之後兩天，李旦的四百石大鳥船終於進港，由甫升任管船的楊耿帶船，載來五萬里爾（四千五百兩銀）的貨品和蔬菜水果。

楊耿交給我一封李旦、許心素的連署信。

李旦的信寫著，以後李旦船對荷蘭臺灣商館的貿易投資金額，李旦占二分之一股，我和許心素各分四分之一股；盈餘分紅也依此比例計算。此次我的出資金額一萬兩千五百里爾（一千一百二十五兩銀），由李旦先墊付。

「今年八月，我去廈門，聽助舍說李員外生病，」我問楊耿：「李員外後來抱病回平戶，目前是否無恙？」

「李員外回到平戶後又調養了一個多月才逐漸康復，但身子大不如前，總是氣喘，講話中氣不足。」楊耿嘆了一口氣說：「入冬後，天寒地凍，在我冒北風出發前十天，李員外又因遇著刺骨寒風，感染風寒病倒，咳出帶有血絲的濃痰，延請田川大夫看診，每三天就到你的漢方藥材店抓藥，尚未痊癒，我出發時他親自交給我這封信，交代我事情時氣若游絲。」

「我實在難以想像神氣十足，十分霸氣的李員外奄奄一息的模樣。」我重重嘆一口氣道：「唉！願天佑李員外，早日康復。」接著，我想起一件事急問：「吾妻，田川松生了嗎？」

「我正要恭喜一官，賀喜一官，小松母子均安。」楊耿拿出另一封信：「這是郭懷一給你的信。」

郭懷一的信寫著：「田川松於天啟四年七月十四日，偕月娘、杏娘散步川內浦千里濱，肚痛，在一大石旁分娩，誕一兒，母子均安，田川大夫喜出望外，悉心照料，汝可安心，待汝命名。」

我當父親了！母子均安，心中懸著的大石終於可放下，而且還有岳父田川大夫照料，欣喜若狂的我，不斷想著小松和嬰兒的樣子。

天啟四年七月十四日，也就是西元紀年的一六二四年八月二十七日。為男嬰命名？其實我的父親早已想好，今年五月初返回泉州探親時，父親交代若生男卽命名森，鄭森，字福松。冀望他如福建之松，茂茂森森，長長久久，是個頂天立地的男子漢，未來是國家棟梁。

我握著金十字念珠祈求聖母，保守小松母子均安，福松平安長大，希望明年吹南風時，我就可以乘船回平戶與妻小團聚。我迅速寫好回信，讓楊耿帶回平戶。

此後，我每天望著海。

「鏘！鏘！鏘！」聽到通報船進港的銅鑼聲，看著林亨萬和其他商人的船入港，心中計算著五十兩加五十兩，加一百兩……，數字不斷跳動，心中從來沒有如此快活過。

我握著金十字架，感謝主和天神的庇佑，很快就可以存到一千一百兩銀，不但還清欠李旦的錢，我手上還會有一筆錢，以及一筆和一筆不停增加的錢。

「感謝主，感謝何金定。」我也向天父、聖母祈禱：「保守李員外身體健康。」

20 逃離奧蘭治城堡

來到荷蘭船上工作，我必須使用西元和大明紀年算日子。現在是一六二五年元旦過後不久，冬天，海濱風勢強勁。

荷蘭艦隊司令宋克在馬斯垂克號官廳召開評議會。

我晚到些許時間，正想進官廳，不料，「尼可拉斯，你不能進去。」隊長烏特守在門口。

「爲什麼？」我抗議：「以前我都可以旁聽。」

「之前因爲與中國談判，需要你翻譯，才准你旁聽評議會。」烏特說：「何況，這次評議的主題與你有關，你是當事人，不能進去。」

「有關我的事？」我急了：「什麼事？」

「待會你就知道。」烏特賣關子。

我頂著寒風，在艙外等了一個小時。

德・韋特開門露臉，原要叫烏特，看到我即向我招手：「尼可拉斯，司令要你進來。」

七名評議委員在座，其他船長環列旁聽，我站在中央。

「尼可拉斯・一官。」宋克站起來宣布：「經荷蘭東印度公司遠東特遣艦隊評議會決議，認定你違反與公司的契約第五條，評議會代表公司裁定，沒收你的分紅四千一百里爾（三百六十九兩銀）。」說完，將裁罰書及合約書遞給我。

我腦中轟然巨響。

合約書第五條載明：「若違背通事工作應有的忠誠，或以詐術欺騙荷蘭東印度公司遠東特遣艦隊謀取個人私利，荷蘭東印度公司官員得解除契約或沒收分紅，依荷蘭法律處置。」

我抗辯：「我不但沒有違反工作忠誠，還爲公司爭取到一萬一千里爾贖金。」我吶喊：「現在，公司不但沒有依約給我分紅，反而找理由，非法沒收我的分紅，不公平！」

「尼可拉斯，那天你栽贓許心素是去年出賣法蘭克的通事，明顯藉機公報私仇，謀取私利，令我們在與中國軍隊的談判中受到屈辱，差點破壞談判結果，依合約規定可以解除你的合約、解僱你，甚至依荷蘭法律處置。」宋克說：「但是評議會成員考量你工作努力，招商成績佳，討論許久才決議對你從輕發落，處以沒收分紅，讓你繼續留下來，沒有解僱你，你要感謝神保守你，不要不知足。」

我在衆紅毛環繞中，見事已至此，難以挽回，只能收下裁罰書忿忿然離開官廳。

❖ ❖ ❖

銀。

哼！一定是紅毛眼紅我分紅多，竟然找藉口沒收我的四千一百里爾，合約三百六十九兩銀。

「可惡！可恨！」我憤恨難平地對著大海怒吼。

要懲處我栽贓報復許心素，大可到臺灣就動手，但是紅毛忍下來，等我用低廉的日用品向西拉雅人買下城堡土地；等到我回福建招商，商船絡繹於途；等到福建農民一批批移居來臺，開墾、種植、養牲畜一切都上軌道，我完成任務，沒有用處了才動手懲處，狡猾的荷蘭人真是深謀遠慮啊！

不曉得已經計劃多久了，我竟然沒聽到半點風聲，虧我還是日本幕府將軍的一株草，竟然忘了在評議會埋眼線。

「狡兔死，走狗烹。」我是被烹的那隻狗。

「從輕處分，只沒收分紅，讓你繼續留下來，沒有解僱你。」宋克的話在我耳邊迴盪。

紅毛說得好像給我恩惠，沒有將我趕走已是萬幸，難道我該感激不盡地跪下來親吻他的靴子？

呸，我不稀罕繼續當通事，大可一走了之，靠西拉雅一號和抽佣，我一樣可以賺到一千兩銀，誰稀罕當紅毛的通事。

我決定不幹了。

我走出船艙，一月的冷風迎面吹來，像盆冷水潑上臉，我瞬間清醒。

不對，許心亮的贖金我可以分紅五十五兩銀，加上被沒收的紅利三百六十九兩銀（四千一百里爾），總共是四百二十四兩銀，這些錢難道都不要了？

我走過馬斯垂克號，仰望星空，星子閃著寒光，冷靜清晰，月亮掛在深邃遙遠的夜空，夜空下小松和福松是否安好？北風強勁，船只往南不往北，我現在離開臺灣，無法往北去平戶，我能去哪裡？

忍，我要忍，忍到時機成熟再走，就像紅毛對付我這般，我要連本帶利一起拿回來才能走。月光下，我看到馬斯垂克號露出水面的尾舵上半部，舵以卡榫和舵柱連結操控船的方向。我凝視尾舵，是否也有一根看不見的舵操縱我的人生方向？

❖　❖　❖

荷蘭人奴役三百五十三個漢人俘虜，不分寒暑日夜趕工興建城堡，逾一百二十個人感染風寒體力不支病倒，三十六人病死或累死，俘虜人數日漸減少，工作量不減反增，俘虜與荷蘭士兵爆發衝突的次數愈來愈頻繁，調解雙方的紛爭成了我的新工作，也因此與俘虜間的老大哥陳霖、張浩相熟。

他們兩人和施福一樣都是管船，他們與船員被抓到澎湖做工後，因船員的擁護及擅長管理與組織，又變成奴工間的領袖。

俘虜僅在耶誕節休息一天。

農曆過年前，陳霖代表俘虜請求除夕及大年初一休息兩天過中國年。宋克不但不准，還命令趕工：「未在時限前完成面海的北城牆，罰一天不能吃飯。」陳霖、張浩氣得連袂找我，要我向宋克爭取休息過年。

我向宋克說明，漢人過中國年與荷蘭人過耶誕節具有相同的意義，「除了尊重漢人的文化，適當的休息才有體力繼續趕工，從去年九月到福爾摩沙，漢人俘虜已經死了三十六人，還有一百二十多人病倒，再不休息，病倒或病死的人更多，城堡也不用蓋了。」我愈說愈氣憤：「到時候，你們荷蘭人自己去挑土扛石頭蓋城堡。」

「大膽！」宋克大喝：「人力調度是我的事，你只是個通事，搞清楚你的角色。俘虜需要過什麼年？不准休息，繼續工作。」

我到俘虜住的簡陋小屋，轉達宋克的命令。

俘虜群情激憤，不停咒罵荷蘭人，怒罵聲從用樹枝和茅草搭蓋的簡陋小屋中傳出，與怒吼的北風相應和。

「逃吧！」有人提議：「往內陸深山走，寧可餓死也不要被紅毛虐死。」

「聽說內陸住著會吃人的生番，還沒餓死可能先被吃下肚。」有人回應。

「奪船逃跑，乘著北風去南洋。」陳霖說。

「船上沒有存糧，紅毛預防我們駕船逃脫，把水櫃拆了，卸下竹篷。」張浩說。

「沒糧、沒水，這種天氣出海等於自尋死路。」陳霖說：「沒帆，光靠搖櫓走不了多遠，很快就會被紅毛的大帆船追上。」

「唉！難道我們只能累死、病死在這個鬼島？」一個老人說：「一官爺，好心救救我們吧！」

「唉，我只是想為大家爭取一天休息，就被紅毛臭罵我只是個通事，不要多管閒事。」我悠悠地說：「大家不要想太多，努力加餐飯，保住身體，總有獲釋的一天。」

我說完引起更大的叫罵聲，粗鄙不堪，問候紅毛荷蘭人先祖十八代的咒罵聲不絕於耳。

「如果我能逃出這裡，我要殺光紅毛。」陳霖悲憤地大喊：「殺光紅毛！」

「殺光紅毛！殺光紅毛！殺光紅毛！」群起響應。

我悠然看著激憤的俘虜們，他們沸騰的、不滿的怒氣，正是我可以利用的民氣。

❖　❖　❖

中國新年除夕日上午，一艘荷蘭商船頂著北風，逆風行駛了兩個月抵達臺灣，送來巴達維亞總督德・卡本特（Pieter Carpentier）調升宋克為第一任臺灣總督的命令。

「從現在起，司令改稱總督！」德・韋特率眾人舉杯慶祝：「祝賀總督就職！」總督宋克高興之餘宣布，「晚上加菜，俘虜也加菜，讓他們過中國新年。」他切下一塊烤豬肋排，送進嘴裡大嚼。

難得可以白飯吃到飽，眾俘虜大口大口吃著白米飯、臭得令人掩鼻的醃魚和烤焦的鹿肉，臉上掛著歡欣的笑容，我卻感到一陣辛酸。

「陳霖兄，您是老船長，請問沒水、沒糧、沒帆的鳥船怎麼跑？」大口嚼白飯的陳霖瞪大眼，差點噎到：「一官爺，何出此言？」

「我出題目考你。」

「喔！」陳霖會意點頭，吞下一大口飯，悄聲說：「沒水櫃，可用木桶儲水替代；沒糧，搬乾糧上船，有水有糧可撐個幾天。沒帆是個難題。」

「這幾天紅毛偶爾會利用鳥船當巡邏船，只是一回港又卸下竹篷。」

「竹篷雖卸下仍放在船上，重新上帆即能揚帆出海。」陳霖說：「難的是等待好時機。」

「好時機需要等待，準備卻要提前。」

「是，一官爺。」

「成功的機會只給做好準備的人。」

「我懂。」陳霖悄聲問：「此事當眞？」

「當真。」我說：「只能找有心人。」

「我懂，我會準備好，等待風起。」

「好，好個等待風起。」我緊握他的手：「這次行動的暗號叫做『南風來了』。」接著再仔細跟陳霖、張浩說明我的計畫。

兩人聽得不住點頭稱是，同時提出更好的意見，最後我等三人擬定好逃脫計畫，並決定分頭進行。

❖　❖　❖

三月中旬，天氣開始轉暖，乍暖還寒，我觀察風向，吹北風的日子居多，偶爾吹東南風，但第二天又變成北風。

「主啊！求主趕快吹南風。」我心中一直向天主祈禱，外表力求鎮定，如常在城堡工地間走走，查看俘虜工作的情形，經過陳霖身邊。

「一官爺，南風來了嗎？」陳霖問。

「南風快來了，四月復活節是個好時機。」我幫陳霖剷土到他的畚箕，悄聲說：「復活節是荷蘭人紀念主耶穌復活的日子，以春分月圓之後的第一個禮拜日爲復活節，那天放假一天，荷蘭人聚會飲酒，等他們喝醉，警戒鬆懈，我們半夜動身。算算日子應該是四月九日，最近宋克派紅毛兵去抓兔子，聽說是復活節要用的。」

四月初，陳霖、張浩暗中告訴我，有兩百零五人參加，水桶已備便，探知乾糧存放地點，弄清楚大灣的沙洲分布地點和航道。我也探知貿易周轉金就放在首席商務員范・梅爾德的獨立營帳，帳外有兩名衛兵全天看守。

四月七日，顏思齊竟搭著他的帆船進港，他從漳州載了三百擔黃絲和混絲賣給荷蘭臺灣商館。顏思齊悄聲說，他從馬尼拉載了土產和香料北上回日本，中途經過漳州、廈門時，聽說荷蘭人已在福爾摩沙（臺灣）開館，利潤不錯，才臨時在廈門採購黃絲和混絲，拐彎來臺灣「試水溫」。

總督宋克邀請顏思齊留下來共度復活節，顏思齊答應留下來，趁機了解荷蘭臺灣商館的運作，由我居間翻譯，讓他認識宋克和首席商務員范・梅爾德、助理商務員彼得等人。

我也藉機邀他小酌、敘舊，把酒言歡。

四月九日放假一天，荷蘭人不分官階、職務大小，聚集在一起，由范・梅爾德權充牧師主持祈禱儀式，講述耶穌死後三天復活的故事，以及兔子分送彩蛋的由來，然後大家互贈畫著紅、黃、藍、綠各色彩蛋，和玩藏蛋、找蛋的遊戲。

我和俘虜奴工好整以暇在一旁看著荷蘭人玩遊戲，看乏了覺得無聊，各人找地方睡覺，養精蓄銳。

晚上，總督辦宴會邀所有荷蘭人和唐商顏思齊吃飯，大家開懷暢飲葡萄酒和白色的烈酒，除了歡度復活節，也慶祝對大明國貿易上軌道，建城工程順利。

宴會進行中，兩名喝得面紅耳赤的士兵走到范・梅爾德營帳交班，隨即各自找地方坐下窩著，用槍柄支著頭呼呼大睡。

宴會在深夜結束，四月寒涼的夜風正適合酒後酣睡。

俘虜住的簡陋小屋閃動黑影，俘虜們分組突襲衛兵，先綑綁四個衛兵，再三三兩兩低身潛往碼頭，登上今天充當巡邏船的兩艘鳥船；有一組人划小船靠近每一艘荷蘭船隻的尾舵，鋸斷舵和舵柱之間的卡榫；有的人靜悄悄地將一人高的木製水桶滾上船；有的人潛進存放乾糧的帳篷搬運乾糧送上船，各司其職，分頭行動。

我以頭巾蒙面，率五人摸到范・梅爾德營帳，抽出倭刀，抵住衛兵脖子，以破布塞嘴，其他五人將繩子套上手、足捆牢，迅速制服兩個衛兵，再潛入營帳捂嘴、抓手、綁四肢，將酒醉中的范・梅爾德五花大綁，搬走兩個裝銀幣的大木箱。

我派三個人把爛醉的顏思齊抬上船。

黑夜中兩艘鳥船升篷帆，各由陳霖和張浩駕馭一艘，陸續悄悄滑離碼頭，沿途接回鋸斷荷船尾舵的夥伴。

風力微弱，陳霖下令用划槳。

兩船駛至大員灣口，忽然槍聲三響，剛蓋好的北面城牆稜堡亮燈。

「紅毛仔發現我們逃跑了。」我緊張地說。

「沒關係，紅毛船斷舵，可以行船但不好控制方向。」陳霖笑著：「必須隨時拉扯帆的角度才能改變方向，他們有得忙了，搞不好還會撞上沙洲，我眞想看紅毛船擱淺的樣子。」他哈哈大笑。

駛出灣口，兩船會合，我打開大木箱依約定拿走五千五百里爾銀幣（四百九十五兩銀），其他的封箱後交由張浩，「我拿走紅毛沒收我的紅利，其他的由大家分了，當做紅毛欠大家的工錢。」張浩的船載了近兩百名俘虜。

「一官爺，五天後蚊港（今嘉義縣布袋鎮好美里、臺南市北門區一帶）見。」張浩說。

我跳回鳥船，這船只有我、顏思齊、管船陳霖和十名船員。依計畫，兩船分兩地走，以分散荷蘭追兵，陳霖的鳥船沿岸北上，張浩的鳥船往澎湖，五天後兩船再到大員灣以北第五條溪出海口的蚊港會合。

❖ ❖ ❖

風弱槳慢，船以之字前進，我站在船尾，從千里鏡看到兩條荷蘭蓋倫帆船揚著龐大的白帆布追出來，在月光下可見白色反光，「快呀！他們追來了！」

天微亮，白浪濤濤，陽光升起後吹了一陣南風，「南風來了。」

「南風來了，對我們的小篷帆不好，對紅毛的橫向大帆布有利。」陳霖說。

「我從千里鏡可以看到紅毛的桅杆了。」我說：「其中一艘是有首桅、有縱帆的格羅寧根號。」

我知道，德・韋特船長正在船上指揮要抓我。

「拿來，我看。」陳霖觀望了一會兒：「嗯！原本這個距離代表紅毛半個時辰（一個小時）就可以趕上我們，但是因爲舵斷了，走得歪歪斜斜，現在要一個時辰才追得上我們。」

「這樣還是擺脫不了紅毛，怎麼辦？」

「轉到溪裡，走到不能走，棄船走路。」陳霖指著右前方溪口，「紅毛的大船不能駛進溪。」

「好。」我說：「轉進溪流。」

「這……這是在哪裡？」顏思齊酒醒跑上甲板，轉了圈看看四面八方：「一官？我……到底怎麼回事？」

「顏爺，昨天晚上所有的俘虜趁紅毛酒醉偷了船逃跑，怕你落單，被紅毛懷疑你偷放俘虜，興師問罪，所以帶你一起逃。」

「我又不是俘虜，幹嘛要逃？我要下船。」

「你會講紅毛話嗎？」

「不會。」顏思齊說：「但我會講西班牙話。」

「很好，西班牙和荷蘭是死對頭，你講西班牙話也無法解釋你怎麼會跟俘虜一起逃，加上你的船裡還滿載馬尼拉的香料，剛好被紅毛以你去馬尼拉跟西班牙人做生意為由殺掉。」

「一官，你何苦拖我下水？」

「顏大爺，我是救你，怎麼變成害你？狗咬呂洞賓，不識好人心。不然等一下我們棄船走陸路，你留下來跟荷蘭人講你是被迫逃走。」我指著陳霖和其他人：「他們因為跟馬尼拉的西班牙人做生意才被抓來當俘虜做奴隸，不信你問他們。」陳霖等人一起點頭。

「唉！」他長嘆一聲，坐在甲板發呆。

❖ ❖ ❖

「刷！刷！」船底傳來船底龍骨與溪底石頭的摩擦聲。

我用千里鏡觀察，兩艘荷蘭大帆船停在溪口外海，正在吊放小船。

「走！」陳霖率先跳下溪，涉水上岸。

我用一條紅頭巾綁好頭髮，背著裝五百兩銀幣的沉重包袱跳進溪水，手腳並用爬上岸。

顏思齊站在船上觀望。

我們一群人沿著溪岸邊明顯的小徑往內陸走，進入一片樟樹林，我找了棵參天巨樟，在樹下挖洞埋包袱，塡土灑上落葉，滾來一顆巨石壓在上面。

顏思齊氣喘吁吁地跟上來大叫：「他們追來了，紅毛來了。」

「顏大爺要跟我們一起走？」我拱手問。

「事已至此，有理說不清，只好跟你們一起走。」顏思齊苦笑：「不然該當如何？」

我們在密林中沿著小徑奔跑，穿越深達腰部的沼澤進入草原，草有一個人高，下方有水，撥草前進常被草莖絆倒，個個摔成泥人。

日頭即將走到中天，我們才走出草原，來到一塊疏林地，突然竄出一群狗對我們咆哮，一個下半身只圍一條鹿皮，上身赤裸的男子持一把矛擋在小徑。

他一聲尖嘯，從林內各處又湧出十餘名相同打扮的男子，個個舉矛對著我們，怒目相視，喊著原住民方言，發出怪聲鼓噪著。

我示意所有人蹲下，卸下刀和槍，高舉雙手，示意沒有敵意，原住民才停止吶喊。

我細看他們裝扮，判斷應是西拉雅族的一支。

一名老者大踏步走向我，口中念念有詞，似乎在盤問我。

我愈看愈面熟，試著叫他：「歐巴！歐巴！」

他一愣，看著我。

「送衣服的一官！」我確定他是四年前在大海灣遇到的麻豆社長老歐巴，情急之下想起唯一會的一句西拉雅話，我指著自己：「送衣服的一官，送衣服的一官。」

歐巴瞇著眼湊近瞧我的臉，一名男子也跳過來瞪著我，然後指著自己：「卡魯！」

「卡魯，卡魯。」我想起來，他是麻豆社族長烏魯的弟弟。

我雙手比畫著大肚子，卡魯和歐巴笑著交談，攬著我的肩頭，其他西拉雅人見狀放下矛，帶我們走出稀疏的林子到他們的村莊。

村子傍著一條寬闊水深的河川，河水清澈見底，卵石游魚歷歷在目，這是一個有一千多人的西拉雅人村莊麻豆社。

麻豆社人編竹爲牆，蓋茅爲頂的茅草屋，屋前有灶，另有一間大涼亭，是族人共同的起居室。茅草屋有好幾百座，到處有人走動，對我們微笑，豬雞鴨四處遊蕩覓食。赤身裸體的小孩睜著晶亮的眼睛圍著我們看，帶著一群狗跟著我們走。

族長烏魯迎了出來，對我大喊「送衣服的一官」，右肩上的刀疤依然明顯。

老人、小孩就地或坐或臥，女人用織布機織布。

卡魯拉來一個女人，指著她身上已經明顯褪色的衣服，不停地說話。

女人羞赧地笑著不停點頭。

「這是我四年前送她的布料。」我向陳霖及顏思齊說：「衣服雖已褪色有些破舊，仍可辨識。」

我見時間緊急，雙方又言語不通，只能比手畫腳告訴烏魯和歐巴，有壞人在追我們，又指指肚子表示肚子餓。

烏魯向卡魯指指了村莊後方，卡魯馬上帶我們到村莊後面小山頭的山洞躲藏。山洞居高臨下可以看見整個村莊的動靜，洞口外面有茂密的樹木遮住洞口。

卡魯在洞口樹後觀察動靜。

不久後，兩個麻豆社少年送來兩大袋鹿肉干和五管竹筒水。

「一官，兩、三個西拉雅人一直對你重複一句話，那句話是什麼意思？」顏思齊吃著肉干瞅著我，眼神充滿疑惑：「你們好像認識。」

我訴說四年前偶經大員灣撮合麻豆社人和葡萄牙人買賣鹿皮，我送他們布匹的往事。

「好心有好報，一官爺這次幫助我們逃脫，老天一定會保佑我們平安脫險的。」陳霖說。

「要平安脫險，得先擺脫紅毛的追擊。」我大口吃肉干，喝水塡飽肚子。

卡魯向洞內低聲打了暗號，我和顏思齊、陳霖齊到洞口隱身樹後用千里鏡觀察，看見荷蘭人分成四隊，每隊十餘人，總共約六十到七十人走進村莊，四、五隻狗對著陌生人狂吠。

「砰！砰！砰！」紅毛兵開槍殺了兩、三隻不停咆哮的狗，其他的狗低聲嗚嗚夾著尾巴四竄逃逸。

長老歐巴迎上去，竟被一個士兵踹倒，用槍指著歐巴命他蹲下，烏魯與村中男子持長矛圍上去，紅毛立即開槍，射殺三個麻豆社壯丁，女人、小孩驚嚇大哭，四處亂竄，紅毛又放一排槍威嚇其他人蹲下。

卡魯咒罵著要衝下去，被我拉住，打手勢要他留下來。

我用千里鏡觀望，小聲描述我看到的景象。

隊長烏特集合副隊長羅斯福（Roosevelt）和三名小隊長站著開會，然後命士兵搜索村內各小屋，顯然是在找我們。

紅毛兵陸續從小屋趕人出來集中到大涼亭，淨空房屋，放火燒毀，白煙混著黑煙竄升天空。

烏特將三、四百個麻豆社男人全部集中在一個角落，用刺刀在地上畫圖，比手畫腳，顯然在問我們的行蹤。

烏魯向他們指著河流的方向。

烏特隨即遣一名士兵去探察河流的深度及寬度。

紅毛士兵卸下槍彈，脫靴子涉入河中，撐著竹竿走到河心，水深及胸，忽然被水沖走，引起岸上紅毛兵一陣尖叫，他往下游漂流沉浮一會兒，順著水流慢慢游向岸邊上岸。他走回村子與站在河邊的烏特講話。

兩名紅毛兵押著兩名麻豆社男子到烏特前面，烏特指示一人蹲下，剛才下河測水深的士兵坐到他肩膀，然後兩人走下河，麻豆社人一人扛紅毛兵，一人在後方用手扶著紅毛兵的腰渡河。

「啊！原來如此，我懂了。」

烏特命令麻豆社人扛士兵和槍枝過河。

我將千里鏡交給卡魯，讓卡魯看清楚荷蘭士兵要麻豆社人扛著他們過河。卡魯看了許久，講了一長串話，用樹枝在地上畫著，正當我們疑惑不解時，他倏忽起身離開山洞，飛快衝下山。

我重回洞口用千里鏡觀望，荷蘭士兵分成四隊圍坐吃乾糧、喝水，數數人頭，有兩小隊十五人、兩小隊十六人，加上隊長烏特、副隊長羅斯福，共六十四人。

不久，卡魯忽然出現在男人群中，與烏魯及多個精壯的麻豆社人交頭接耳。

❖　❖　❖

待紅毛士兵吃完午餐，羅斯福命士兵將麻豆社人兩人一組在河邊排成四隊，士兵們卸裝備、脫靴子。

烏特一聲令下，士兵手拿刺刀騎到麻豆社人的肩頭下河，另一名麻豆社人拿槍枝彈藥緊跟在旁，四隊分頭並進。

水流湍急，麻豆社人扛著荷蘭士兵在溪水中慢慢前進。日正當中，陽光照著溪水漾著綠色，鳥聲啾啾，風吹來仍有涼意，飄散青草的香腥味和泥巴的土腥味。

「叩！叩！叩！」一陣細小但清晰的聲音在耳畔響起。

「叩！叩！叩！」像有人拿著堅硬的木棒敲擊，接著又傳來一陣窸窣窸窣的聲響。

我尋聲覓源，居然是兩隻黑色的碩大甲蟲在洞口旁的樹枝上打架，背部甲殼黑得閃閃發亮，牠們伸出長長的、有尖銳犄角的大顎，緊緊咬住對方的顎或頭部，六隻有倒勾的腳趾緊緊抓住樹皮，奮力扭動欲將對方舉起，忽而分開，大顎急速揮動，又前向衝撞互相夾擊、搏鬥。

「叩！叩！叩！」有一隻甲蟲被舉起，四隻腳在空中掙扎划動，兩腳的叉鉤仍抓著樹皮，「加油！」我看得入神，差點喊出聲。

「喲呵！」一個快到對岸的紅毛兵大喊，喚我回神。

我從千里鏡細看，所有荷蘭士兵都已下河，前端快到對岸，後端已經離岸有段距離，押隊的烏特和羅斯福也進入河裡。

此時，聽到一聲尖銳口哨聲「嗶！」扛人的麻豆社人竟同時下沉，跟班的麻豆社人則趁勢將荷蘭士兵按入水中。

近兩百人在碧綠的溪水中翻騰、掙扎，荷蘭士兵喊叫聲、求救聲被溪水淹沒；士兵揮舞刺刀亂刺，綠水冒出紅血，麻豆社人冒出頭、吸口氣再次下潛將士兵按入水中更深處。

「啊！不妙！」我驚呼：「不妙，荷蘭士兵遭殃了！」

顏思齊搶過千里鏡湊眼細看，也驚呼連連，再將千里鏡交給陳霖。

「原來卡魯說的是這回事。」陳霖將千里鏡交還給我，並說：「麻豆社人也很聰明！」

我再透過千里鏡端詳。

被浸入水中的荷蘭士兵睜大眼，瞪著麻豆社人，不解為何要取他的命；麻豆社人死命憋氣，不放手，就是要置敵人於死地。

士兵鬆開手上刺刀，腳在水中狠踢幾下後不動，眼睛睜得大大隨水往上漂，一具又一具，漂在水面上。

接近對岸的一個荷蘭士兵刺傷兩名麻豆社人，掙脫後順流往下漂，掙扎的手在空中揮舞。他愈漂愈遠，遠到剩下一小點。

「只有一個逃脫。」我放下千里鏡：「其他六十三個人都被淹死了，可憐，唉，也是咎由自取！」

「咦！」剛剛激戰的兩隻背殼晶亮的甲蟲不見了，我在附近樹枝來回搜索仍不見蹤影。這種甲蟲我小時候在老家看過，但是這裡的比較大隻，背殼油亮得令人驚豔，看起來雄壯威武。我又逡巡一遍，沒看到甲蟲。

我和顏思齊、陳霖等十人，走出山洞回到村子。

溪裡的麻豆社人游上岸，將紅毛士兵的屍體一個一個拖上岸，共六十三人。烏魯指揮族人剝下士兵的衣服、鞋子、槍枝、刺刀和彈藥排列草地晾乾。

烏魯帶頭歡呼，將我和顏思齊、陳霖等人抬起來高喊：「送衣服的一官！送衣服的一官！」慶祝大敗荷蘭人。

陳霖和九個漢人俘虜高興得和麻豆社人又唱又跳。

我和顏思齊站在一旁觀看，心情沉重。

「一官爺，紅毛被麻豆社人全數殲滅，你不高興嗎？」陳霖將裝酒的葫蘆遞給我。

「沒有全數殲滅，跑掉一個。」我憂心忡忡喝了一口酒：「紅毛一定會大舉報復，是福是禍還很難講。」我說：「之前，另一支荷蘭特遣艦隊司令法蘭克和船員五十多人被騙下船逮捕，戴枷遊行到北京斬首，荷蘭紅毛大怒再派艦隊來報復，才會有占領澎湖，以及搶掠我大明國商船的事，你們才會被抓來當俘虜。」

「就算沒有跑掉一個，兩條船的士兵全部失蹤，紅毛一樣會報復。這是個人吃人的世界，之前我被抓去當奴隸飽受折磨，生不如死，現在他們被殺，這是報應，報應啦！」陳霖說：「至少他們現在不會再追殺我們，安啦！」

武器與熱血，我想起三浦按針。

我將酒遞給顏思齊：「顏爺，喝口酒，壓壓驚吧！」

「壓壓驚？的確要壓壓驚。」顏思齊喝一口酒，憂心地說：「西洋人不管是紅毛或佛朗機（葡萄牙）人、西班牙人，遇到這種事都會大舉報復。」說完擲了葫蘆：「我為麻豆社人擔憂，恐有滅村的危險。」

「唉！事到如今，說這些也無濟於事。」我嘆道：「這些紅毛兵，我認識不少人，隊長烏特、副隊長羅斯福更是天天見面，我該為他們做些事。」

我找到烏魯和卡魯兄弟，請求他們掩埋六十三名荷蘭士兵，不要曝屍荒野。我先挖個坑埋隊長烏特。

烏魯見狀，召集全村男子挖坑埋屍。*

❖ ❖ ❖

「不瞞各位，我早在兩年前已經在蚊港建立村寨，做為從長崎到福建或馬尼拉、安南等

---

*《熱蘭遮城日誌》第一冊第四頁，謀殺者之河事件，發生在一六二九年七月十三日，六十三名荷蘭軍士兵遭溺斃。此為劇情所需安排。

地的中繼站，可避暴風雨或補給。」此時，顏思齊說：「如果各位早跟我說逃脫之謀，我或可領各位去蚊港一避。」

「此事我等籌謀已久，不料顏大爺突然大駕光臨。」我說：「無暇稟告。」

「事已至此，我就帶各位去蚊港，暫且一避吧！」

「多謝顏大爺。」陳霖拱手稱謝。

我們一行人在烏魯和卡魯等族人護送下，循原路到溪流的出海口，找到鳥船，我返回樟樹林，從大石頭下挖出五百兩白銀。

21 喜相院胖嘟嘟的福松

第五天下午，陳霖將船駛進第五條溪口，蚊港的木棧道碼頭。原來顏思齊已經帶領一千多人在此建立村寨，形成幾個村莊，屋宇房舍雖不及唐山般富麗堅固，但竹屋茅舍卻也略具規模。而且正在興建磚窯廠，欲製磚蓋屋。

顏思齊帶著我和陳霖等人，到他用巨木爲梁、編竹爲牆的寬廣大木屋歇息。黃昏，河口出現兩艘鳥船，一是去澎湖的同伴張浩等人依約到蚊港會合；一是施福駕著西拉雅一號來尋。

「原奉掌櫃何金定之命，要載貨去荷蘭城堡貿易。」施福說：「在澎湖遇到管船張浩說起一官爺率大家逃離荷蘭城堡的事，我就一起來了。」

「太好了，我正需要用船。」我大喜。

管船張浩說，從首席商務員范・梅爾德搶來的兩個箱子，經清點共裝六萬里爾銀幣，扣掉我先取走的五千五百里爾銀幣（四百九十五兩銀），剩下的平均分給兩百零四人，每人可分到兩百六十七點一五里爾，相當於二十四兩銀子。

「這是紅毛該給我們的工錢，我拿得問心無愧。」張浩將一袋銀幣交給陳霖，並問：「陳霖，在大灣口分手後我們直駛澎湖，看到兩條紅毛船去追你們。」

陳霖敍述我們被追到麻豆社，最後麻豆社人溺斃六十三名紅毛，聽得大夥大呼過癮，恨不得當時也在現場，紛紛向我和顏思齊敬酒。

顏思齊仍然苦著一張臉。

「我們已經逃離紅毛魔爪，也分到錢，我也跟紅毛翻臉結下梁子，不可能再回去荷蘭艦隊或商館工作。」我說：「大夥兒就此散了吧。」

「一官爺去何處？」陳霖問。

「我要去日本平戶。」

「我要去荷蘭城堡一趟。」顏思齊說：「要回我的船和船員。」

「我的船被紅毛打沉，回福建沒船，家裡沒地，無法爲生，幸好獲一官爺幫助，介紹給西拉雅一號東家，獲聘在西拉雅一號權充管船。」施福說：「但我更想要追隨一官爺闖東瀛。」

我搖手搖頭，連說不可：「我當紅毛通事，是不得已才寄人籬下，自己前途未卜，何敢連累諸位大哥。」

「我會駕船，還能打雜，此後命運自己負責。」施福說：「是好是壞總比當奴隸好，只願追隨一官爺闖蕩一番。」他振臂問：「還有誰想追隨一官爺東渡扶桑？」竟有十多人舉手，其中泰半是施福和陳霖的船員。

最後決定，一百六十多人回唐山，十多人隨我去日本，另有五個家庭共三十多人決定落腳蚊港，不回唐山。

「好，要隨我去日本的人與我和施福同船，屆時我會盡力安排大家工作。」我宣布：「要回唐山的另搭管船張浩和陳霖的兩艘船，明天一早漲潮出海；每船卸下一條小船給落腳蚊港的夥伴使用。大家後會有期。」

「請施福兄，依行程載貨到荷蘭城堡交易，與紅毛交易的事不能中斷。」我另吩咐施福：「順便載顏大爺到荷蘭城堡。待西拉雅一號交貨後再回航蚊港，載我等去日本。」

「如此甚好，但要通知何掌櫃。」施福說。

「待我修書一封，委託陳霖兄帶回廈門給何掌櫃卽是。」

管船施福建議，到日本的航程中需要充足的食物。

爲此，我和欲隨我去日本的夥伴，在等待西拉雅一號回蚊港的時間，天天打獵捕鹿，烤肉製作肉乾，及烘乾鹿皮充當被褥或禦寒衣服；採野菜、尋野果、摘木耳，盡量多儲存糧食及存水。

第八天，施福駕西拉雅一號回蚊港會合。

「顏大爺一到荷蘭城堡就被扣留、調查。」施福說：「等了六天，不見顏大爺獲釋，只好先回來覆命。顏大爺恐怕凶多吉少。」

「啊！是我連累顏大爺。」我暗自叫苦，卻也無計可施，只能祈禱顏大爺平安無事脫困。

第十天才啟程航向北方。

❖　❖　❖

西拉雅一號在逆風和順風之間往北走，龜行蝸速，風浪顛簸。

第三天遇暴風雨，船正行經一個小島群，便停在其中一個較大的島，下船躲入一個岩洞，勉強避風雨。

狂風暴雨肆虐一夜，洞內潮溼積水無法升火舉炊，大家啃乾糧填肚子，岩洞漏水，夜不成眠，大夥只能身披鹿皮禦寒，瑟縮圍坐一圈取暖休息。

次日，待風雨稍息，退潮，海邊露出一片平坦光滑的岩灘，岩灘上有一顆顆像香菇的岩石，甚為有趣，我叫它香菇石。

香菇石的高度正好與椅子等高，我揀了一顆香菇石坐下，用肉乾當餌臨海垂釣。

岩灘旁有一個海中岩洞，洞口一半在水面上，一半在水中，浪潮湧動，一股海水沖進又沖出，沖進又沖出，發出巨大的「轟隆！轟隆！」聲響。

「哦！上鉤了。」我大喊，拉釣竿將魚甩上岩灘。

碩大肥美的魚一尾接一尾上鉤，樂得施福率水手刮除魚鱗，切成生魚片，肉鮮味甜，分傳眾人大快朵頤。

剩下的生魚片切條，加上魚骨和淺灘摘來的海菜一起煮湯，「這道湯有海菜的鹽提味，好鮮美！」喝著湯，我想起於梶夫人。

「這座島雖然小得無法住人，卻救了我們的命。」施福問：「不知道是什麼島？」沒有人回答。

「應該是古書上說的黃魚磯吧。」施福自言自語說：「我知道穿過這群小島往東北走，可到琉球群島，再往北就到日本九州的薩摩、長崎。」

「黃魚磯是更接近琉球的小島。」一名老水手湊近看海圖，指著另一個小島群，他說：「此小島尚未命名。」

「可以叫它釣魚島。」我說：「紀念我們在此處避風躲雨，在平坦的岩灘上坐在香菇石邊釣魚、做生魚片果腹。」

「好，就叫它釣魚島，一官爺的釣魚臺。」施福說：「我在海圖上畫此島記下島名。」

西拉雅一號離開釣魚島，沿著琉球群島逆風北上，又遭遇另一個暴風雨，不得不在琉球的一個小島停船避風，延宕了一些時日，前後走了二十天才到長崎。

船泊海外，等到夜晚，我才偷偷上岸，買些食物、飲水等補給品再回船，轉往平戶。

船在夜中航行，月亮倒映在波浪中，我思念著小松和福松。福松現有八個月或九個月大了，長什麼模樣呢？

❖　❖　❖

次日，天色微亮，我看到平戶島。

「到了，平戶港到了。」經過度島，船沿著平戶島折向西南方往港口前進，我興奮地站在船首遠眺平戶，我忍不住左顧右盼，船怎麼好像愈走愈慢。

「砰！」一聲砲響，遠方一艘中國鳥船朝右方海域發砲。

「一官爺，那艘船發砲又打旗語，要我們停船。」管船施福問。

「砰！」又一聲砲響，對方朝無船處發砲，代表沒有敵意，砲聲只是通知。

「停船。」我說：「看看他有什麼事。」

一刻鐘後，船過來了，竟是顏思齊。

我盪繩跳上他的船。

「顏大爺！」我大喜高喊：「恭喜您脫困了！」

他馬上抓著我說：「大事不妙了，一官，大事不妙！」他臉色慘白，說話結巴，他最信任的管船吳品，走過來向我打招呼。

吳品與陳暉的資歷相當，都是海上駕馭帆船的高手兼作戰指揮，他愛喝酒，每喝必醉；愛賭博，每賭必輸，卻還是樂此不疲。

「宋克司令調查我七天，確定我沒有參與逃脫事件，才還給我船和水手，但宋克懷疑你教唆麻豆社人溺死六十三名荷蘭士兵（僅一人輕傷倖存）。」顏思齊說：「宋克派出縱帆船（便於逆風行船）早一步到平戶，透過荷蘭平戶商館向第三代幕府將軍德川家光（德川家康之孫，二代將軍秀忠之子。秀忠在四十五歲時依德川前例，退位，將幕府將軍傳給兒子家光，自任大御所）告狀，指稱你聽命葡萄牙人將回日本勾結信仰天主教的大名、諸侯反叛，此事被荷蘭福爾摩沙（臺灣）總督派人偵查發現，事跡敗露後，你偷了六萬里爾連夜逃離福爾摩沙，並教唆福爾摩沙原住民溺死追緝你的荷蘭士兵，搶奪六十四把槍枝和彈藥，攜到日本援助信仰天主教的大名叛亂。」

顏思齊又說，荷蘭人稱這次事件爲「謀殺者河事件」，矢言找我和麻豆社人報復。

「一官，人盡皆知你在澳門受洗成爲天主教徒，會講葡萄牙話，德川家光聽信荷蘭人的讒言，下令關閉長崎葡萄牙商館，驅逐葡人限期離開日本，對你發布通緝，嚴令只要你踏上日本就抓。」顏思齊說：「德川家光誓言要消滅天主教徒，不但下令本州和四國的部隊備戰，還命平戶、長崎、薩摩諸位大名（諸侯）到江戶解釋此事。」

「後來呢？」我心情沉重。

「九州諸位大名昨天在長崎集會，認爲此事根本子虛烏有，二代將軍秀忠對天主教徒不友善，是人盡皆知的事，發布禁教令，早就想找藉口剷除信奉天主的諸侯勢力。」顏思齊說：「三代將軍家光前年關閉英國商館，去年禁止西班牙到日本通商，現在大名們到江戶說明等於自投羅網、束手就擒，決議集結九州兵力一面準備對抗，一面向德川家光交涉和解釋。」

「什麼？」我一時腦筋空白，思緒紊亂，只能在甲板踱步，走了幾圈才理出頭緒，「這是荷蘭人爲報復我盜走六萬里爾，以及謀殺者河事件六十三名士兵遭溺死，編出來的謊言。」我繼續在甲板轉圈踱步：「而且荷蘭人這招是一石二鳥之計，不但報復我，也將葡萄牙人逐出日本市場，荷蘭人今後將獨占日本市場，太狠毒了。」

「沒錯，荷蘭人狠毒。」顏思齊忍不住抱怨：「我也被你拖累，差一點成了你勾結葡萄牙人聯絡天主教大名反叛幕府的幫凶。」

「眞是失禮，連累顏大爺。」我躬身致歉。

「還好復活節當晚有許多個荷蘭人目睹我酩酊大醉，倒地不起。」他說：「最後宋克相信我，若我與你勾結脫逃，就不敢再回大員灣索回我的船，這才釋放我。

「我獲釋後，得知紅毛的想法後很著急，想爲你辯解。」顏思齊說：「我很想告訴紅毛，我們當時在山丘洞口透過千里鏡看到麻豆社人淹死荷蘭士兵的過程，你、我都沒有教導或教唆麻豆社人淹死荷兵，無奈我的荷語不靈光，僅會簡單的葡萄牙語和西班牙話，講不清楚，只想趕快來通知你。

「待我一取回船，趕回蚊港，你已出發，我駕船在後追趕，陰錯陽差，竟比你早回長崎，得知上述消息。」顏思齊說：「正在想如何通知你，昨日深夜偶然聽到守港人閒聊，有唐人夜裡駕鳥船進港購物又出港，猜想是你，是以連夜出船尋你。」他又說：「看來日本會有戰亂，不宜久居，我已經要家人收拾細軟，準備撤離日本，你也要做最壞的打算。」

我一聽登時心亂如麻。

「喔，還有一件事。」顏思齊說：「聽說李旦去年從福建回平戶就生病，上個月走了。」

「去年十二月，鼓浪商號的船到奧蘭治城，管船楊耿曾經告知李員外病重的消息。」我嘆一口氣，抱頭撫頰：「沒想到李員外未能熬過這一關，竟然走了。他有交代鼓浪商號的經營事宜嗎？」

「這個我不了解。」顏思齊說：「我聽說，因爲李旦也是天主教徒，又是你的老闆，平戶的鼓浪商號現在變成德川幕府注意的頭號目標，聽聞鼓浪商號夥計們害怕受牽連，紛紛走避，現在鼓浪商號群龍無首，亂成一團。」

一時之間發生那麼多事，我的腦筋又頓時空白，雙手交抱胸前茫然凝望著海浪，思考下一步該怎麼辦。

思索了好一會兒。

「感激顏大爺日夜奔波苦尋我，告訴我這些緊要的大事。事至如今，日本已非久留之地。」我把事情分了輕重緩急，排定待辦事項次序，心定智澄不再焦慮：「算算時程，幕府的軍隊從整備到抵達九州至少要七天、十天，我們還有應變時間，你我先各自回去，做好撤離準備。」

「天運如此。如果局勢惡化，我會帶家人和長崎的唐人先去蚊港暫息，再做打算。你也保重，有事可到蚊港找我。」顏思齊拱手：「我回長崎，保重，不送了。」

我看了看顏思齊，眉頭深鎖的中年男人，除了在長崎經商，又有遠見，早在臺灣蚊港開墾結寨，預留退路，果然是見過大風大浪的唐人甲螺。

「感謝甲螺救命之恩。」我拱手稱謝：「後會有期。」然後抓繩索盪回西拉雅一號。

❖　❖　❖

「發生什麼事？」施福問。

我向施福和十多名夥伴說了顏思齊帶來的消息。

大夥兒聽了面色凝重。

「看來，我們又得摸黑進平戶。」我要施福在外海泊船，待天黑後再進平戶港。

天黑後鳥船熄滅船尾燈，緩行入港，管船施福瞪大眼站在舵輪旁，小心翼翼指揮前進方向。船隻摸黑進港是十分危險的事，尤其是走不熟悉的港灣，容易觸礁撞沉或擱淺沙洲。

我憑著記憶，提醒施福避開淺灘和礁石，小心翼翼經過平戶灣不入港，後直駛川內浦。放下小船划向喜相院所在的千里濱。

我翻牆進喜相院，直趨門口敲門。

屋內傳來嬰兒宏亮的哭聲。

「誰啊？」月娘來開門。她拉開門縫，驚訝地瞪大眼，我示意她勿出聲，她馬上開門又迅速關門說：「荷蘭人和許多日本士兵來找過你。」

我點點頭。

她指指左邊房間。

我輕步走到門口，榻榻米棉被上一個胖嘟嘟的小嬰兒揮手踢腳大聲啼哭，小松跪坐一旁忙著換尿布，她柔聲地說：「快好了，快好了，換好尿布就給你吃奶奶。」

小嬰兒有力的雙腳踢蹬，踹到小松臉頰，她一手輕輕握住兩隻小腳向上提，另一手將尿布塞進嬰兒臀部下方鬆手放開腳，將尿布往上摺包覆他的腹部，用一條寬紅布條綁好背腹尿片，穿好衣服將他抱起來，轉身忽見我站在身後，訝異地愣住，我連忙抱住母子倆。

小松在我懷中啜泣。

我也淚眼婆娑，想到去年四月到今年四月在海上歷經多劫，九死一生方能歸來，如果能這樣跟小松、福松在島上或任何一個地方窩著，平安過一輩子該有多好？我真不想再回海上。

「福松，快十個月了。」小松拭淚，輕拍吃奶的福松，「我們接到你的信，叫他小名福松。」

我輕撫福松細細頭髮，柔嫩臉頰，他專注地吸奶，時而看我一眼，眼睛好像在笑，「名字不是我取的，是我父親取的。我去年五月有機會回泉州老家一趟，向父親稟告你已經快要生產了，他老人家十分高興，思索了一夜，第二天父親交代我，若生男孩就取名森，鄭森，字福松。」

「我覺得，名字取得真好。」小松笑著說：「父親大人也稱讚這是個好名字，福松未來必是大人物呢！」

我輕握福松的小腳，這麼小，不盈一握，腳長大約是我食指長度。他邊吃奶邊瞄我，小腳淘氣地我在手中亂動，我做出被踢痛的表情，福松竟然愈踢愈大力，最後放掉奶頭，咯咯咯笑出聲。

「這個小淘氣在跟你玩。」小松笑著說：「不要吵他，先讓他吃飽，你們再玩。」

郭懷一、鄭明得到月娘通報，悄然趕到喜相院。

兩人的說法和顏思齊一致，且提到荷蘭人傳授的西洋數學和槍砲射擊等課程獲得德川秀忠重視，秀忠命荷蘭醫師和精通數學的荷蘭人在京都、江戶、駿府等地開班授課，稱為蘭醫、蘭學。日本大夫、學子學習蘭醫、蘭學蔚為風潮，秀忠因此對荷蘭人言聽計從。

他們說，身為天主教徒的平戶藩主松浦隆信，正在為是否興兵對抗德川家光，或到江戶向德川家光說明而苦惱。

「荷蘭人到處說你奉澳門葡萄牙人之命，將帶船和槍枝彈藥回日本幫助天主教大名對抗德川幕府叛亂，一官，是真的嗎？」郭懷一問。

「荷蘭人說謊，這是紅毛報復我的一石二鳥之計。」我向兩人、月娘和小松說了到澎湖任通事以後，直到被荷蘭評議會找藉口沒收我的分紅，被迫奪船逃亡，目睹麻豆社人淹死荷蘭士兵，被荷蘭人誣陷攜槍密謀叛亂的事。

小松抱著福松，邊聽邊拭淚。

「叛亂可是大罪。」鄭明眉頭緊鎖：「如此該當如何是好？」

「我明天夜裡先去吳服店，」我說：「請一哥先通知楊耿和陳暉，以及幾位資深的夥計到吳服店見面；然後去晉見松浦藩主，確認他對我的態度是敵是友；再找三浦按針，聽他的意見……」

「武士三浦按針去年五月病逝，就在你去澎湖之後，接著大御所去年十二月老死。」郭懷一說：「二代將軍秀忠才會仿德川例，退位自任大御所，將幕府將軍位傳給兒子德川家光。」

郭懷一敲一下額頭說：「還有，李員外，上個月也走了。」

三浦武士走了！李旦走了！這兩位對我亦師亦友的前輩都走了，我還來不及向他們報告此行所有的事，他們竟已撒手人寰。

三浦和李旦的死訊令我陷入深沉的哀痛。

在喜相院與妻兒過夜，是這一年來最愉快的夜晚。

人生就在悲喜之間度過。

❖　❖　❖

天亮前我在被子裡掙扎了許久，才離開福松肥嫩的小小身軀，我親親他的臉、他的額頭，臨走時又反身摸摸他的頭髮，心裡告訴他：「爹會很快回家陪你玩！」然後，偕鄭明划小船回鳥船，黎明前鳥船駛出平戶灣，到度島找一個小港灣暫時抛錨躲藏。

我一面等到天黑，一面寫信給松浦隆信。重點有三：

一是，我與荷蘭臺灣商館發生契約糾紛，荷蘭人沒收我應得的紅利，我才取走我應得的錢離開福爾摩沙（高砂國），從未與葡萄牙人接觸。

二是，我為躲避荷兵追緝，藏在山洞目睹原住民溺死荷蘭士兵，沒有參與行動或是教唆。荷蘭人是想報復我，才誣陷我獻計害命。

三是，我單獨回平戶，僅一船十二人，沒有勾結葡萄牙人和信仰天主教的大名欲反叛幕府之事，荷蘭人誣我反叛是一石二鳥之計，報復溺死荷兵之仇（荷蘭人稱為謀殺者河事件）兼趕走葡萄牙人，欲獨占日本市場。

最後請松浦藩主決定我的去留。

然後再謄寫一份更詳細的始末報告，遣鄭明划船回平戶送信給松浦隆信，請求今夜晉見。

❖　❖　❖

入夜，烏船駛進平戶港，我先到金閩發吳服店。

吳服店招牌依舊在，多貼了一張「休業」告示，我站在外頭看了一會兒才進屋。

「一官爺，鼓浪商號因李大爺驟逝，買賣作業亂成一團，加上你被荷蘭人指控勾結葡萄牙人和天主教徒的大名，欲反叛幕府，李大爺也是天主教徒，官府三天兩頭就派兵來搜查，許多夥計怕被牽連不敢來上工，商號幾已停擺。」陳暉焦急地說：「聽說幕府即將兵臨九州，該怎麼辦？」

「李大爺臨終前是否交代誰來接管鼓浪商號？」

「來不及說，氣喘，喘到一口氣接不上來就走了，沒有遺言。」楊耿拿出一封信：「我們立即派船到廈門通知助舍（李國助）。聽說助舍不敢一個人來，要找許心素一起來，耽誤至今仍沒消息。」

「嗯！」我暗忖，李國助想找許心素一起來是個壞消息。許心素來了，我絕無立錐之地。我必須設法在李、許抵平戶之前接管鼓浪商號。

「大家看法如何？」我問：「是留是走？」

「大夥討論過，超過八成的人主張留下來。大家在這裡奮鬥多年稍見根基，討口飯吃生活無虞，浙閩粵多高山丘陵，地狹人稠，無以維生，回鄉等於送死。」陳暉說：「大家希望不要發生戰爭，能留在平戶，除非兵臨城下，才願撤離。」

楊耿和幾位年長的夥計均點頭稱是。

「我沒有奉葡萄牙人之命，回日本勾結九州大名叛亂。」我出示詳細的始末報告給大家傳閱，由懂日文的夥計念給眾人聽。

「我這次回來，僅小船一條、人十二個，如何叛亂？連累大家，十分慚愧。」我拱手鞠躬：「幕府將軍德川家光早已不放心信奉天主教的大名，此次找到藉口出師，情勢逼人，非我等所能左右，我勸大家要有最壞的打算，做好撤離的準備。」

◇ ◇ ◇

離開吳服店，暗夜中我由鄭明父子護衛，直奔松浦隆信宅邸。

「一官，看了你的信，我相信你被誣陷，否則你不敢單獨回平戶來見我。」松浦隆信神情嚴肅，盯著我：「幕府將軍不信任我，仇視天主教大名已久，這次因爲你得罪荷蘭人，讓幕府找到興師問罪的藉口，你當如何？」

松浦隆信一旁的松浦平山跟以往一樣面無表情。看來，松浦隆信並不知道幕府將軍在他身旁埋了一株草。

我思量，三代將軍家光會聽其叔叔、特務頭子松平忠輝的話，松平忠輝則根據松浦平山的情報做判斷，我該下工夫的是松浦平山。

「草民惶恐，不知該如何是好。」我拜倒：「如果有機會，我想向幕府將軍解釋。請藩主裁定。」

「你去向幕府將軍解釋等於送死，將軍會抓你送給荷蘭人，然後再出兵，對九州的天主教徒大名沒有幫助。」

「是。」

「你當眞想爲本藩盡心力？」松浦隆信問。

「是！」

「那你就率平戶的千戶唐人起義，你是唐人領袖，有人有船，有砲彈火藥，拿出你的魄力，組織唐人義勇軍，說不定事成之後，你也能封地分藩！」

「啊！」這番話令我瞠目結舌。

「別忘了，這是你挑起的戰爭。」松浦隆信語氣鏗鏘有力：「幫助本藩對抗幕府，才能證明你被蘭人栽贓誣陷，確保唐人能續住平戶島。難道，你怕了嗎？」

「不……不是。」我俯身再拜：「只是此事……事關重大，乍聞藩主命令，令我震驚。」

「那就回去準備，組織唐人軍，聽我號令。」松浦隆信瞪著我：「本藩待你不薄，你該懂得回報。」

「是！」

❖　❖　❖

半夜，金閩發吳服店捻了一盞小燈，松浦平山一身黑衣、黑斗篷像風一樣地飄進來。我呈上與荷蘭人糾紛始末報告，松浦就著小燈細閱，我默默在一旁煮茶。

「看了你的報告，觀察你的言行，我和藩主一樣相信你被荷蘭人陷害。」

「請草頭代我向松平將軍辯白，我被冤枉，九州的天主教大名也被冤枉。」

我拜倒：「請求幕府將軍止戈罷戰。」

「太慢了，江戶兵已搭船前往四國集結。」

「我該怎麼辦？」

「走，率唐人、唐船離開平戶。」松浦平山面無表情，緩慢地說：「你率唐人幫助藩主對抗幕府，等於證實蘭人對你的指控，也把唐人推進戰火。反之，你率船離開平戶，蘭人的誣告不攻自破，更可能阻止一場戰爭。」他揚了揚手中的糾紛始末報告：「我會將你的報告及我的觀察呈報松平將軍。」

我凝視跳動的火焰，細心思量。

我若舉平戶未經訓練的唐人義勇軍助松浦隆信，遇到配備紅毛榴彈的幕府大軍，無異於飛蛾撲火。

幕府將軍才是勢力大的一方，我要站在勢力大的這一邊。我該聽松浦平山的話。其次，李國助不是做生意的料，將來必是許心素號令整個鼓浪商號，他豈容得下我？戰，必死；不戰，松浦藩主容不下我，我亦無法立足平戶。

走，清空倉庫，率船隊出走，拿到李旦的財富，讓許心素只得到一個空殼，又能證明我被紅毛誣陷，沒有反叛之心，且有宣誓效忠幕府將軍之意，一舉三得。

戰事臨頭情勢急迫，卻也是讓我藉口接管李旦的船隊和財富的好時機，此時不爲，更待何時?我就順水推舟,給松浦平山一個人情,借力使力,清空李旦的倉庫。

「好,走為上策。」我屏氣細思,下定決心。

「草頭說得對,為了阻止戰爭,防止無辜唐人受害,我應攜妻兒,率唐船撤離平戶。」我拱手低頭:「但會對不起松浦藩主。」

「對不起松浦藩主事小,待此事告一段落,我會稟告藩主你率唐人撤離的原因。」松浦平山說:「反叛幕府將軍,罪該萬死。」

「是,我懂了。」

「幕府將軍已下令,不准國人出國。」松浦平山輕聲說:「田川氏和你兒子不能離開平戶。」

「啊?」聽到妻兒不能出國,我的心直往下沉。

「一官,還有何顧慮?」松浦問。

「我願率唐人、唐船撤離,但有兩個條件。一是請草頭保護岳父田川大夫、吾妻田川松和兒子一家人的安全,尤其不能讓荷蘭人接近。」我堅決地說:「否則,今夜我就帶他們走。」

「好,我答應你。」松浦說:「不論戰時或平時,我都會保護你妻小和田川大夫的安全,不讓荷蘭人靠近。還有呢?」

「還有,多數唐船船長、船員和家眷都主張留下觀望,我需要一個讓眾人恐懼遭戰火波及,家人不保,願意馬上駕船隨我撤離平戶的理由。」接著,我低聲說出我的想法,松浦頻頻點頭。

「此計甚好，明日依計而行。」松浦平山說完，抖一下披風，像風一樣走了。

❖　❖　❖

次日中午，鼓浪商號人進人出，似乎恢復了生機，只是來的人都面露驚惶之色，因為楊耿以松浦藩主名義召集鼓浪商號所有船長及夥計到大堂集合，說有重要事情宣布。

松浦平山率騎兵隊戎裝到場，我騎馬隨後，眾人見我下馬都驚訝地瞪大眼。

松浦威風凜凜地宣布：「奉平戶藩主之命，令唐人鄭一官為唐人指揮，即日起組織唐人義勇軍，調集所有唐人船隻整備火砲，聽命本藩調遣。」

說罷，眾人面面相覷。

「為了確保鄭一官執行本藩命令，即日起由本藩派兵戒護喜相院，任何人不得接近，擅入者斬。」松浦說罷，翻身上馬，揚長而去。

戒護喜相院，等於拿田川松母子當人質，逼我聽令，眾人回頭，對我投以同情的眼光。

我緊閉雙眼，不發一語。

「一官爺，你真的和葡萄牙人要助九州大名造反？傳說是真的嗎？」一個老夥計問。

「我沒有勾結葡萄牙人造反，是荷蘭紅毛誣陷我。」我說：「但是現在身在異域，寄人籬下，妻小淪爲人質，在下只能聽命行事。」

「我不要打仗。」一個夥計嚷著：「我離鄉背井來平戶，只想混口飯吃，不是來打仗。」

「對、對、對。」夥計說出大家的心裡話，大多數人均表贊同。

「對，我不想爲大明皇帝打仗，更不想爲日本藩主、幕府將軍打仗。」有人說：「別人的國家打仗，關我們什麼事？」

「昨晚松浦藩主召見我說，幕府船隊已從江戶出發往四國途中，將在四國集結後渡海攻擊平戶。」我說：「藩主說，唐人若想要留在平戶，就要助他對抗幕府軍。」

「不留平戶呢？」有人問。

我沒有回答。

「我要離開平戶。」一名管船起身說話，此語一出如驚蟄的春雷，大夥紛紛響應：「我也要走，攜家帶眷一起走。」

「我要逃離戰火。」

「保住身家性命，擇地東山再起。」

「對，等戰火平息了再回來。」

大夥兒你一言，我一語，說的都是不想打仗，要撤離平戶。

我轉頭看著楊耿、陳暉等管船。

「戰火無情，我不想遭波及，我贊成撤離。」陳暉說。

「不等廈門助舍來？」我反問：「大家不再觀察一陣子嗎？捨得抛下平戶的一切？」

「戰火迫在眉睫，等他來就來不及撤了。」一個老夥計說：「留得青山在，不怕沒柴燒，平戶的產業只能先放下。」

「好，我鄭一官願助大家撤離平戶。」

「只是……您夫人和兒子怎麼辦？」陳暉問。

「既要救蒼生，妻兒只好聽天由命。」我垂頭喪氣，衆人隨之沉默。

「問題是怎麼撤？藩主令我組織唐人義勇軍，調集船隻備戰。」過了一會兒，我問大家：「松浦隊長一定派人監視港口和唐人區的動靜，防我們逃走。」

大家議論紛紛，七嘴八舌討論了許久。

「我建議，先推舉一官爲撤離總指揮。」楊耿說：「一官不但是平戶藩主欽命唐人指揮，由他指揮調度最恰當，而且他捨妻兒帶我們逃亡，値得我們尊敬。」

衆人均點頭贊同，無異議通過。

「我們搬空商號的貨物，不是搶走李大爺的財產嗎？」一個夥計怯生生地問。

「非常時期要有非常做法。」楊耿說：「離家出走，前途難料，總要帶點糧食、銀兩，否則兩手空空出亡，豈不自尋死路？若李大爺在世，也會體諒我們出於無奈的做法。其他人還有高見嗎？」

眾等沉默，沒有人吭聲。

我見時機已到，從容地說：「各位，我會盡快和楊耿及管船們商議撤離方法，再暗中通知各位，其他應辦事項由各管船指揮調度。我們只有三天短促的時間張羅一切，我們可以明著幹，有人問起就說奉藩主之命，準備應戰。」我提醒大家：「但是不要提到我的名字，尤其是對荷蘭人。切記。」

眾人散場之後，我和楊耿、陳暉等五位管船商討撤離謀略。

「既然松浦藩主命我們唐人和唐船備戰，我們就將計就計。」楊耿說：「明的是做整備戰備，暗中將家人及貨物搬上船，趁機溜之大吉。」

「我正有此意，大家佯裝服從平戶藩命令，回唐人區把願意撤離的人，以家戶為單位編列名冊和分配乘船，每艘船造冊編號。」我說：「船員上船整理槍砲彈藥，裝載食物油料，整備作戰，入夜後發動所有人將鼓浪商號倉庫裡的米糧物資、貨品和個人家當搬上船，三天後的深夜全員上船，第四天清晨張潮時斷續出航。」

「好，就這麼辦。」一位管船說：「這樣看起來既像動員備戰，又可安全撤離平戶。」

接著，對外，我派鄭彩、鄭聯兄弟乘船到長崎通知顏思齊，我將於四天後率船離開平戶，去臺灣蚊港會合，投靠他。

對內，我央請郭懷一與月娘留下來，住田川大夫老宅，照應田川大夫和小松母子，備妥一艘緊急時撤離用的船。令鄭泰留在平戶，協助郭懷一繼續營運金閩發商號兩間店門的生意；最後給郭懷一和鄭泰四百兩銀，做爲生活費和商店周轉金。

連著三晚，我在喜相院與妻兒團聚，與岳父田川大夫把酒暢談過去一年的種種遭遇；看著小松操持家務，捏捏福松胖乎乎的臉頰，替他換尿布、擦屁股和洗澡。

十個月大的福松喜歡在我身上爬來爬去，咿咿呀呀對我講話，不時將拿到手的木匙、木頭玩偶塞到口中。

「嘿！嘿！不行。」我笑著將玩偶從他嘴巴抽出，搖著指頭說：「不可以放到嘴巴，髒。」

福松咧嘴大笑，將玩偶塞到我口中，「啊！」我驚訝地說：「福松要給爹吃嗎？」我親他的臉頰：「你好乖，好孝順哦！」我的臉頰在他的嫩臉磨蹭，福松發出「咯！咯！咯！」的笑聲，然後哇哇大哭。

「怎麼啦？」我抱起他東看西瞧，「沒事啊！」他還是一個勁大哭，豆大的淚珠溢出眼眶，用飽受委屈的眼神凝視著我。

「小乖乖怎麼啦？」小松趕過來抱過福松，擦掉他的眼淚，輕撫他紅紅的臉頰：「你的硬鬍子磨痛福松的小臉啦！」抓著福松的小手輕拍我的臉：「你爹壞壞，鬍子硬硬，壞壞。」我佯裝好痛的表情，隨著他的小手一碰我的臉，我的五官就皺成一團。

福松馬上被逗得破啼爲笑，一次又一次搶著要打我的臉，我的五官揪成一團，他就哈哈大笑，發出一串「咯！咯！咯！咯！」銀鈴般的稚嫩笑聲，掙扎著滑出小松的懷抱，抓著我的衣袖要我抱。

福松最喜歡我將他舉高高再輕輕放下，舉高放下，如是再三，他都咯咯地笑，興奮地揮舞兩隻小手。

突然他臉色大變，瞪大眼，咬牙切齒的模樣，全身發抖，兩腳用力踢蹬，「小松！小松！」我急得叫小松，忽而聞到一陣臭味：「哦，好臭！」

小松趕到：「怎麼啦？」

「福松……福松全身用力，然後……」

小松嗅嗅聞聞，「啊呀！福松便便了。」她拿了條尿布：「幫他換尿布吧！」

我小心翼翼脫掉福松的衣服，拉開尿布，一陣乳臭味和一灘黃黃的稀便。

我先把尿布拉出來，我輕捏福松一雙又踢又蹬的小腳，拉起他的屁股，先用溼方巾擦拭乾淨，再包上乾尿布，正待穿回衣服時，福松忽然噴尿，像一道小噴泉噴溼了尿布，「啊！又尿了！」我措手不及，手忙腳亂的模樣，又惹笑了福松，「咯！咯！咯！」發笑。

忙了一陣，總算換好尿布，將他抱起來，他在我懷中「哇！」吐出一團白色糊糊的酸奶，「天啊！他吐奶了。」

小松聞言趕來，笑彎了腰。

「照顧小嬰孩，竟然比我闖蕩江湖還累！」

我看著小松拉開衣襟餵福松吃奶，福松用力吸奶之餘，眼睛還看著我，似乎在說：「等一下，我還要玩哦！」

這是一般家庭的尋常生活，對我而言有如擁有全世界的幸福。

老天啊！爲什麼逼得我非走不可，連想擁有平凡家庭的小小幸福都不可得。

「你帶大家撤離平戶，打算去哪裡？」小松的髮絲散落我的臉上，福松趴在我肚子上睡著。

「去一個森林蔽天，綠草覆地，草原上有白色斑點小鹿飛奔的美麗海島，西洋人叫它福爾摩沙，唐人古書稱東番，日本叫它高砂國，我爲它取名臺灣。」

22 屯墾蚊港

天啟五年（一六二五）五月下旬，一個晴空豔陽天的早晨，綠色大島映入眼簾，離海岸不遠處就有樹林，樹林後方有一重重被雲遮住山頂的綠色高山。

「福爾摩沙到了。」我自言自語：「不對，應該叫它臺灣，臺灣到了！」

從平戶逃出的十二條船，逆風緩行抵達臺灣後，沿臺灣外海走了一天才抵達蚊港河口，船在河口拋錨過夜。

第二天清晨，我指著前方的河口：「轉入河口往上游走，前方有木板搭的碼頭就是蚊港。」

「蚊港？」拉著繩子好奇的繚手問：「這裡很多蚊子嗎？」

「哈！哈！這裡全年溼熱，蚊子當然比日本多。」我回頭看，十二條船依序進入河口，加上隨顏思齊從長崎撤來、已經停在河內的八條船，總共二十船，排隊成一列，甚是壯觀。

河畔林內有白色身影閃動，跑出一群耳朵快速轉動，雙眼晶亮的白色斑點鹿，甩著尾巴向前狂奔，一群狗衝出樹林原欲追鹿，赫見船隊停下腳步，對著船狂吠，後頭跟著幾名持長矛的原住民獵人，露出黝黑健壯的上半身，站在岸旁樹林裡瞅著船隊。

小小的蚊港腹地不大，一下湧進九千三百六十人，來不及砍樹劈林闢地供近一萬新增人口紮營，多數人仍住船上。一萬口人食指浩繁，我方才感到沉重的壓力。之前只想著迅速撤離平戶，沒有想到如何餵飽一萬個肚子。

我相信，顏思齊好心收留我等，也正在爲新增人口的糧食、住處感到困擾。我邀請顏思齊和二十位管船會商。

開會時明顯分成兩派，我和鼓浪商號的十二名管船坐一邊，顏思齊與旗下八名管船坐一起。

「想要在蚊港長居久安，首先得解決糧食來源，要解決糧食，要先推舉蚊港統領，帶領衆人劃分耕地，分配糧食或支配勞動人力。」我說出我的看法：「我提議推舉顏老爺總理蚊港衆人之事，因爲顏老爺本來就是長崎的唐人甲螺，有經驗、有擔當，我願服從顏老爺領導。請顏老爺坐鎮蚊港指揮調度物資，分配糧餉，主持轉運貿易，督導農耕漁獵諸事。各位說好不好？」

顏思齊手下以吳品爲首的八名管船首先響應，鼓掌叫好，氣勢上先勝一籌。

「沒錯，顏老爺本來就是長崎唐人甲螺。」吳品說：「擔當統領最適合不過。」

顏思齊推辭一陣。

經衆人一再懇求，他才同意擔任蚊港統領。

「我有一個條件。」顏思齊說：「大夥依我，我才答應接統領之職。」

「顏老爺請說。」我回答。

「二十位管船都是走遍南北大洋，身經百戰的江湖老手，具備駕馭船隻、統率船隊的能力，我是信得過的。」他環視在座衆人一圈，最後看著我道：「雖然一官僅二十五歲，年紀最小，但是我要借重一官在荷蘭艦隊和商館的經驗，提供新的船隊作戰方法，訓練船員使用槍枝火砲；還有，他會講日、葡、荷語，可以幫助我們與日本人、西洋人周旋，他的能力與膽識是我在日本和臺灣這段期間耳聞目睹，令我佩服，我指派他爲副統領，大家說好不好？」

「好！贊成。」陳暉和楊耿帶頭鼓掌通過。

我尊顏思齊爲統領，因爲他三十多歲年紀較長，見多識廣，在日本唐商中是地位僅次於李旦的第二號人物，手中握有八條船，五百名船員；他派我爲副統領，是因我握有李旦的十二條船。雙方權力平衡，方能合作。顏思齊果然心思細膩。

接著，討論糧食來源。

有人提議向原住民購地闢水田種稻，「此地土壤肥沃，草澤豐美，水源充足，最適合在溪邊、河畔開闢水田種稻。三至四個月後收成卽可自給自足，此爲長居久安之計。」

「青菜、豆苗半月或一個月可收成，種稻非得四個月、半年一收，果樹更需數年才結果，但我們只剩一個月糧食，種菜也來不及收成，大家都要挨餓。」楊耿憂心忡忡。

「我是行船人，種稻種菜非我所長。」陳暉說：「我可以改行捕魚，但要先買漁具，我們的船都是商船沒有漁具。」

「是啊！當年我在漳州無地種稻，才浪跡長崎當個小商販，經商是本行，我也不會育苗種稻。」吳品說：「爲今之計，要先找個適合我們專長的方法，解決即將面臨的缺糧問題。」

「種稻、種菜是在蚊港定居的長遠之計，但緩不濟急，一時之間無法餵飽一萬口人的肚子；捕魚、打獵收穫雖然不多但不無小補，所以這兩樣仍要同時進行，雙管齊下，時間到了就會有收穫。」我提議：「當務之急是要善用我們的船和人。」

「船和人？」顏思齊默想一會兒：「一官之意，難道是駕船去搶商船，奪民糧，打家劫舍當海盜？」

「顏大爺有遠見！」我大嘆：「此說正合我意。搶得比賺得快。」

「說易行難啊！」

「不難。」我先說荷蘭遠東特遣艦隊之前在福建沿海搶商船、搶沿海民宅糧食和擄船擄人勒贖的行徑，「紅毛自西方遠渡重洋而來，靠著打家劫舍也能撐過兩年，我們比他們更熟悉這片海域，他們行，我們也行。

「搶到米糧食物，供我們食用；搶到生絲、布料、瓷盤、碗碟，轉賣紅毛、馬尼拉西班牙人、澳門葡萄牙人，或半途賣給日本的朱印船亦可，顏大爺經商多年必有銷貨管道，反正無本生意，賣出去就是賺，有錢，我們才能買糧、買肉和青菜蔬果。」經我一說，大家聽了摩拳擦掌，躍躍欲試。

「幹海盜要動刀動槍，會出人命。」顏思齊蹙著眉說：「我比起各位，雖然年歲稍長，老於江湖經驗，但經商一向秉持與人爲善的做法，雖曾遇海盜打劫，主動奉上銀兩得保性命安全。」

「如果將來在海上遇到像您老這麼好的人，主動獻上銀兩，當然不殺人。我等當海盜，亦應秉持顏老爺的教訓，盜亦有道，不殺降者、不殺老弱婦孺，劫富濟貧。」

顏思齊苦思良久，最後搖頭：「不成，此乃傷天害理之事，未到最後關頭，不到米盡糧絕，絕不能當海賊。」顏思齊說：「我們先闢菜園種菜，設陷阱捕鹿，派船到福建買牛、仔豬和耕種農具，開闢稻田。此地溼熱，今年插秧，年底或明年初就可收成稻米，原住民能在此生活，我相信我們也可以。」

最後拍板，決定屯墾蚊港。

❖ ❖ ❖

顏思齊以蚊港統領身分連日召集我及管船，以各船的船員、家眷爲單位，分配十個村寨的地點，顏思齊和家人居住的村子叫顏家莊，平戶新來增加的村莊命名鄭家莊，在各村四周丈量土地，挖水道溝渠，開闢農田和菜圃。

我們就地取材興建木屋、竹屋、土塊厝和茅草屋，架設竹管引水進村，勉強暫供萬人棲息。

天氣逐漸燠熱，清晨、夜晚蚊子嗡嗡聲盈耳不絕，擾人夜不成眠，甚為困擾。

才一個月，六月下旬，從平戶和長崎帶來的糧食只剩一半，我們開始設陷阱捕鹿，補充肉類，闢菜圃種菜和果苗。

各船派出十名男丁共兩百人，由我組成獵鹿大隊。我依各船的十名男丁編為一小隊，負責各船的肉食來源，除了捕鹿也捕野豬和野兔。各小隊配備刀、矛、弓箭和火繩槍。

前三天，各小隊不熟悉鹿的覓食路徑和逃跑方式，設陷阱捕鹿成果不彰，用箭和矛反而獵得較多。我召集大夥研究後，決定改採兩小隊合作圍捕方式捕鹿。

發現鹿群後，一隊敲鑼打鼓將鹿群趕往設陷阱的方向，或挖溝、或張網，或有獵人張弓等待，用這一方法，幾乎每天豐收，肉食暫時無虞。

「臺灣的鹿，眞是多得打不完啊！」黃誠說著，提著一塊烤熟的鹿肉給我：「這鹿與唐山的不同，體型較大，身體有白色斑點，有時候站在樹林裡陽光斑駁處，還眞看不到牠呢！」

黃誠是吳品船裡的大繚，負責指揮二繚、三繚操作篷帆，長年在海上生活，晒得皮膚黝黑，練就一副銅骨鐵身，現在打獵身手依然靈活，對獵鹿非常有心得。

「鹿群有一隻大公鹿當首領，遇危險時雄鹿往哪裡走，鹿群就跟著往哪逃，獵鹿時先控制公鹿，就能捕獲那一群鹿。」黃誠問：「一官爺，這鹿該取個名字。」

「鹿身有白色斑點。」我拿起一塊鹿皮細撫，又放遠方觀看，細緻的鹿毛摸起來光滑，遠看鹿皮斑斑駁駁，那白斑好似小白花，白花有水仙、梅花、百合，平戶有白色櫻花，我對花的認識不多，水仙和百合花朵大，梅花和櫻花較小，遠觀更似梅花，「我認爲這白斑像冬天開的梅花，叫牠梅花鹿，適當嗎？」

「副統領說是梅花鹿，就叫梅花鹿。」黃誠開心地說：「這梅花鹿皮屯積起來，冬天做皮衣發給大夥保暖，多的還可以外銷，我在長崎就看過葡萄牙商船賣鹿皮。」

「葡萄牙人賣的就是這裡的鹿皮。」我告訴黃誠：「荷蘭奧蘭治城大海灣的北端，有唐人以物易物，向那裡的西拉雅人換鹿皮，再賣給路過的葡萄牙商船或日本的朱印船。」

「原來如此！」黃誠拍額頭：「難怪這鹿皮我似曾相識。」

正在閒聊之間。

「一官爺，不好了。」一名獵鹿大隊隊員跑來，手上持著長矛，慌張地說：「我們捕鹿時，遇到原住民，朝我們射箭，多人受傷，還有人踩到他們的陷阱吊在樹上。」

「走！」我手一揮，召集三十人趕到蚊港東邊靠近一處山丘的山腳下。

「一官爺，我們有兩個人被箭射死，四個人踩到套繩陷阱吊在樹上，另八人被擒。」倖存水手回報。

「被擒的人在哪裡？」

「原住民將吊在樹上的四人解下，連同被擒的八人，全押在山腳下的土丘前。」剛才遭遇原住民伏擊的人，心有餘悸地說：「我等二十人，死傷被擒十四人，現僅存六人。」

「爲什麼押在土丘前？」我問：「有特殊用意嗎？」

大夥搖頭。

我爬上樹，用千里鏡觀察，土丘後方是原住民的村落，村落茅草屋密集，村落左右兩側各有一座山，村落位於兩山夾峙山凹高臺，高臺下卽是草原，過了草原往海邊（西方）的方向依次是樹林、草原和木麻黃林、河川出海口河灘地，如此看來，我們蚊港村落位於海岸往內陸（東方）第一重草原，原住民的村落在第二重草原邊的平坦臺地，南邊是條大溪。

「爲什麼原住民村落位在高地？」我喃喃自問：「不是在草原溪畔，這樣取水不是比較不方便嗎？」

從我所在的草原看去，十二個人質被押著跪在臺地最前緣，猶如小土丘的前方。我心想，原住民押人爲質，必定有所求或有話要說，否則人早已被殺了。

我脫下外衣，綁在樹枝上，「你們十人回寨稟報顏爺，用小車搬來五包米，酒和布匹多少不拘，以備交換人質。」又吩咐：「黃誠，隨我來！」

我搖著旗子往原住民村落走，走到我和原住民可以目視的距離，將刀、弓和箭筒解下放在地上，雙手高舉，逐漸靠近土丘。

四個強壯持矛的原住民走來接我們，搜身後引導我們走斜坡道上臺地。我向一個酋長或首領模樣的人物點頭鞠躬，臉上堆滿笑容。

酋長叫嚷著，指著被擒的人、指鹿皮又指著我。

人、鹿、我。

我稍微了解他的意思。我蹲下來畫出地形圖，一個原住民也蹲下來跟我比手畫腳，在我們和他們村落之間的樹林重複畫一道線，我不懂其意。

「他的意思是，我們不能進入他們的草原捕鹿嗎？」黃誠說。

我恍然大悟，「我們設寨和捕鹿的地方，都進入他們的勢力範圍。」但是如果退出這些地方，我們往西只有出海，沒有地方可以捕鹿。

原住民忽然高聲呼喊，集體拍掌，情緒躁動。

我站起眺望，見陳暉押車往我們這邊來。我打手勢請原住民勿驚慌，差黃誠過去拿布來，我知道原住民最需要布。

等了一刻鐘，黃誠匆匆返回，手上拿著三匹布，我將布獻給酋長。

他高興地笑著摸布，再交給一名老年婦女。

我以手勢引導酋長和多名原住民迎接陳暉，讓他們看車上的五包米、四罈酒和五匹布。

酋長喝了一口酒，眼睛、眉毛全皺在一起，再大口吐氣，興奮地高叫一聲，其他人爭先恐後分喝一罈酒。

「他們有救了！」我對黃誠和陳暉說。

果然，原住民釋放十二人，酋長在地上重畫地圖，一再對我指出樹林的位置，然後派人將兩名死者遺體交給我們。

原住民說得很明白。我們和他們以樹林為界，不得越界捕鹿，否則下場就是死。

❖　❖　❖

不能到原住民的草原捕鹿，我們只能設法在樹林中設陷阱，捕捉偶爾進入樹林的鹿，因此捕鹿的數量銳減，但別無他法。

我們只好在自己的草原濱臨溪畔處開闢更多水田，挖圳溝和引水道，引水入田設法播種。

「我以前沒有種過田，居然這麼辛苦。」我因插秧持久彎腰，腰痠背痛，渾身泥濘。

「我呀，寧願出海搏風浪，也不想種田。」同樣變成泥人的楊耿直喊腰痛。

我們一群人就坐在田埂邊看著青青秧苗，然後脫光衣服跳進溪裡洗澡，順便洗衣服。

時值八月下旬，蚊港天氣溼熱，陽光直射皮膚有股灼熱感，與泉州老家相似，但潮溼黏膩更令人不舒服。

我在菜園放下鋤頭，感覺天陰陰的，風變大，烏雲從遠處飄來，「好像快下雨了！」我收拾鋤頭和農具，剛進屋，雨滴便打在屋頂，從小雨變大雨。雨勢從下午一直下到晚上，風愈來愈強，吹得木屋搖晃像發抖似的。

「風強雨急，是不是大風來了?」楊耿和陳暉穿蓑衣到我的屋前叫著。

大風是一種強風夾帶暴雨，我在泉州老家每年夏天都會碰到大風，行船最怕遇大風，幾丈高的浪瞬間可以掀翻船。

入夜後，風狂雨驟，豆大的雨滴像從天上倒水，風呼呼狂吹，大樹彎腰，樹葉漫天飛舞。

「淹水囉!」有人敲鑼示警，「淹水囉!快逃呀!」

「逃?往哪兒逃?」大家慌忙逃出家，每個人都淋得渾身溼透，打著寒顫問：「逃去哪裡?去山上嗎?」

「不行，山上有原住民，走，上船去。」我說。

「船?這個時候上船更危險。」顏思齊的管船吳品說。

水迅速淹進村子，當大夥還在商量時就淹到腳踝，水還在上漲。

我見無計可施，大喊：「大家快爬上樹，快上樹。」

大夥攜兒背女，爬上樹。

樹幹淋雨後又溼又滑，許多人爬到一半摔下來，有人踩著樹幹再繼續往上爬，有人摔下去被水沖走。

茅屋、木屋或竹屋被水沖走，屋內的油燈一盞盞熄滅，四周漆黑，只聽見救命的呼喊聲。

我和楊耿一家人，楊嫂、楊亮、楊星和楊蘋抱著樹幹，淋著雨聽遠近傳來的呼救聲，無計可施。呼喊聲愈來愈小也愈少，最後沒有聲音。

天終於亮了，雨仍在下，天空灰濛濛，水田、菜圃和茅屋都沒了，溪水漫出河岸，淹成一片水鄉澤國，倖存者都攀在樹上。我們在樹上挨餓等雨停。

風像從地獄吹來，沒有停歇的樣子；雨像要倒進海底龍宮似的，嘩啦啦沒完沒了。水又往上漲，我們再往上爬，爬到更高的樹幹。

「啊！」遠處有人爬到樹梢，樹梢折斷連人帶著樹枝摔進水裡，我眼睜睜看著他流走，沒入水中。

過了許久。

風停了。雨到下午方休。

水逐漸退去，一段巨大的樹幹被洪水沖到陸地上，樹幹有閃亮的東西在蠕動，我靠近一看，原來是之前我在麻豆社樹上看過的甲蟲，背殼依然閃著亮光。

「楊亮、楊星，你們看。」我抓起甲蟲拿給楊亮。

「哇！好漂亮的蟲。」弟弟楊星說：「我也要。」他伸手欲抓，「啊！」被甲蟲大顎夾得哇哇大叫。

「這是你們兩個共有的，先一起養。」我哄兩人：「改天如果抓到別隻，再平分一人一隻。」

「好！」楊星開心地說。

「牠吃什麼？」楊亮問。

「我也不知道，先讓牠吃水果吧！」我將蟲交給楊亮，擔心即將面臨的饑荒。

「一官叔，這是什麼蟲？」楊星不顧全身溼淋淋，卻關心甲蟲的名字。

「因爲牠的大顎揚起的樣子像剪刀、鏟子、鐵鍬，」我思索著，我們在這鬼一般的荒島，遇到神出鬼沒、背殼晶亮令人驚豔的甲蟲：「叫做剪仔龜，唐山的比較小隻，這裡的比較大。」

風停雨歇，蚊港居民陸續從樹上回到地面，點數人頭，有五十三人失蹤，十艘船漂到海上，新闢的水田和菜園全部流失，村裡滿地泥濘，倉庫裡的米全泡爛，只剩之前醃的三十多罈醃鹿肉，這些鹿肉估計只能撐三天。

傍晚時，十艘船回到海岸邊，大夥全聚在一起升火烤衣，用煙燻驅蚊蟲，拿出醃鹿肉烤熟吃。

「怎麼辦？」顏思齊問大夥：「水田、菜園全沒了，連倉庫的米也沒了。」

「我家兒子淋雨，發高燒。」

「我的女兒也是，衣服都是溼的。」

「我老伴被水沖走了。」一名老翁眼眶泛紅，淚流不止，「生死不明啊！」大家一籌莫展。

「原來如此。」我輕聲說：「原住民的村落築在高地，不近溪邊，原來是大風大雨一來，草原就淹水。」

「我等數年前來此開墾，不曾遇到如此大風大雨。」顏思齊嘆道：「現在知道太慢了，不經一事，不長一智。」

我望著嗷嗷待哺的一群孩童，和一群自以爲是海上蛟龍的水手，如今卻被一場大風大雨擊敗，坐困愁城。這，不正是我的人生寫照嗎？

我想起在澳門好好做生意，竟被許心素勾結弗烈德陷害；我努力在平戶求發展，又被許心素派人縱火，幾近家破人亡；想好好在荷蘭商船工作，賺取分紅還債，紅利卻被紅毛找藉口沒收；逃回日本，竟被紅毛誣陷要援助天主教大名叛亂，不得不逃到蚊港，面臨被餓死的命運。

我想當一個好人，卻一再被人陷害，逼得我走投無路。天啊！爲什麼？爲什麼？「天地不仁，以萬物爲芻狗」，我就是獻祭天地的芻狗？不！我可不願當犧牲品，只要我有一口氣在，我就要拚下去，天地對我不仁，我亦將對天地不義。我眼中出現平戶那隻流浪狗的身影，我正是那隻被逼到牆角的狗，我也要變成狼！

我拿出念珠，我的天主、我的聖母，您已棄我而去嗎？您的子民聲聲呼喚，您充耳不聞嗎？如果您已棄我而去，我還要相信上帝之子耶穌的指引嗎？

不！我決定靠自己，不再依靠天主，我決定信仰武器與熱血！

「顏大統領、各位。」我站起來高聲說：「我們後方有原住民阻止咱獵鹿，現在村莊又被大風大雨摧殘，殘破不堪，無法遮風避雨，糧食流失殆盡，眼看卽將斷糧，我們不能再等下去。」

「一官有何想法？」顏思齊問。

「我等原是海上蛟龍，如今卻落難龍困淺灘，我認爲我們應當好好利用我們的船。」我撕下楊蘋的紅衣下襬，綁在頭上：「現在已經到米盡糧絕的地步，我決定下海當海賊，以救衆人燃眉之急，此事是我自作孽，與顏大統領無關！」我環視衆人，大喊：「想跟我去的，舉手！」

楊耿、陳暉率先高舉手臂，陳霖和施福大喊：「我也去。」接著陳霖和施福的水手也站起來，一個接著一個站起來。除了老弱婦孺，幾乎所有的男丁都站起來。

「好吧！」顏思齊見狀，點頭說：「我的八條船也加入。」

吳品和其他七名管船也站起來振臂吶喊。

「既然要當海賊，我建議將蚊港改爲魍港，佛經有云，魑魅魍魎。」我提議：「魍字正可形容飄忽不定的海盜，帶有一股神祕氣氛及威嚇的力量。」

「就這麼決定了，今後就稱此地為魍港。」顏思齊豪氣干雲地決定改名。

❖　❖　❖

幾經商議，顏思齊留下來重建魍港，首先要砍林闢地，將村落往樹林高處遷移，避開水患；我率船到福建沿海搶糧及日常生活用品，用以向原住民交換鹿肉。

次日，我召集所有管船，清查弓箭、槍枝、砲彈等武器數量，調集船員訓練火器射擊、砲彈裝塡和射擊，演練海上行船排列等海戰戰法。

在演訓空檔。

「一官爺，不是我多嘴，如果顏爺早兩個月聽您的建議，下海為盜，我們今天也不至於坐困愁城。」楊耿憤憤不平地說：「顏思齊沒有遠見，不配當大統領。」

「沒錯，我也這樣認為。」陳暉掄起拳頭說：「我等是天生的討海人，居然要我們拿鋤頭下田，今天才會走到這等地步。」

「我們當天共推他為大統領，當然要聽他的。」我說：「不過，事到如今，只能說我看得比較準。」

「有他在，未來必將妨礙一官爺的發展。」楊耿意有所指地說：「一官爺應該盡早擺脫他的掣肘。」

「大風大雨，天地無情，不是任何人所能預料。」我說：「兩個月前，我等初來乍到，闢土墾荒自是首選，如今遭此風雨摧殘，危急存亡之秋，顏大爺馬上答允我們所請之事，可見是會變通之人，大家切勿多心。」

「現在重要的是趕快開航，愈快愈好。」陳暉比了個手刀切手掌的手勢：「魍港老老少少快要沒飯吃了，我等應該先出港，邊走邊演練火砲操作。」

「對，今天務必將會用到的一應器具都搬上船。」我說：「明天一早漲潮就出發。眼前要先填飽魍港這一萬多人的肚子。」

❖　❖　❖

南風盛發，船往北走者較多，走澎湖與臺灣之間海峽往日本的船，多數運載南洋產的香料、胡椒、沉香、硫磺等土產；由廈門、泉州、興安、福州、溫州、象山等港往北去日本的船，才會載運生絲、瓷器和布料，而從泉、廈往臺灣的船可以依南風斜行。

「先以生絲、瓷器和布料爲目標。」我說。

我留兩條船在魍港待命，三條船在近海捕魚，以漁貨濟居民之飢。

十五條船，三條爲一隊分成五小隊，僅能勉強各備兩日糧；其中四小隊埋伏溫州、福州、泉州和廈門港外打劫商船，另一小隊到惠安、興化搶米糧等食物，先載回鯤港。

我乘楊耿的鼓浪三號到福州，黃昏時泊閩江口琅岐島。我和楊耿換乘小船到福州馬尾港，看到許心素的芙蓉三號正泊在港口外的大嶼後面。

「看來，芙蓉三號等著裝貨。」楊耿說。

「沒錯。」我回答：「晚上裝妥貨物，淸晨啟程，我們有的是時間，上街逛逛，順便去芙蓉巷看看，再回船不遲。」

我和楊耿趁著夕照還有些微亮光之際，從馬尾港上岸後，買了包零食閒晃到芙蓉巷找到許家，繞著許家四周走兩圈，摸淸許宅有一個大門、三邊側門和一個小後門，以及許宅的地理位置，聯通巷道等進出街道，再慢慢走回馬尾港碼頭邊。

入夜，我們揀了間小店坐下，「魚丸湯、乾麵各來兩碗。」我點菜後，向楊耿說：「福州乾麵最有名，吃的時候要加烏醋、辣花椒。」

「喔！泉州來的。」老闆換了河洛話：「魚丸湯、乾麵各兩碗來了。」

楊耿扒了幾口吃光一碗麵，筷子攪著魚丸：「唉，小星、小亮、蘋兒和他娘現在不曉得有沒有得吃？」

「放心吧！」我喝了一口湯：「顏老大會招呼留在鯤港的人先捕魚打獵，不會讓孩子餓肚子。」

「差不多了，回船吧！」我說。

夜色下，月亮上升三指高，十餘隻亮著船尾燈的小船圍繞著大嶼後方的芙蓉三號，將一擔擔黃絲、白絲從水仙門（船腹開門）送進貨艙，稍遠處還有二十多條亮著船尾燈的小船，等著將小船上成捆稻草包裹的瓷器、花瓶、包穀（玉蜀黍）雜糧送上芙蓉三號。

次日清晨，天濛濛亮，果見芙蓉三號啟椗，從閩江出海經過南竿島往東南走，可能是去臺灣奧蘭治城，或是馬尼拉。我要楊耿等三條船一路尾隨芙蓉三號，直到看見臺灣的高山，發令三艘船前後包抄攔下芙蓉三號。

「砰！」我向芙蓉三號上空射擊一槍，跳上船後大喊：「不要反抗，不殺無辜！管船是誰？」

「船上有福州馬尾鎮芙蓉巷許家人嗎？」我問管船：「從實招來，饒眾人不死。」

「有，押貨的許心光大爺。」

跟許心素一般瘦高的許心光被眾人推出來，藍袍子抖得彷彿裡面躲了一隻活蹦亂跳的猴子，我命人將他捆綁。

「一隻耳。」

兩名水手拉起許心光，楊耿手起刀落，手上多了一隻耳朵，許心光慘叫一聲，血淌下臉頰流進衣領。

我拿刀子挑開繩子，許心光摀著傷口哀嚎。

「告訴許心素，要去臺灣做生意，要先交保護費，一船一百兩。我是臺灣魍港統領顏思齊手下鄭一官。」我向跪在甲板的管船和水手說：「這一船貨不勞你們送了，我會代爲轉賣給在臺灣的紅毛。」

「這一船貨，我要了。」我轉身號令：「留三天糧給他們。」

「是！」楊耿指揮水手們搬貨搬糧。人多好辦事，兩個時辰便將芙蓉三號的船艙清空。

❖ ❖ ❖

首航旗開得勝。

數日後，各組船陸續返航魍港報佳音。

由陳霖率領的三條搶糧船，趁夜綁了守衛兵丁，打劫長樂、惠州縣府糧倉，順便開倉賑濟貧民。暗夜中居民、海賊混雜，分不清誰在搬糧，待縣府衙門據報趕到爲時已晚。

我與楊耿這組搶了許心素的芙蓉三號。

陳暉那組在廈門攔了兩艘往日本的船，載回兩船黃絲。

吳品率隊的三條船在崇武外海遭遇另一幫海賊船，雙方混戰僵持一天後各自撤退，來自崇武的海賊撂下名號楊六、楊七。

張浩那一組在金門、澎湖之間攔到一艘往天津的廣東烏船，搶到上好的沉香木和一船稻米、玉米、雜糧。

「楊六、楊七也在海上，我該找時間會會他們。」我交代衆管船：「今後在海上碰到楊六、楊七兄弟，告訴他們，我鄭一官在魍港置酒相待。」

後來的三個月，二十條船輪流出海打劫，魍港加緊興建一所倉庫，堆放愈來愈多的貨物，搶來的米糧自吃充足，還讓顏思齊拿去跟原住民換鹿肉和鹿皮，慢慢與原住民建立交情。

顏思齊除了修復稻田、菜園和水渠，也在原住民允許下，時常率人深入原住民的範圍打獵，並走向更遠方的高山一探究竟，想尋覓一個適合永久定居的地方。

這段期間我三度出海，十月到廈門找何金定，將搶來的黃絲和混絲低價賣給他，再護衛西拉雅一號運到奧蘭治城賣給紅毛。

「一官，我已經下訂打造一艘四百石大船，西拉雅二號。」何金定說：「預計一年後交船。」

「甚好，以後我們逐步建立自己的船隊。」我說。

十一月初去金門，將贓貨賣給林亨萬，林亨萬再轉售紅毛。只要低價，轉賣有賺頭，誰都願意買。

後來林亨萬嘗到甜頭，主動偕其他商人直趨魍港找顏思齊到倉庫挑貨。據林亨萬說，魍港的顏思齊和鄭一官已經在浙、閩、粵沿海打響名號，尤其搶許心素的船和劫長樂、惠安兩縣官倉，令福建巡撫衙門為之震動。

十一月中旬北風穩定，我率鼓浪一號、二號和三號船往北航行，到舟山搶了兩條船，搶到的米與雜糧由鼓浪一、二號載回魍港，生絲和布匹由我和楊耿的鼓浪三號載到平戶，布匹送到金閩發吳服店，讓裁縫店重新開張。

我趁機回喜相院與小松、福松團聚。

福松一歲又三個月，會走路，會叫爹娘，走幾步路就抱住大人的大腿討抱，時而走一走就趴地爬行，撿到東西就往嘴裡塞。

福松整天黏著我，除了吃奶的時間，我只要稍離開他的視線就嚎啕大哭，好像要把我離開他的時間全部補回。

我抱著福松與郭懷一、田川大夫談天。

「你們離開後第七天，幕府的軍隊渡過關門海峽和周防灘登陸九州，紮營待命出擊，九州諸位大名陸續前往晉見德川家光。」郭懷一說：「駐兵直到九月初，幕府將軍才宣布，查無唐人鄭一官勾結葡萄牙人反叛作亂實據，率軍撤兵，仍命葡萄牙人關閉商館，限期年底撤離，下令外國移民只准遷出，不准遷入。」

我知道是我那份〈與蘭人糾紛始末報告書〉、率平戶唐人商船撤離行動，加上松浦平山的觀察報告奏效，令幕府決定撤兵。

我阻止了一場戰爭，讓小松和福松平安無恙。

但是在德川家光的鎖國令之下，我回不了日本定居，令我和楊耿同感惆悵。

❖　❖　❖

十二月初北風日盛，我頂著大浪去長崎，向葡萄牙商館人員、神父道別，以重金向葡船購買若干船上的重要配備，這些花大錢買的東西，全部用木箱加封，加上鐵鍊、鐵鎖保護，沒有我的命令，不准打開。

回航魍港時繞到福州馬尾港，又發現芙蓉三號隱身馬尾港外大嶼，等著夜晚裝載貨物。我再度如法炮製，跟蹤芙蓉三號兩天後，半渡截擊搶光貨艙，打斷許家押貨夥計一條腿，「回去告訴許心素，要去臺灣做生意，要先交保護費，一船一百兩。我是臺灣魍港統領顏思齊手下鄭一官。再讓我碰到這條船，連船帶貨一起沒收。」

「一官爺，你三番兩次搶許心素的船，不怕他……」楊耿在回航的途中問我。

「我就是要找他決鬥。」我指著海：「這片海是我的，有我就沒有他。」

「我預料，他會乘冬天的北風從福州南下臺灣襲擊魍港。」我攤開海圖：「或等到明年四月吹南風，從澳門或廈門到魍港報仇。我們要準備應戰。」

23 許心素與荷蘭聯軍

回到魍港，我與顏思齊商議。

「這半年我等在浙、閩、粵沿海屢屢打開官倉賑糧、劫富濟貧的行徑已經打響名號，雖說獲得諸多貧苦百姓愛戴，」我說：「但是富戶、商家和沿海諸縣、道、州、府官員，卻對我等恨之入骨，無不奏請派軍剿滅我等。」

「這是必然的反應，這也是我當初來臺灣開墾顏家莊，堅持闢地墾荒，不入海爲賊的原因。」顏思齊蹙眉道：「若不是那場大風大雨，我等也不必入海爲賊。」

「顏大爺所言甚是，我等也是迫於無奈，情勢所逼，不得已才向他人借錢借糧。」我喝一口茶，放下茶杯說：「但浙閩總督可不會這麼想，眼下必會派官兵、水師防守沿海諸縣，提防我等船隻突襲；遠則必會派官兵渡海襲擊，我等必須有所防備才是。」

「有道是『毋恃敵之不來，恃吾有以待之』。」顏思齊點頭同意：「一官深謀遠慮，請你召集諸位管船、各村莊頭人商議禦敵大計。」

連著三天，顏思齊令我召集管船、各村頭人謀劃禦敵之策。大夥在此住了大半年，總算將這魍港周邊地形、地勢、溪深、港深等水文摸熟了，提供諸多禦敵、滅敵建議。

接著數天，我率人踩踏魍港各地，從沙灘、淺灘到河港，從沙丘林投叢到丘陵參天樹林，細想如何運用各地形誘敵或抗敵，或危急時可藏匿魍港老幼居民之處，心中擬定戰術，再分配應辦事項，由各個村莊頭人率人陸續施工興築。

如此忙了一個月，我感到有一股熱情支撐我與許心素對決，想到痛擊許心素就令我興奮。原來，我是好戰分子，武器與熱血令我冷靜，也讓我血脈賁張。

大批粗細不一的竹子，從魍港後方丘陵地砍下拖到港口邊，除去竹葉細枝剖成竹條，編竹籃、豎竹柵、製竹筒和竹管，在樹上搭瞭望臺。

各村莊在每條路口種植仙人掌，在村後鄰近山坡處挖山洞，洞口以芒草雜樹林遮掩，如此又忙了一個月才大致就緒。

❖　❖　❖

半個月後，北風如割，寒風凍人，二弟鄭芝虎、四弟鄭芝鳳、五弟鄭芝豹，三人竟乘坐西拉雅一號到魍港，送來何金定的信。

「你們怎麼來了？」我問芝虎三人。

「哥哥的船搶了長樂和惠安官糧，巡撫震動；許心素也在泉州府傳播鄭紹祖之子鄭一官之前當紅毛人的通事走狗，搶劫福建鄉親的船；現在奪了李旦在日本的財產，自立門戶當海賊；又說官兵準備前往臺灣圍剿，這些消息傳得沸沸揚揚。」二十歲的芝豹說：「氣得爹生病，臥床不起。」

「哥哥有難，我們不能袖手旁觀，而且泉州府鄉親見我們如見鬼，我們也沒有發展的機會，索性稟明爹，來臺助你一臂之力。」二十三歲的芝虎說：「我們聽你的話，這幾年我們都勤練武藝，天天演練對打，就是爲了替哥哥衝鋒陷陣。」

「我已經考上武秀才，後年要考武舉人，正可利用這個機會考驗我對兵法的了解，實際體驗行軍作戰。」二十一歲的芝鳳說：「出發前爹訓示我們，要兄弟同心。」

我們兄弟四人手搭在一起：「其利斷金。」

「何金定說有要緊的事。」芝鳳提醒我看信。

何金定的信說，許心素差人遞狀向福州府、泉州府衙門報案，告發顏思齊、鄭一官糾眾干犯《大明律》，違反禁海令，私自下海與西洋紅夷、東洋倭寇互市貿易，在閩海劫掠商船，搶盜沿海民宅，打家劫舍，依《大明律》首謀顏思齊、鄭一官該問斬；惠安、長樂也上報官倉遭搶。福建巡撫南居益下令南路副總兵官俞咨皋征剿海賊。

傳言，許心素等不及官兵出擊，已從澳門抵廈門，將親率四船出海，且派船聯絡奧蘭治城，可能聯合紅毛夾擊魍港。

「許心素是個棘手人物，加上紅毛助陣，更加棘手。」顏思齊看了信，憂心忡忡，眉頭深鎖：「是否該撤？」

「撤去哪裡？我們無法回日本，第三代將軍德川家光下令鎖國，外國人只准出，不准進；浙、閩、粵官府視我等爲海盜，依《大明律》可問斬梟首；馬尼拉有西班牙人，澳門有葡萄牙人，我等無處可去，只能背水一戰。」我堅定地說：「顏爺勿慌。許心素雖曾在俞咨皋帳下服役，掛名把總，卻是幕僚角色，他與顏爺都是大商人，行船遇險均賴管船率衆抵禦海賊。許心素虛張聲勢有餘，指揮作戰不足，不必憂慮。」

「紅毛呢？船堅砲利是我親見。」顏思齊說：「一官也十分了解。」

「魍港河道狹窄水淺，僅容一船靠泊，一船通行，紅毛尖底大船不能進河港，必泊在海上以火砲助陣。」我攤開魍港地圖：「許心素的圓底鳥船最多兩艘可進河道，多則塞船進退兩難，要防的是在紅毛大砲掩護下派人下船登陸。防他從沙灘登陸的禦敵之道，早已在謀劃進行準備，況且吾弟芝鳳乃武秀才，有他來我軍助陣，如虎添翼，這一切禦敵、滅敵之術，請交由我兄弟擘劃，請大統領毋須憂慮！」

「好吧！就拜託吾弟及芝鳳盡力謀劃，力當死守，吾這一萬人已無路可退。」

「大統領毋慮，我兄弟一定盡心戮力保衛魍港。」我單膝跪地發誓。

我帶芝虎和芝鳳再次踏勘魍港地勢，芝鳳不愧是武秀才出身，指點出許多有待加強防禦工事之處，籌劃在適當地點加築阻擋登陸設施。

我和芝鳳在海灘河岸四處踏勘，或乘船繞行灘岸細勘地形，由芝鳳畫定適當地點，插上削尖的一排排長短不一的竹竿；在海灘靠近河口的沼澤地，堆土壘石後挖壕坑架紅夷大砲，上覆稻草樹枝再覆土，布置成隱密的砲陣地，如此又忙了十數日。

接著由芝鳳策劃，將十餘個村莊的男丁列冊編隊，分配戰時任務；女眷、男童、女童分配後勤備援任務及躲藏的山洞。

我與芝鳳陸續到各村莊糾集村民演練，歷時半個月，直至人人都知道遇敵入侵時，該在什麼時間做什麼事，若不幸敵軍進入村莊，能到哪裡躲藏等，方才罷休。

等了一個月，許心素沒有來。

第二個月，許心素仍沒有來。

❖　❖　❖

我在魍港度過第一個新年，天啟六年（一六二六）。

過年後，顏思齊派三艘船頂著北風駛往唐山沿海，分別盯住福州、泉州和廈門，偵查官兵與許心素動靜，其他船仍舊各赴各省外海劫掠商船，搶奪沿海官倉和富商豪邸。

四月，天氣轉暖，北風夾著南風，月亮似圓非圓，還缺圓滿的一撇，發出黃綠光芒，像切開的檸檬懸在空中。白天偶有西南風，入夜換成清涼的東北風。我暫住的小屋蚊子嗡嗡作響，沒有蚊帳，難以成眠。

天光乍亮，顏思齊的家丁阿龍急忙來報：「一官爺，我們老爺發高燒昏迷了，請您趕快去看看。」

我連忙趕到顏家莊，顏思齊臉色蒼白，陷入昏迷。

「怎麼回事，顏老爺不是進山去打獵？」我問顏家人。

「稟一官爺，顏老爺三天前帶我等五個人和一群狗進山打獵。」一個家丁說：「晚上夜宿大樹下，架木條和樹葉覆頂的獵寮，半夜間，老爺忽然驚醒大叫，手被什麼東西咬一口，甚爲疼痛。」

「後來呢？」

「次日晨起，早飯後我等繼續前進，走沒多久，老爺開始臉色漲紅，全身無力，額頭高熱，我等砍木條編擔架，輪流將老爺扛回來。」

「回來後老爺高燒不退，時醒時昏沉。」阿龍說：「我等趕快抓藥草煎給老爺服用後退燒，以爲好轉了，不料他昨夜變成咳嗽、氣喘、腹瀉，今晨又昏迷。」

「魍港沒有大夫。」我嘆口氣：「我也只略懂醫理，目前僅能抓藥草再煎給顏老爺服用，並祈求上天保佑，助大統領度過這一劫。」

我只能憑記憶所及開幾味解熱、治咳的藥草方子，令堂兄鄭明速找草藥，送給顏家人煎給顏思齊服用。

第五天，顏思齊在反覆發燒、腹瀉後回天乏術，走了。*

正當顏家莊和鄭家莊對顏思齊遽逝感到哀痛逾恆，商議籌辦喪禮之際，廈門哨船傳回消息：「許心素準備率船襲擊魍港。」

我計算備辦兵器、人員和食物上船的時間，以及風向和行船時間推估：「快就在這四、五天，慢則半個月，許心素就會到魍港。」

我馬上通令魍港備戰，撥出一半的人力，就事先排定的作戰位置，日夜輪班守衛，並派哨船通知在外船隻回航魍港，同時暫停籌辦顏大統領的喪禮。

❖ ❖ ❖

* 顏思齊是否確有其人，學者考據結果眾說紛紜，無法確定。據《臺灣外記》說法，顏於一六二五年十月染疫亡。此處病故時間為劇情安排。

半個月後，外出的船都回航備戰。

五月初，天氣回暖，連月陰雨，潮溼難耐。

「叮噹！叮噹！……」屋簷響起鈴鐺聲：「芝虎，起來，許心素來了。」鈴鐺與樹梢瞭望臺之間有條長繩，瞭望者拉長繩就能拉動鈴鐺。

芝虎、芝鳳、芝豹分赴各村莊，敲鑼示警，喚醒青年、壯丁各執刀槍弓箭，前往各防守點集合。

老幼婦孺撤往後山密林中事先備妥的山洞，女眷、少年依事先演練的方式，在各村路口已經挖好的坑洞裡，埋下削尖的竹管、竹片，只露出竹尖；用雜草掩住路邊的仙人掌，再退入山洞。

我登上瞭望臺，芝虎和芝豹隨後也爬上來。

「天剛破曉，就看到他們在河口外。」堂兄鄭明說：「三艘紅毛的大帆船、四艘鳥船，你看。」說著將千里鏡交給我。

「是好望號、馬斯垂克號和鹿特丹號，這三條船我都待過。」我透過千里鏡看著這三條船，想像好望號船長安德魯斯站在舵手旁指揮的模樣。

「他們應該是午夜到河口停錨，待天亮攻擊。」我轉頭對芝虎、芝豹說：「蟒二和豹子，該行動了。」

芝虎和芝豹領命背著一支旗子和一副打火石滑下樹，潛往顏家莊最靠近河港碼頭的顏思齊住宅裡外埋了炸藥，只留引信露出屋外。如果有人登陸，一定會接近這所大宅院。

旭日下，鹿特丹號駛近河口，橫過船身對著沙灘，好望號和馬斯垂克號在後方，兩艘舢船悄悄駛進河道，第三艘舢船停在沙灘附近，船體與沙灘平行，第四艘舢船在其後方。

「傳令，兩隻鴨進港，等小鴨進港再攻擊；河口三處砲陣地瞄準肥鵝。」我說完，鄭彩和鄭聯分別揮動紅色旗子打旗語。

兩艘舢船駛抵碼頭，兩群黑衣人跳下船，刀刃槍尖反射陽光，有的爬上停在碼頭的空船，其他人蹲在碼頭棧板集結。

鹿特丹號率先開砲「砰！」，砲彈往河港旁的村莊落下，爆炸發出火光和震動。

碼頭上也響起「衝！」的聲音，接著慘叫聲連連：「地上有埋伏！竹子、竹子……」有人尖叫示警，但已太慢，許多人的腳被尖竹刺穿，釘在原地。

其他人聽到警告不敢走道路，往路的兩旁繞行，「啊！」、「啊！」手腳扎滿仙人掌，慘叫連連，跛行或爬回碼頭。

此時村子響起鑼聲，急促的鑼聲中飛箭疾射，往腳被尖竹刺穿的黑衣人狂射，黑衣人腳傷不能走，幾乎全被殲滅，原先拿在手上要扔向房屋縱火的火把，掉在地上兀自燃燒。

「砰！砰！砰！」鹿特丹號接連發砲助攻。

又有一群黑衣人從第二艘鳥船下船，小心地避開路口的尖竹和仙人掌，攻進顏家大宅內。此時河港內許軍兩艘鳥船上的四具虎蹲砲和紅夷大砲，發砲打進村子為黑衣人助攻。

顏家宅中彈，發出巨大的爆炸聲，火勢延燒鄰宅，燒毀三棟民宅後兀自冒白煙，村莊陷入火海。原先攻進顏宅裡的黑衣人，身上著火紛紛逃出，在地上滾動哀號滅火。

鄭明揮舞黃旗並向我回報：「成了，蟒二回報，顏爺的大宅爆炸，許家軍全數沒了！」

「好。」我轉頭吩咐鄭聯：「該換我們上場了。」

鄭聯向海的方向射出一支冒黑煙的火箭。

「砰！」河灘上一處狀似雜草的稻草堆冒出一縷白煙，砲彈落在鹿特丹號前面，激起一道水柱。

「砰！」旁邊另一處稻草堆也冒煙，第二發擦過鹿特丹號大帆布，落在船後方。

「砰！」第三發又落在鹿特丹號船首前方，激起一道水柱。

鹿特丹號發覺遭受攻擊，開始往前走，打開下艙砲口，調整砲口角度向下發砲，反擊河灘砲陣地。

「砰！砰！砰！」排砲瞬間接連發射，冒出一陣陣白煙，砲彈都打在籃堡上。

「砰！」第四發鐵彈正中帆船主桅。

「抓到彈著點了！」我興奮地大叫，馬上點燃沖天炮，「咻！砰！」

「砰！轟！」第五發從第三號砲口射出，命中鹿特丹號主桅，轟然巨響，火光閃現，主桅應聲緩緩倒下，大帆著火。

鹿特丹號被白煙籠罩，船斜一邊，下艙排砲雖然繼續發砲，卻已無法瞄準，砲彈鐵丸都落在淺灘，打起一道道水柱，後方的好望號和馬斯垂克號見狀向前挺進，欲救援鹿特丹號。

「一官叔，那是什麼砲彈？威力如此強大。」鄭彩看出門道。

「那是我向葡萄牙人以重金購買的榴彈，五發榴彈花了四百兩銀。」我指著鹿特丹號說：「榴彈擊中目標爆炸，噴發大量火藥瞬間燃燒，外殼鐵片迸裂四射，如同箭矢飛刀取人性命，一發榴彈雖無法擊沉船，但可令船半廢，如果打在陸地上，落彈點百步之內無人存活。」

「一官叔，那就再打呀！」鄭彩興奮地說：「再打一發擊沉紅毛船。」

「榴彈寶貴，要省著點用。」我拿出兩支沖天炮，「我們要擊退紅毛，不是打垮紅毛，紅毛船上的榴彈比我們多太多了，若紅毛傾巢而出，我們不是對手。」

我點燃兩響沖天炮，這是發動總攻擊命令。

第一，命令三處砲陣地對三艘紅毛船自由射擊。砲陣地得令後，連環發砲射擊，河灘地上空白煙縷縷。

第二，命令藏在河口北方紅樹林的九艘鳥船盡出，不管紅毛大帆船，先包圍兩艘鳥船，我認爲許心素在其中一艘船上。

第三，命令村莊部隊全力反撲，用架在河岸的小砲射擊駛離河道的鳥船，阻斷其歸途。

「回去告訴村內的人，全力反擊。」我喊道。

從千里鏡我看到許軍靠近海灘的第三艘鳥船正放下六艘小船，划船搶灘登陸，一群人棄船涉水沒多久，有的人腳或身體插進尖銳的竹竿，張大嘴、臉孔扭曲，身旁的海水變成血紅色；有的漂在水面，被藏在波浪裡連成一線的刺竹滾籠纏住，無法脫身。

其他躲過兩道陷阱的人搶上沙灘，遭遇從蓋著稻草的地窖射出的飛箭襲擊，只見箭矢飛天蓋地像群黑鳥直奔許軍，許軍擋不住箭雨衝回海裡，攀舟往回划。

此時，許軍在外海的第四艘鳥船見事態不妙，率先脫離，朝外海駛出，逃逸而去。

放小船登陸的第三艘鳥船則被我方三條船包圍，三船集中射出火箭，一道道火光帶著白煙劃過天空落進許船，處處著火，船員來不及滅火，火勢愈來愈大，整艘船都燒起來，火光衝天，船員跳海逃生。

楊耿和陳暉領軍的六船直撲紅毛帆船，保持在好望號和馬斯垂克號排砲攻擊範圍外，任令紅毛發砲，砲彈都落在海裡，六船不靠近也不離去，保持馬蹄形的壓迫隊形，緩緩令好望號等三船往後退，成功隔開許船與紅毛帆船。

河道裡的兩艘許船已被我方占領，停在河中。

受傷的鹿特丹號在前，好望號和馬斯垂克號忽然停船，意欲讓受創的鹿特丹號先撤離。陳暉的船率先衝向好望號，橫過船身向好望號開砲，好望號下艙排砲也轟轟作響，我知道一定是拔鬼仔在發號施令。陳暉的船挨了十數發砲彈，但船身沒有重大損傷。

「太好了！」我拿著千里鏡觀戰。

因為陳暉的船身加釘三層竹子編成的竹牆板，船舷也加釘竹板，平時垂放在舷側，使用時豎起背後加一木條支撐，竹片的韌度、彈性與光滑的表皮可以防禦子彈和火箭攻擊；另在甲板及下艙第一層砲口後方堆置籃堡，承受鐵彈、子彈射擊力道，遭火箭射中也不會起火。

另兩艘楊耿和施福的船也靠近馬斯垂克號承受砲擊，拖在船尾的六艘單桅划船則伺機划了出去。每艘划船配兩名划手，划手腰繫兩個浮水竹筒，頸懸一支呼吸竹管。按原計畫，划手操帆划槳鑽到敵船下方，一人用釘子將小船釘住船體，一人點火燒船，待兩人跳船潛水游走，火藥爆炸延燒敵船。

「火船要能瞬間發火才能延燒敵船。」看過明軍在媽宮灣欲火燒紅毛船失敗的例子，我找堂兄鄭明率姪子鄭彩、鄭聯用木柴、細枝、稻草加上硫磺、硝石、豬油或火藥等配方，找出能瞬間發火、延後爆炸的最佳組合配方，將之裝載在單桅划船。

我看到多艘單桅划船陸續鑽進好望號和馬斯垂克號下方死角，卻又被好望號和馬斯垂克號撞離，兩船在船首升起縱帆，加速朝東南方駛離，單桅划船被拋在後方，縱火沒有成功。

三條紅毛船愈走愈遠，我令鄭彩敲大鑼，令三船留滯海上戒備，其他船返航。

戰事暫告一段落。

❖　❖　❖

「一官爺，我們大敗紅毛和許心素聯軍，打得他們屁滾尿流，夾著尾巴逃走了。」陳暉和楊耿大喊，興奮之情溢於言表。

「我們打贏了。」我振臂歡呼。

「我們打贏了！贏了！」眾人舉臂高呼。

「但是，我們失去了顏大統領。」我神情黯然：「顏大統領遺體暫厝顏家大宅裡，被許心素的鳥船砲彈擊中，顏宅爆炸，燒及遺體。」

顏思齊手下管船吳品等人，以及船員和從長崎隨顏思齊撤出的人都大聲叫罵、哀悼、哭泣。吳品尤其罵得凶，捶胸頓足幾近昏厥。

「各位，我們只是暫時擊退紅毛和許心素，他們隨時會捲土重來，我認爲要乘勝追擊，徹底殲滅許心素，替顏老爺報仇！」我綁上白頭巾沉痛地說：「趁現在吹南風，我們要往北殺到福州，若能取許心素狗命，屆時再開慶功宴不遲。」

「好，我等衆人服從一官爺指揮。」吳品哭著喊：「徹底殲滅許心素，爲顏老爺死後不得安寧報仇！」

我命陳暉、張浩帶六船留守魍港，防備紅毛北上突襲，兼處理戰場善後；牽楊耿、施福及顏思齊所屬五船，共七條船即刻出發，以吳品的船爲首，航向西北方的福州。

行船途中，「單桅划船爲何無法貼近紅毛船？」我問楊耿。

「紅毛發現小船欲鑽進大船下方，令紅毛兵持槍從砲口向下輪流射擊，我方划手紛紛中彈落海，無法貼近船下。」

「原來如此，將來要加強防禦居高臨下的子彈和箭矢。」我又學到寶貴的教訓，這是用弟兄的鮮血換來的教訓。

24 福州府芙蓉巷

西元紀年的一六二六年五月，也就是大明朝天啟六年。

我率船隊趕往福州途中，晌午剛過，遇到三隻船攔路，朝空洋面放空砲，通知停船。

「有誰這麼大膽，敢攔我們的船？」芝豹問。

「兩艘花屁股，一艘鳥船，都是福船。」我下令：「暫停稍待。」

一艘花屁股靠過來，一名漢子站在船舷，逆光下看不清楚臉龐，直到他喊：「一官，尼可拉斯，我是楊七！」確是楊七熟悉的聲音。

「楊七？楊六？」我聞言回答：「快請兩位過來一敘。」

楊六和楊七兄弟划小船過來。

「六哥、七哥。」我接兩人上船，拱手作揖：「別來無恙？」

「無恙是現在。」楊六搖搖頭說：「之前被你害得……可是吃了不少苦頭。」

「自從澳門一別，許心素說你捲款潛逃，我們的確吃了不少苦頭，回鄉謀職不遂，只好和楊天生一起下海為盜，幹起無本生意。」楊七上下打量著我說：「最近又聽說你在大員或是臺灣據魍港爲寨，不但在沿海搶商船、打家劫舍，還敢搶官糧，早想找你一會，了斷我等在澳門的恩怨，討回當年被你拿走的錢。」

「六哥、七哥誤會我了，且聽我解釋。」我邀楊六、楊七兄弟進入官艙喝酒敍舊。

「澳門一別，原以爲只是單純地去一趟馬尼拉做生意，沒想到竟捲入是非，被馬尼拉和葡萄牙兩地通緝，有家歸不得。」我講起在馬尼拉的遭遇，直到與顏思齊撤出日本到魍港，這七年間發生的事，足足講了一個時辰。

聽得楊六、楊七驚嘆連連，兄弟倆不斷對看，臉上出現不可思議的表情，眼神透露不可置信的神情。

我留兩人吃頓晚飯便餐。

「也請楊大爺過來一會。」楊七向他的船吆喝道。楊大爺指的是楊天生。

沒多久，楊天生抓著繩索跳船過來聚會。

「楊大哥！」我見楊天生跳過船來，一時激動，單膝下跪抱拳：「闊別多年，別來無恙否？」

「還好，身體甚佳。」楊天生發福了，臉圓肚子圓，顯得福態，笑起來像個彌勒佛，「有楊六、楊七照顧，我愈來愈胖了，哈哈哈！」

「來，請各位大哥上座，我們兄弟好好敍敍。」

席間，楊六和楊七向楊天生轉述我這幾年的經歷，聽得楊天生拍案叫絕，驚嘆連連。

「一官，今往何處去？」末了，楊七問：「做什麼買賣？」

「今晨我跟許心素在魍港大戰，他夾著尾巴逃回福州，我正率弟兄趕赴福州剿翻他的老巢。」我站起來斟酒並提議：「選日不如撞日，六哥和七哥是否同去跟許心素對質，親耳聽聽他怎麼說，也好了卻一樁我們當年的舊帳？」

「也好，我們兄弟跟一官去，與許心素對質，對錯是非立見分曉。」楊七對他的船吆喝：「跟著走，福州。」

「沒想到這七年間發生那麼多事。」一直沉默不語的楊六忽然拉起右腳褲管，一道舊傷疤，和一道新傷疤。

「啊！這是當年廖大肚侵吞我的工錢，」我指著楊六的舊疤，如見老朋友：「你們為了討公道，遭廣東仔用扁擔圍毆受的傷。」

「沒錯，這是那天的記憶，我憑著這道疤，認定你不是見財忘友之人。」楊六指著新疤痕：「這道是前年被李魁奇砍的。」

「阿奇？」

「此事說來話長，總之，自從你去馬尼拉沒回澳門之後，大家在澳門混不下去，各自回鄉，大約一年後李魁奇來尋，我們兄弟念舊情，邀他入夥。」楊七搖搖頭說：「沒多久，因拆帳問題發生衝突，他翻臉砍了楊六一刀，深可見骨，跳水逸去自立門戶，自劃泉州到廈門海域是他的勢力範圍。」

「唉！說起來此事源頭都在於我和許心素。」我舉杯爲敬：「今日適逢天生兄、六哥、七哥都在，恰可爲還我清白做見證。」

❖　❖　❖

船隊抵福州外海已是次日深夜。

入夜後在島礁遍布的沿岸航行是大忌，只好拋錨暫泊閩江口琅岐島，派兩組人溯閩江到馬尾港上岸偵查，探聽確認許心素是否竄回馬尾港。這兩組人直奔馬尾鎮芙蓉巷許家，拿著我繪的地圖，再次摸清進出許宅道路及周邊環境。

天亮前一個時辰，西洋鐘指著清晨三時，我率七條船上的三百人划小船登陸馬尾港，悄然掩至芙蓉巷許家大宅，分別從前、側、後門翻牆攻入，逐廳逐室搜查，將在睡夢中的許家老小五十三口、婢僕佣人六十三人全數集中在大廳前的院落，只有許心素與三名健壯保鏢持刀反抗，刺死我方一人後被捆綁制伏。

大廳院落四周走廊火把通明，許家五十三口嘴塞布條，雙手反綁跪著，只有女嬰的嘴沒有塞布條。婢僕家丁用繩串綁手腳，蹲在角落。

我拉起一個年長家丁，低聲喝道：「幫個忙，把許家老爺和夫人、許心素的妻妾子女指給我看。」

他膽怯低頭，我一腳踹斷他的小腿骨，他慘叫趴倒。

我再拉出一個老年家丁，抽刀架頸，「把許家老爺和夫人、許心素的妻妾子女給我找出來。」

他每指一個，我就令人拉出來跪到一旁，連許心素共十五人，包括兩名少年、兩名男童、三名幼女、一個一歲女嬰，一妻三妾、許父和許母。許心素布塞嘴嗚嗚哀鳴，不停磕頭。

楊耿拿著從書房搜出來的幾冊文件和幾顆印章：「一官爺，這是鼓浪商號的廈門分店、澳門分店帳冊和印信。」

「拿給他確認。叫他在股份讓渡書上畫押、蓋手印。」我說：「鬆綁他的一隻手。」

許心素看了點點頭，拿筆蘸墨在帳冊及讓渡契約書簽名、蓋手印，同意將他在鼓浪商號廈門分店、澳門分店的股份、財產和船隻讓渡給我。

我按刀徐行，逐一檢視許心素家人，「許心亮、許心光大爺，今日有緣又碰面。我今天來貴府，是要解決我與許心素的恩怨，不會牽連無辜。請各位放心，待會兒還要麻煩各位善後。」

許心光左耳還包著白布，身體抖個不停。

「但是，許心素罪大惡極，牽連家人，我將殺無赦。」我抽出倭刀一揮，楊耿率人在走廊擺桌羅列十餘個茶壺。

許心素見茶壺，心知有異，拚命磕頭，鮮血直流。

「許心素，你在馬尼拉勾結弗烈德誣陷我私吞錢財，逼我亡命東瀛；又派人追到平戶縱火焚屋害我性命；現又勾結紅毛聯手夾擊魍港，砲擊村莊害大統領顏思齊老爺屍骨無存，罪無可逭，我要替顏思齊大統領報仇。」

許心素滿地打滾，滾到我跟前磕頭。我拉開他的塞嘴布：「跟楊天生大爺、楊六哥、楊七哥說，你在澳門和馬尼拉對我們做了什麼？」

「我……我……」許心素吞吞吐吐：「我不想讓你們自立門戶，設商行與我競爭，便指使弗烈德搶鄭一的布和錢，誣告鄭一搶劫弗烈德的錢，並侵吞你們合夥出資的錢捲款潛逃，向馬尼拉和澳門總督報案，通緝鄭一。我認錯，請饒了我和我的家人……跟他們無關……這跟他們無關啊！我認錯，是我不對……」

「可惡，你騙得我們兄弟好苦！」楊七一腳踢翻許心素。

「你竟騙我們，說一官在巴達維亞和暹羅逍遙。」楊六也踹他一腳，罵道：「讓我等誤會一官那麼多年，令我兄弟吃了那麼多苦頭，你，你罪有應得。」

「咕！咕！咕！」雞啼四起，破曉。

「我要讓你知道，什麼叫痛苦。」我將布塞回許心素的嘴，極力壓抑情緒，用平穩的語氣說：「弟兄們，先請許老爺和老夫人上路。」

魍港弟兄拉出許父許母，拿起茶壺灌入兩人口中，兩老掙扎著搖頭拒喝，烏黑的汁液流出嘴角，登時發出一聲「啊！」隨卽癱倒。

許家人見狀，發出嗚嗚哀鳴聲，哭成一團。

我閉眼：「再請許夫人和太太們啟程。」

許心素的一妻三妾早已嚇得癱軟，無法行走，魍港弟兄只好抓著她們的頭，茶壺直灌人口。

「送許家少爺和千金去找他們的娘。」

「一官爺，幼童和女嬰……」楊耿問。

許心素發瘋似的幾度欲衝撞我，被鄭彩和芝虎擒住，按跪在我面前。

我問許心素：「許心素，你煽動或派遣廖大肚的十七歲兒子到平戶放火，想燒死我，孩子長大會爲父親報仇，你說我該怎麼辦？」許心素撞地磕頭，我轉頭對楊耿喝道：「血債血還，斬草要除根。」

「是！」楊耿大喝：「灌！」

少年及男童、女童掙扎著被灌入毒液。

女嬰突然哇哇大哭，那哭聲令我想起福松。

楊耿和楊六看著我，又轉頭看女嬰，我看著女嬰一度想舉手叫停。但是，她會長大，長大後會找我或福松報仇。

古時西施臥間吳王夫差，助越國勾踐復國，不是活生生的例子嗎？爲了福松，我必須忍受這殺嬰的椎心之痛，承受殘忍的指責，我要忍耐！眼前閃現火光，西班牙士兵朝我開槍，腰中槍滲出血……我摸摸腰間傷疤。不，不能停，我要貫徹執行斬草除根的命令。

我閉上眼睛，手刀下切。再睜開眼，只見她小小的身軀躺在地上。

許心素撞地昏倒。我用冷水潑醒他。

他看著一具具躺在走廊的家人，掙扎著嗚嗚叫，兩眼紅腫，鮮血滿臉，我冷冷看著他：「痛苦嗎？我把這些年飽嘗的苦痛全部還給你。」

他突然冷靜，瞪著我，不掙扎，不磕頭，怒張兩眼，瞪著。

「請品爺送他上路。」我對吳品說：「請品爺替顏爺報仇。」

吳品將手中繩子拋越屋梁，打結。

吳品和芝虎抓著許心素，許心素掙扎扭動身體嗚嗚叫著。

「幫他拉開布條，聽聽他的遺言。」

「鄭一，我有錯，我對不起你，你殺我一人也夠了，竟殺我全家陪葬，我死不瞑目，我詛咒你不得好死，你的妻妾女兒沒官爲奴，永不翻身；你的兒子失心瘋，子孫自相殘殺；你和子孫斬首示衆，遺臭萬年！萬年……」許心素大聲咒罵：「天主不會原諒你，你一定會下地獄，受地獄永火焚身……你……你……」

我冷笑以對：「丹尼斯，你用大砲轟擊魍港，濫殺無辜的時候，可想到天主？可想到你也會下地獄？」我解下白頭巾掛在許心素的脖子，低聲說：「丹尼斯，我早已揚棄天主和聖母，我信奉的是武器和鮮血。」

我轉身，踱步，停步。攤開雙手往上一抬。吳品、芝虎拉緊繩子將許心素往上吊。

我走到大宅門口，稍停。

「他走了。」芝虎低聲說。

我轉頭看一眼，許心素身懸半空，腳在晃動。他的腳下躺著十四個家人。

「楊耿，我要他的左耳。」我輕聲說：「要獻祭顏大統領。」

❖　❖　❖

天亮。

我率隊回船。

再等一下，許心素全家遭滅門的事將轟傳福州府。

再等一下，我就成了殺人魔，人見人怕的海賊。

我始終閉著眼，阻止眼淚流出。

我是魍港副統領，不能讓手下看到軟弱的一面。

我是飄忽海上的海盜頭子，服膺武器與鮮血的教訓，軟弱的心已被鍛鍊得堅強冷酷。

我不要再當一隻被人欺負的流浪狗，我是一隻海狼，我的任務是餵飽魍港的一萬張嘴，擋我者亡！*

「我正要派楊耿去廈門、澳門接收和處理鼓浪商號的事，想請天生兄、六哥、七哥與楊耿同行，向李魁奇、劉香說明許心素當年陷害我和金閩發商號的詭計，我誠懇邀請五位大哥八月到魍港一會，我想再和諸位合夥，重振金閩發商號，我們團結力量大，有生意大家一起做，一起發財。」

「我們兄弟正有此意，天意讓我們有緣再度合夥。」楊六聽到許心素說出的眞相後終於釋懷，臉上有了笑容：「我們這就去通知阿奇和劉香。魍港見。」

「我也一道去。」楊天生說：「趁機回廈門老家一趟。」

送別楊六兄弟、楊天生與楊耿，看著他們的船隊背影愈來愈小，我才從淸晨的那場殺戮回神，我喃喃自語：「許心素的仇報了，但可別得意忘形，還有一關要過。」

---

*鄭芝龍殺許心素是在崇禎元年（一六二八年），此為劇情安排。

我找芝鳳閉門談事，再上床睡覺休息。

待我睡醒，已經是晌午時分，我匆匆吃了午飯，再下令：「請其他五船的管船到此船會合商議要事。」我向施福下了航行命令：「待管船爺們上船，就啟椗回魍港！」

我和蟒二、芝鳳和芝豹站在船舷，看著其他各船的三板工放下舢舨，扯帆划槳載管船到本船會合。

「大哥急著派楊耿去廈門，是何用意？」蟒二摸著頭問。

「我派楊耿去廈門找李旦的兒子李國助，出示帳冊及讓渡契約書，宣布由我接管許心素在鼓浪商號的股份、財產和五艘芙蓉號商船，鼓浪商號改名為金閩發商號，然後要楊耿留在廈門等我會合，一起去澳門接管鼓浪商號的財產。」我回答：「如此一來，李旦和許心素在日本、廈門和澳門的財產、商店和船隊盡落我鄭家手中。」

「啊哈！原來如此。」蟒二拍手叫好：「而且顏思齊的船隊也……」

我舉手打斷蟒二的話：「還沒，有一關要過。」

「擊退紅毛和許心素聯軍，大哥可算是閩海第一人，為何還要邀楊六和劉香等人入夥？」芝鳳不解：「人多嘴雜。」

蟒二和芝豹也點點頭，表示不解。

「在日本平戶，有個受封武士爵位的英國人三浦按針說：『能做到互蒙其利，才是好商人。』古代商聖范蠡也說：『大商與小商的區別，於己有利而於人無利者，小商也；於己有利而於人亦有利者，大商也；於人有利，於己無利者，非商也；損人之利以利己之利者，奸商也。』」我指著大海：「邀劉香、李魁奇和楊六兄弟入夥，除了化解我們的陳年恩怨，更重要的是利益均霑，利己利人，互蒙其利，預先化解以後在海上兵戎相見的窘境和阻力。」

「何以見得？」芝鳳追問。

「楊六、楊七以浙江溫州到福建福州爲勢力範圍；李魁奇據泉州到廈門；劉香盤據廈門到廣東的潮汕，前年四月，我曾和劉香在銅山島外海相遇，他仍十分強悍。」我指著海圖說：「這些不都是我等船隻活動的海域？此時正好可以化解，吸納爲同夥，反阻力爲助力，乘機擴大勢力。」

「大哥深謀遠慮。」芝鳳點頭：「此時有楊六兄弟爲大哥被許心素陷害一事做證，正是化解心結，招攬李魁奇、劉香入夥的最好時機。」

言談間，吳品等五艘船的管船陸續上船，我邀大夥到官廳入座。官廳桌上擺著酒杯、供品許心素的左耳和顏思齊的牌位。

芝豹點火燃香，分派給我和六位管船各一炷香。

「稟告顏大統領，」我率五位管船擎香下跪，告曰：「今天我鄭一官與吳品等六位管船，不辭勞苦遠到福州，蒙大統領威靈庇佑，順利擒殺許心素，以報您撒手遽逝之後遺體遭難之仇。」我舉起酒杯仰天告曰：「這一杯酒祭悼顏大統領在天之靈。」說完潑酒致祭。

祭儀完成後，我邀五位管船回座。

芝豹爲我和施福、吳品等六名管船斟酒。

「感謝大家同心合力，擊退許心素勾結紅毛襲擊魍港。」我再次舉杯敬六位管船：「大家辛苦了。」

「副統領辛苦！」

「感謝副統領爲顏大統領報仇。」吳品紅著眼眶說：「我等在長崎追隨顏大統領十餘年，他待我等如兄似弟，如果不是他，我等不會率家人，再度冒險飄洋遠渡到臺灣落腳，如今他遽然撒手人寰，令我等又有飄零無依之感，不知何去何從。」

「我認爲，如今回魍港的當務之急是推舉大統領，有人當家作主，維繫魍港的命脈，大夥才不會崩散。」施福說。

施福之意，是要推舉新的統領，由長崎或平戶來的唐人繼任？一時之間大夥兒沉默。

芝虎率芝鳳和七名帶刀衛隊進官廳，在門口列隊，擋住門口。吳品向另五名長崎出身的管船使了眼色。

「顏大統領在世時，是以我率平戶十二條船出亡，雖然年紀最少，仍委派我充任副統領，目的是讓我約束管好平戶的唐人，那天各位都在座。」我誠懇地向吳品等和四名管船說：「如今平戶和長崎的唐人在魍港歷經風災摧殘，原住民侵襲，缺糧之苦，以及顏大統領染疾遽逝的難關，全賴大夥互相合作，共同擊退許心素、紅毛聯軍，我認爲，長崎、平戶唐人早已合而爲一，不再需要兩地權力平衡。」

聽得大夥點頭稱是。

「副統領意欲如何？」吳品問。

「我認爲，我年紀尚輕，閱歷淺薄，應趁此時機，推薦品爺出任大統領。」我向吳品拱手道：「品爺是顏大統領素來倚重的左右手，人盡皆知，在波濤中打滾十餘年，走遍大江南北，什麼風浪沒有見過。此次顏爺遽逝，品爺是繼任大統領最佳的人選，大家說是不是？」

施福點頭稱是。

長崎出身的多位管船，有人點頭後看著吳品，又看看我，以及排列在官廳門口的衛隊。

「不！不！不！」吳品一個勁搖頭：「我只是個粗魯船夫，在風浪中行船我在行，要我領衆、發落衆人之事，我做不來。請一官爺另外推薦合適人選，小弟萬萬不敢當。」

「品爺久在長崎，請推薦人選。」我說：「長崎人才備出，必有帶領魍港的適當人選。」

吳品與其他四名管船，你看我，我看你，皆揮手搖頭連說：「不敢當。」

「我原是廈門的一名管船，後來被紅毛攔截搶劫，船被擊沉，我被俘去當奴隸，不是移居平戶的唐人，也沒去過長崎，讓我來說句公道話。」施福說：「我不是爲平戶派唐人說話，但是經過這一陣子與大夥同難共苦，我認爲一官爺最有資格繼任大統領，雖然他比我們年輕，然而見多識廣，會講多國番仔話，就像顏爺推崇他會操作紅毛的火砲，熟悉紅毛戰法，才能率領我等衆人擊退紅毛和許心素聯軍，首功非一官爺莫屬。」

「沒錯，我也這樣認爲。」吳品附和：「紅毛船堅砲利，海上無敵，這是我此生頭一遭看到紅毛船大桅被轟倒，船身著火夾著尾巴逃走，我衷心佩服，佩服。」說著向我豎起大拇指，「我支持一官爺繼任大統領。」

「我也支持一官爺繼任大統領。」一名管船點頭附和。

「我也是。」另三名管船也點頭稱是。

「感謝各位抬愛，小弟不才，願意暫時充任魍港大統領一職。」我向衆人拱手：「小弟有一事相求，有請品爺擔任副統領，助我領導魍港大衆。」

吳品看了其他長崎派的四位管船，大夥向他點頭齊道：「請品爺任副統領。」

「太好了，我等今日爲顏爺復仇，我和品爺又能繼續顏爺的遺志。」我既高興又感到哀傷：「待會請品爺留步，商議如何處理顏大統領的後事。」

長崎派的四位管船先行離去。回船。

「芝豹，帶衛隊守在門口。」我吩咐芝豹：「閒雜人等不得靠近。」

「是，大哥。」芝豹向七名衛隊下令：「走，把守門口。」

現在，官廳只有我、施福、芝虎、芝鳳和吳品。

「品爺推舉由我繼任魍港大統領一事，目前只是我們少數人取得共識。」我踱步說：「依情依理，應該要有魍港民衆的認定才算數。」

「我有一個想法，或能博得多數居民的同意。」施福遲疑了一下：「我的想法是擲筊問靈。」

「擲筊問靈？」大夥問道。

施福接著說出擲筊向顏爺請示由誰繼任大統領的方法。

「如何保證都是聖杯？」吳品說：「筊杯陰陽可不是你我能決定的。」

「這就是關鍵，有請品爺鼎力相助。」施福接著仔細說出擲筊問靈的計畫，聽得衆人連連點頭。

「好！」吳品朝大腿一拍，「這個我會。」

「感謝品爺鼎力相助，你我日後即是兄弟。」我說著塞給吳品一個沉甸甸的小包：「素聞品爺正爲孔方兄所苦，這是小弟的一點敬意，請兄笑納。」

「這……這……怎麼可以。」吳品臉上表情既驚又喜，手卻一直推辭：「尚未效力，何勞之有。」

「您率先響應支持小弟繼任大統領，即有恩於小弟。」我將小包塞回他手裡：「先安家再攘外，才是大丈夫。小弟聽說嫂夫人和姪女正苦於病痛，還請吾兄先好好照顧大嫂與千金，這是小弟的一點心意，一百兩銀，況且其他四位先離船的管船兄弟，小弟都有致贈每人二十兩銀安家費。」

「這……這……好吧！」吳品說：「小的恭敬不如從命，先行代內人及小女謝謝一官爺。」

❖　❖　❖

回到魍港。

接下來的半個月，我以副統領身分率魍港弟兄，為顏思齊大統領及這次魍港戰役罹難的二十一位弟兄舉行隆重葬禮。

我以許心素的左耳祭奠顏思齊，率眾兄弟哭倒顏思齊靈前。

「顏大統領不幸染疫病逝，魍港不可一日無帥，否則紅毛率船捲土重來，該怎麼辦？」施福在顏思齊靈前焚香拜倒，喊著：「我曾被紅毛抓去當奴隸，生不如死，要是紅毛再來，我寧願戰死，不願再當紅毛的奴隸。」

「我和施福一樣也是紅毛的奴隸，帶我們逃離紅毛魔爪的是一官爺，他也是顏爺指定的副統領，由他繼任大統領最適合。」陳霖說。

「不！」我跪在顏爺靈前：「顏爺剛走，屍骨未寒，我眾兄弟應當團結禦敵，不是爭取誰當大統領的時候。」

「就因為要大夥團結禦敵，更不能一日無主帥。」陳暉拿香跪拜：「副統領一官爺領導我等眾人擊退紅毛和許心素，深知紅毛戰法和戰力，是最適合接任統領的人選。我提議，擲筊向顏大統領請示，是否讓一官爺接任大統領。」

「不行，不行。」我搖頭揮手：「我是天主教徒，不能擲筊。」

「那就由我來代替一官爺擲筊。」陳暉說：「如果顏大統領在天有靈，且能連擲五個聖杯，代表顏大統領答應讓一官爺接任統領，否則我等另擇人選。」

「好，要連擲五個聖杯才算數。」有人說。

「連擲五個聖杯，不可能啦！」眾人議論紛紛。

陳暉從筊杯筒抓出一副筊杯，口中念念有詞：「顏爺，如果您答應以擲筊選擇繼任統領，請您給我一個聖杯。」說罷，擲筊。

一陰一陽。

「聖杯。」眾人低聲驚呼。

「顏爺答應了。」陳暉起身問大眾：「各位說好不好？」
「連擲五個聖杯嗎？」
「是！」
「好！如果能連擲五個聖杯，代表顏爺有靈有保佑。」吳品站出來，大家都知道他是顏思齊生前最倚重的管船，他走近陳暉：「不過，爲了昭公信起見，可否請陳爺再換一副筊杯。」
「當然，請吳爺選一副筊杯讓我用吧！」陳暉回答。
吳品伸手在筊筒裡翻動，拿出一副筊杯，自己先擲一把，「喔！兩個陽面。笑杯」。
吳品再擲，兩個陰面，惹來大眾一陣笑聲：「怒杯。神明生氣了。」
「品爺不要再擲了。」有人說。
吳品面露悻悻然的神情，將筊杯交給陳暉。
陳暉下跪、默禱，擲筊。
第一把，聖杯。
第二把，聖杯。
第三把，聖杯。
大夥瞪大眼，有人擠到前面。
第四把，聖杯。

咋聲四起，大夥爭相擠到前排，「喂，前面的蹲下。」後面的人大喊。

陳暉閉目，雙手合十，放開雙手。

第五把，聖杯。

「呼！」驚訝聲四起，「天啊！五個聖杯！」眾人大呼不可思議。

「天命有歸，我們就請一官爺接任魍港的大統領，如何？」吳品大聲吆喝，大夥鼓掌同意。

「感謝眾人支持，蒙顏大統領在天之靈庇佑指定我繼任大統領。」我拱手向大眾道：「小弟不才，蒙此重責大任，今後必將以吾等萬眾福祉爲念，開墾魍港，讓它成爲避禍安家的樂土。」

「我等服膺鄭大統領的命令！」吳品、施福率眾回應。

「好，這是我繼任大統領的第一道命令。」我大聲宣布：「發給顏大統領家屬五百兩銀，其他罹難者各五十兩銀，重傷者二十兩銀、輕傷者十兩銀療養身體。以及全體戰士，每人三兩銀，犒賞大家的英勇表現。」

在場的人爆出歡呼聲，感謝聲音不絕於耳。

原本還有意見的人，全都寂聲。

「利益均霑，即刻獎勵就是最好的領導策略。」荷蘭人和李旦的領導方法我也會。

＊作者按：有關鄭芝龍與許心素之間的恩怨，據湯錦台所著《大航海的時代的台灣》第一一〇頁，李旦死後，許心素在廈門壟斷與荷蘭的貿易，並於一六二七年十月聯合荷蘭船隊襲擊鄭芝龍失敗，一六二八年初鄭芝龍追殺到廈門許心素住宅斬殺之。

另據彭孫貽所著《靖海志》第二、三頁，天啓六年（一六二六）福建大旱饑荒，但總兵俞咨皋不准居民駕船到其他省分買米糧，反而縱容把總許心素駕官船買米運回福建，囤積居奇；鄭芝龍則劫米糧賑濟饑民，雙方利益衝突，俞遣許等人率船擊鄭，反被鄭打敗。後來俞因此事被彈劾下獄。江日昇所著《臺灣外記》第三〇頁，亦有相同記載。

鄭芝龍斬殺許心素之事，當年亦眾說紛紜。據曾任福建同安縣丞的鹽官曹履泰所著《靖海紀略》第五九頁〈上陸筠修司尊〉，他曾為此事訊問鄭芝龍，鄭「語多兩歧」，不承認也不否認，調查遂不了了之。蓋殺人乃犯罪之事，且許心素還是具有把總身分的軍官，不論鄭是否殺害許，當曹訊問時，鄭否認此事亦合常理。

25 魍港十八芝兄弟會

六月初，我搭施福的「鼓浪十號」鳥船到廈門與楊耿會合。船抵廈門，夜泊鼓浪嶼。

楊耿向我報告：「李國助不服氣，揚言要告官，舉發鄭一官侵吞李旦在日本平戶的財產和船隊，又搶奪許心素的股份。」

「讓他去告吧！反正我是海盜，是官府的眼中釘，不差再背一條罪。」接著我向原來屬於鼓浪商號（現改爲金閩發商號廈門分店）所有夥計和管船宣布：

第一、原來行駛日本、澳門、馬尼拉的商船繼續行駛，所有管船加薪兩成、船員加薪一成，本月加發一個月薪水當獎金。

第二、不想留下來的人，聽其方便，即日起七天內離職者，發給三個月薪水當遣散費。

第三、派鄭明出任金閩發商號廈門分店掌櫃，以後買進賣出貨品、船隻調度都由鄭明負責。

接著貼出布告。

管船競相向船員轉達此事。

十天僅五人離職，其他人各安其位。

鼓浪十號繼續南行，抵澳門。

我宴請舅舅黃程；再到聖保祿教堂拜會喬治神父，參加他主持的彌撒祭典。

我派堂哥鄭興擔任金閩發商號澳門分店掌櫃，負責清點鼓浪商號的財產、貨品，管船及船員福利比照廈門分店辦理。

我在澳門盤桓了半個月，交代鄭興如何料理業務。

❖　❖　❖

七月初，我率船順南風北返回魍港。

「傳令泉州、廈門，以及金閩發商號的所有船隻，對荷蘭紅毛無限期禁運。」這是我成爲魍港統領後的第二道命令：「以示嚴懲荷蘭臺灣總督宋克勾結許心素突襲魍港。」

我派船在大員灣外巡邏，封鎖和驅離浙、閩、粵商船到奥蘭治城貿易。

這年的八月上旬，楊六、楊七偕楊天生、李魁奇、劉香來會。

楊六、楊七和楊天生帶五艘船；李魁奇四條船；劉香有八條船。

「我和阿奇聽了楊六和楊七兄弟的話，派人到福州府打聽，確定你在許心素說了實話後殺了他全家，我們相信你當年是被他栽贓的。」劉香端坐太師椅首先開口，手拿茶杯看著我說：「不過，一官啊，你也真狠！殺他全家十五口，不是以前的一官囉！」不知是褒揚或譏諷。

「這事怪不得我。」我站來走向劉香：「我處處讓他，但是許心素栽贓我從馬尼拉捲款潛逃，讓各位大哥不諒解我，把我從澳門逼到日本，又派人到日本縱火，差點燒死我和新婚妻，害我破產走投無路，不得不放著懷孕的妻子上船當荷蘭紅毛的通事，他還勾結紅毛聯手襲擊魍港，三番兩次欲置我於死地，我只能反撲，這次僥倖打贏，這是他自找的。」

「成王敗寇，敗者任人宰割，自古而然，許心素也沒什麼好怨的，倒是我們要好好談談入夥的條件。」劉香說。

「這當然要好好談談。我們都不是當年口袋裡只有幾錢銀子的窮小子，我們有夥計，有夥計的家人要養。」我說：「我建議以入夥的船隻當股本，以魍港為基地，統一調派所屬船隻，或經商或裝備成戰船巡邏各港埠，向過往船隻徵水費，徵得的水費扣除薪金、修船等雜費支出後，盈餘依股份比例共享分紅。」

楊天生、楊六和楊七點頭同意。

「我同意一官提的入股分紅方式。但我認為，魍港地處偏僻，遠離唐山，居民僅萬人，民生不便，聽說沒有大夫，連買個梳子都要到泉州、廈門。」李魁奇提議：「何不在泉、廈、潮州外海覓個小島做爲基地？」

「泉廈潮外海小島雖近閩廈沿海，也是閩南水師兵力可及之處。」我說：「水師兵船朝發午至，須時時提防水師襲擊。魍港雖遠，地處臺灣，既不屬本朝疆土，水師來此需時一日一夜，鞭長莫及，我等方可高枕無憂。」

「有理。」劉香回稱：「我在銅山島就經常得防漳州水師來襲，我同意先以魍港爲基地，是否搬遷以後再說。」他喝了一口茶：「要我入夥，還有一個條件。」

「什麼條件？」我問，我心想他又要提出什麼刁難人的條件。

「一官可還記得，前年四月，你還在紅毛船當通事，兩條紅毛船搶了我擄到的花屁股芙蓉一號，擊沉我的香根二號，令我損失一條船和一班好兄弟。否則，我今天可以多一條船入夥，多分些股份。」

「香爺，意欲如何？」

「我要賠償，賠償我一條船的損失。」劉香口氣堅定地說。

「多少？」

「至少三百兩銀。」

「好。」我一口答應：「船加人的損失三百兩銀太少，五百兩銀才夠。」

「一官，此話當眞？」劉香臉色訝異多於驚喜。

「當然。」我說：「香哥的船在我眼前被紅毛擊沉，我是目擊證人，紅毛自然該補償你。」

「紅毛賠我？」劉香生氣地說：「你要我去找紅毛要錢？」

「當然，我當時只是一個小小的通事，打沉您的船的是紅毛的砲彈，當然要找紅毛求償，難道找我嗎？」

「一官，你在耍我？」劉香擲杯暴怒：「我如何去跟紅毛索討補償費？」

「只要香爺答應入夥，我就幫你向紅毛要補償。」

「此話當眞？」

「當眞。如果不足五百兩，少的我補。」我拍胸脯保證：「各位兄弟在此爲證。」

「好，我入夥。」劉香說：「如果屆時紅毛不補償我的損失，一官又失信，我馬上率船走人，我可是有言在先。」

「好，一言爲定。」我說。

「太好了。」楊天生起身鼓掌說：「澳門媽宮碼頭血汗挑夫又聚在一起了，上天讓我們分開又重聚，就是要我們當眞正的兄弟，我們應該結拜爲異姓兄弟，從今以後有福同享，有難同當。」

「好！」楊六、楊七、楊耿和陳暉均附和。

我遂以新任統領身分，任命十八名首領，焚香結拜爲異姓兄弟，約定「有福共享，有難同當」。

我恢復本名鄭芝龍，由於我及芝虎、芝鳳、芝豹均為芝字輩，其他人遂以「芝」字命名，劉香改名劉芝香、李魁奇改李芝奇、楊六改為楊芝麒、楊七是楊芝麟，陳暉改陳芝暉、楊耿改為楊芝烈，楊天生改名楊芝彪，餘為芝熊、芝鵰、芝鵬、芝鷹、芝雁、芝象、芝鵠，統稱十八芝兄弟會。

❖　❖　❖

自此，我取得李旦在日本及廈門、澳門的二十二艘船，顏思齊八船，併許心素專跑澳門、馬尼拉的芙蓉號船隊五艘，共三十五艘船；船員、商號分店員工共兩千多人。加上楊六、楊七的五條船，劉香八艘和李魁奇四艘，共計十七條船，總計五十二艘船。我的股份占一半。

金閩發商號旗下這五十二艘商戰船，航線遍及福州、泉州、廈門、漳州、澳門、馬尼拉、日本平戶及臺灣奧蘭治城。

看著海圖，連我都難以置信，這兩年（一六二五年、一六二六年）我多次以為人生已走到絕路，結果不但絕處逢生，甚至柳暗花明，更上一層樓，我成了擁有五十二艘船隊的大商人。

這是我信奉武器與熱血的原則，靠武力和實力掙來的成果，我已經從狗蛻變成狼，不再是任人欺侮的流浪狗，從今以後我是海狼！

十一月中旬起，金閩發的戰船全天巡邏閩粵沿海，北從浙江溫州、南到廣東惠州沿海各港口，要往巴達維亞、廣南、馬尼拉、臺灣、日本做生意的船隻，都要向金閩發商號依船隻大小「報水」繳交水費(保護費)，取得「水牌」。

水牌就是在船首懸掛魍港鑲紅邊黃色三角旗才能出海。有掛三角令旗的商船，金閩發商號旗下戰船保護它的航行安全；沒有掛三角令旗的，一律搶掠。

這是得自荷蘭人的「一手蘿蔔，一手棒子」策略。

我深知，一條船的貨品賣給西洋人及日本人，獲利以兩倍、三倍計算，我只取其利潤的百分之三至五爲水費，實不爲過；甚且如果沒有錢繳水費，我也通融先給水牌，讓其先赴外洋交易收取貨款後再繳水費，這道先取水牌再繳費的方式叫「交票」。

26 尼可拉斯一官將軍

大明天啟七年（一六二七）三月。

向金閩發商號「報水」繳納水費的浙閩商賈，他們的船隊都能安全通過唐山和臺灣之間的水道，往南航行到南洋，北往到日本貿易，行船平安，貿易順利，商賈們競相走告，愈來愈多船家向金閩發商號繳納水費，請求我和金閩發商號的保護，生意日漸興旺。

另一方面，我封鎖臺灣荷蘭商館令其斷貨五個月的策略也收到效果。

宋克派格羅寧根號送信來魍港，要求解除禁運。

我得知來者是新任的首席評議員德・韋特，他是我在格羅寧根號的船長，也算我的老長官，立即派小船將他接到河港碼頭。

「船長先生，歡迎蒞臨。」河岸開滿野薑花，春風料峭，我率鄭芝虎等侍衛八人，全副戎裝，披戴明光鎧甲、持火繩槍在碼頭迎接，並以西方禮節鋪紅毯相待。

「尼可拉斯將軍，好久不見。」德・韋特脫帽向我致意。

我陪他走紅地毯到碼頭邊的貴賓接待室。路旁排著一長列披戴明光鎧甲，持紅纓長矛的士兵，胸膛兩個護心鏡反射陽光閃閃發亮。

德・韋特首先開玩笑：「去年五月，還好不是我來魍港，否則可能是我的船中彈，一路跛回奧蘭治城。」

「請問船長，鹿特丹號……還好嗎？」

「榴彈炸死十人，主桅倒下又壓傷六人，人員傷亡慘重，船體受損嚴重，花了四個月才修復。」德・韋特乾笑著見我沒有答腔，又自顧自地說：「宋克總督很驚訝一官的船也有榴彈。」

「哈！哈！哈！」我跟著打哈哈：「請船長代我轉告總督，這是我向葡萄牙的朋友買的，他們聽說榴彈可能會用在荷蘭朋友的船上，樂得半買半送，所以我買了不少顆庫存。」我壓低身子靠近德・韋特：「我是迫不得已才反擊，我有更多榴彈，但是……我們是朋友，以前是，我希望以後還是朋友，所以當時我下令限制使用，沒有再繼續追擊鹿特丹號、好望號和馬斯垂克號，希望船長向總督轉達我的用心和盼望。」

「宋克總督也希望我們仍然是朋友，所以派我來修復雙方的關係，看看是否有方法解決彼此之間的誤會。」

「誤會？」

「例如，將軍對奧蘭治城實施禁運，中國商人都說您不准他們的船跟貨賣到福爾摩沙。

將軍希望能達成什麼樣的協定，可以解除禁運？」

「是的，船長，您開門見山說出我的心中事。」我喝一口茶：「我有三個條件，一是要證明我不是策動麻豆社謀殺者之河事件的主謀或教唆者；二是賠償三年前好望號、馬斯垂克號在南澳島、銅山島外海綁架許心亮一家人時，擊毀海盜船香根二號的損失五千里爾，香根二號主人劉芝香現在是魍港的將軍之一；三是賠償去年五月總督與許心素聯手突襲魍港，造成我方損失軍費一萬里爾。」

「如何證明你非謀殺者之河事件的主謀或教唆者？」

「下次見面時，找那位唯一倖存者跟我對質就能證明。我知道總督會答應與許心素聯手攻擊我，是爲六十三位荷蘭弟兄報仇，這個心結不解，貴我雙方無法坦誠互信，想要長久地做生意，誠信最重要。」

「好，我一定會把將軍的條件轉達宋克總督。」

「如果總督答應這三條件，我有六條船的上好生絲、瓷器和碗盤，下個月可以賣給你們，如果你們無法把握機會，我就讓這六條船直駛馬尼拉和澳門。」我站起來：「船長，請隨我去倉庫看看貨品，證明我所言不虛。」

德．韋特轉了倉庫一圈，對貨品的種類，白絲、黃絲和瓷杯、碗盤的品質滿意地頻頻點頭。「是的，尼可拉斯將軍。」德．韋特站在倉庫門口：「我一定將您的話完整傳達總督及評議會。」

「我誠摯地希望，我們將來還會是朋友。」我握手向德・韋特道別。

❖　❖　❖

十天後。

德・韋特再來魍港傳達宋克及評議會的三點決議：

第一、接受我與倖存者對質，釐清真相。

第二、荷方願賠香根二號損失五千里爾，由許心素之前付的贖金一萬一千里爾中支付。

第三、去年五月魍港戰役，三方皆有損失，請酌減賠償軍費損失為五千里爾。

荷蘭想用一萬里爾解決此事，要我撤銷禁運，算盤打得精。

相對地，五千里爾賠償劉香，五千里爾賠償軍費，錢由荷蘭人出，我借花獻佛，做個順水人情，人情卻在我身上，也算是一樁好買賣，而且倉庫裡堆積之前搶來的贓貨，不趕快銷出去換成現金，堆著也是浪費。

我笑著對他說：「報告船長，感謝總督及評議會寬宏大量，做出正確的決定，我建議約定下個月十日前後交易。」

「我同意。」

「那麼，我們先來起草這次的交易協議書。」我邀德・韋特草擬荷文、中文並列的協議書，費了好一番工夫才完成。

德・韋特在碼頭與我握手道別。

❖　❖　❖

送走德・韋特，我召集魍港十六名管船開會。

我指示六艘船裝載白絲、黃絲和混絲各兩百擔，景德鎮蛋殼瓷（薄胎瓷），福建德化白瓷各五百個，以及其他瓷盤、碗碟、花瓶，米、玉米和小麥等雜糧。

十艘船裝備成戰船，各披掛竹板及堆籃堡，上層甲板火砲旁堆置砲彈，下排皆用木頭雕成砲彈上銀灰漆，最上一排眞彈，彈頭塗紅漆，代表榴彈。

令弟弟芝虎爲侍衛隊長，率芝鳳和芝豹在做爲旗艦的四百石花屁股甲板上布置待客桌椅，準備兩船間的木橋，以及秤銀幣的、兩人合抬的大秤桿和秤砣。

「以上諸事項，七日內完成。」我下令：「四月初十日清晨啟椗。」

❖　❖　❖

四月十日清晨。

冰涼寒風中我率十六艘船啟程南下，我的四百石花屁股旗艦居中領頭，其他十五船分列兩側，如雁行序列，各船旌旗飄飄，兵員鎧甲光亮，槍砲刀矛晶亮生輝，六艘商船居後段，後方還有兩艘戰船殿後護衛。

緩行半日，抵達荷蘭人口中的普羅岷西亞灣（大員灣）外拋錨等候。

不久，宋克率好望號、馬斯垂克號、格羅寧根號出迎。

待荷蘭三艘大帆船緩緩駛進正中央，我的船也向中央靠攏，成合圍之勢，水手船員全部排列船舷。

好望號緩慢靠向我的座船，楊耿指揮船員在兩船中間架上鋪紅地毯的木橋，波浪起伏，宋克快步走過木橋上船，我在甲板相迎；接著德・韋特、安德魯斯、范・梅爾德，以及兩名我不認識的新任評議委員和一個年輕的士兵陸續上船，由侍衛長鄭芝虎引導上座，陸續坐上排成圓形的七張太師椅，我和宋克之間有一張茶几，年輕士兵沒有座位，站立一旁靜候。緊跟著十二名荷蘭士兵持槍及刀上船，站在宋克等人後方圍成半圓，最後走來八名抬木箱的士兵。

待一切就序，芝鳳和芝豹手捧六個木盒站在我的座位旁。

我向宋克總督、各位船長及評議委員問安後，打開一個木盒，拿出一只蛋殼瓷杯子，展示給所有人看。

「我這六艘滿載生絲和蛋殼瓷的商船在後面，這是最上等的蛋瓷杯，只有我的商行才有管道購買這些最上等的瓷杯。」接著分送一個木盒到宋克、安德魯斯等人的手上：「這六個晶瑩剔透的茶杯，就是在下送給總督大人和各位船長的見面禮。」

「感謝，尼可拉斯將軍。」宋克禮貌性地致謝，將木盒交給隨從。船長安德魯斯、評議員范・梅爾德則拿著杯子欣賞、把玩，愛不釋手。

「為了節省時間，我建議總督大人先派人到商船驗貨及估價，我們一邊會談，一邊驗貨，同時進行。」

宋克同意，由范・梅爾德調派彼得・佩斯等六名初級商務員各由一名荷兵陪同，划小船到六艘商船看貨估價。

「尼可拉斯……將軍，兩年不見，想不到您居然從通事變成將軍，恭喜您。」宋克語帶譏諷。

「我十分樂意接受總督大人的賀喜。」我用荷語嘲諷地說：「這都要拜您和評議會前年決議沒收我的紅利所賜，我不但拿到紅利和利息，俘虜們也拿到工錢，謝謝范・梅爾德先生的兩個箱子。」我刻意提高音量加上誇張的語調，讓人聽起來抑揚頓挫，雖然全船的人只有我聽懂荷語，至少讓芝虎、芝鳳及楊六、楊七和劉香見識我跟荷蘭紅毛談判的氣勢：「今天，對各位最重要的是解除禁運令，對我而言是澄清一個誤會，請問前年復活節在麻豆社唯一生存者來了嗎？」

年輕士兵怯生生地舉手示意：「將軍您好，我是馬丁（Martijn）」。

「馬丁，請等一下，我要先從已經達成賠償協議的項目開始解決。」我大剌剌地坐在太師椅：「賠償金帶來了嗎？」

宋克揮手，一名紅毛兵呈上一個小木箱，「五千里爾（四百五十兩銀）。」宋克說：「賠償香根二號的損失。」

「這位是魍港劉芝香將軍。香根二號是他的船。」我請劉香接過木箱，清點數目。

「沒錯，沒錯。」劉芝香笑著說，「沒想到紅毛真的賠我錢，我總算對死去的弟兄有交代。」然後在貿易協議定書第二項蓋手印：

荷蘭東印度公司臺灣（福爾摩沙）商館賠償劉芝香將軍一六二四年五月在南澳島、銅山島海域遭好望號、馬斯垂克號擊沉香根二號船的損失五千里爾。

「再來是賠償魍港戰役，我方的損失。」我說。

宋克再揮手，兩名士兵拿來一個中型木箱。

我指示鄭芝鳳開箱清點，無誤。然後我在協議書第三項以魍港統領身分簽名：

荷蘭東印度公司臺灣（福爾摩沙）商館賠償魍港及尼可拉斯・一官將軍，一六二六年五月本商館派艦與丹尼斯・許先生的聯合艦隊攻擊魍港，致魍港居民傷亡、船艇受損之損失五千里爾。

「傳令，這五千里爾分給所有將士，人人有分。」

「尼可拉斯！……一官！」十六艘船齊吶喊。

「尼可拉斯！……一官！」

「尼可拉斯！……一官！」

宋克等人聽到吼聲，一陣愕然，慌張地四下張望。

「沒事、沒事。」我笑著說，「所有將士知道宋克總督給了賠償金，替代他們的家人向總督道謝之意。」

此時，彼得上船向宋克等人報告六艘船驗貨結果，還跟宋克咬耳朵。

我心知，彼得在跟宋克說，每船都有上等生絲和名貴的蛋殼瓷，也看到很多榴彈。

「我每船貨物價值有四萬里爾（三千六百兩銀），你們有多少錢？」我向彼得打招呼。

首席商務員范・梅爾德說：「全部抬過來，開箱。」

十二名士兵將六只大木箱放在甲板，打開箱子全是亮澄澄的銀幣：「一箱兩萬里爾，六箱共十二萬里爾（一萬零八百兩銀）。」

我點點頭，手指在空中轉了一圈。

鄭芝鳳率人抬秤桿過來，將木箱裡的銀幣倒進吊籃一一秤重。

「十二萬里爾，我只能賣你們三艘船的貨。」

「尼可……將軍。」宋克語氣變得客氣：「將軍，可否六艘船的貨都賣我們，其他的掛帳，我會向日本商館周轉現金，盡快支付貨款。」

「不行，差太多了，十二萬里爾不能買二十四萬里爾（兩萬一千六百兩銀）的貨。」我向宋克說：「我是商人，不做虧本生意。掛帳十二萬里爾又沒有擔保品，而且貴國火砲犀利，如果賴帳我討不回來，風險太高。」

「將軍，我們是老朋友，您知道，荷蘭人最重信用。」德・韋特說：「不但不會賴帳，還會加計利息，而且將軍擁有強大的船隊，砲彈武器精良，誰敢賴帳？請將軍把六艘船的貨品都賣給敝商館。」

「是的，將軍。」范・梅爾德向我拱手：「將軍您很清楚，本商館已經五個月沒有進貨，巴達維亞總督正在生氣呢！」

彼得也向我眨眼示意。

「好吧！看在我們都是老朋友的交情，宋克總督和德・韋特船長待我不薄，我賣福爾摩沙商館四船貨，三船收現金，一船掛帳，但要以好望號產權及船上的武器配備當擔保品。」

「啊！拿戰艦當擔保品？」宋克驚訝地瞪大眼：「拿戰艦當擔保品，眞是我前所未聞的事啊！」

「以前沒有做過的事，不代表現在不能做。而且我不要空殼船，我要船上的武器配備和彈藥一起抵押。」我笑著說：「我知道這不是一件容易的事，請各位評議委員現在討論吧。」

我起身離開，讓宋克立卽召開評議會。

一刻鐘後我回座。

「一官將軍，我們接受您的提議，但是抵押期限可否延至今年十二月三十一日，讓我們有充裕時間向巴達維亞或平戶商館調現金，因爲季節風的問題，您知道的。」宋克變客氣了，稱我爲一官將軍，他誤以爲我姓「一官」。

「沒問題。」我爽快地答應。

雙方在協議書寫下第四項，並在下方簽名、蓋手印：

荷蘭東印度公司臺灣（福爾摩沙）商館與鰂港尼可拉斯・一官將軍交易四艘船的

貨品，三艘船的貨品付現金十二萬里爾，另一艘船的貨品四萬里爾貨款，雙方約定一六二七年十二月三十一日以前付清，年息百分之二，並以荷蘭東印度公司所有船隻好望號做為擔保品，荷蘭東印度公司臺灣（福爾摩沙）商館如果逾期未付清貨款，願以好望號及船上所有武器配備抵充貨款。

簽名後，我向芝鳳點頭示意。

芝鳳即喝令：「收款！」命士兵將六只大木箱抬進官艙。

❖ ❖ ❖

「賀，交易成功！」我邀眾人舉杯，逐一向宋克、德・韋特、安德魯斯等人敬酒，「你看，用蛋殼杯盛著紅葡萄酒，多美！一定會深獲貴國國王和貴族的喜愛。」我舉起酒杯，讓陽光透過杯子滲出鮮豔的紅色，吸引所有人的目光。

「接著，我要打開糾結在大家心中的一個心結。」我周旋一圈，放下酒杯，收起笑容：「馬丁。」

「是，將軍。」

「很好，馬丁，你先不必開口。」我解下披風，扔上椅子，走到圓心：「等會我問你答，由在座的總督先生和評議員先生判斷我的說法是否正確。」
「那天烏特隊長率領你們追趕我們，進入麻豆社後，做了什麼？」
「那天，進入村莊，一群狗圍著我們咆哮，還有原住民持長矛對我們做勢欲攻擊，烏特下令開槍。」
「對，你們開槍了。」我問：「對誰開槍？」
「我看到打死幾隻狗和兩個原住民男子。」馬丁回答。
「不是兩個，是三個吧！」我糾正他：「一個老年的長老走在前方接待烏特隊長，結果被你們踹倒，接著打槍開死三、四隻狗，又槍殺想要扶起長老的三個原住民男子。」我逐一看著荷蘭人，緩緩轉了一圈，再問：「一進別人的村莊就殺人？你們這樣做對嗎？上帝允許你們這樣嗎？」
馬丁沉默。
宋克也沉默不語。
「然後呢？馬丁先生。」
「烏特隊長下令搜索每一間原住民的茅屋。」馬丁不安地說：「尋找……尋找一官將軍和逃逸的漢人奴隸。」
「只是搜索嗎？」我逼問馬丁：「搜完之後呢？」

「搜完之後……」馬丁囁嚅忐忑說不出口。

「我替你說吧。」我說：「你們一半的士兵逐個搜茅草屋，搜完就放火，一半的士兵驅趕所有原住民，將男女老少集合在一起，命他們抱頭趴地，對不對？」

「是的，一官將軍。」馬丁回答。

「你們摧毀了整個村莊，盤問原住民我們的去向，你們有通事和原住民對話嗎？」

「沒有，我們奉命緊急上船，沒有帶通事。」

「你們如何盤問原住民？」

「我看見烏特隊長和羅斯福副隊長在地上畫圖和比手畫腳與原住民溝通。」馬丁說：「後來有一個原住民好像聽懂了，指著溪流的方向。」

「烏特隊長就命人下河深測溪水深度？」

「對，是我下河探測深度。」

「原來是你。」我接著說：「你脫下鞋子，手持竹竿下水探測，不小心失足被溪水沖倒，但很快地游回岸邊，對不對？」

「是的。我立即游回岸邊。」馬丁回答：「然後和烏特隊長討論後，我建議找原住民扛我們渡河。」

「後來，麻豆社人扛著你，走到接近對岸時，你就落水。」

「是的。」

「落水後，你持刺刀刺傷扛你的麻豆社人，並往下游漂。」

「對。」

「其他士兵呢？」我問。

「我不知道。」馬丁說：「我漂到出海口附近較淺的地方游上岸，回船後等了許久，才知道只有我脫險。」

「我來補充我所看到的。」我說：「烏特隊長下令原住民兩人一組，一人扛一個荷蘭士兵，另一個原住民雙手高舉槍枝、火藥跟隨在旁邊。分成四隊，同時下溪向對岸走，在溪中半途，原住民突然一起下沉，將荷蘭士兵壓進水裡溺死。」

一時全場靜默，只有風聲浪濤聲。

「一官將軍爲什麼知道得那麼清楚？」德・韋特問。

「因爲我當時躲在麻豆社村莊後方小山丘的山洞中，用千里鏡看到事發經過。」我說：「我和同伴匆登船忙離開奧蘭治城，急著逃離追捕，我和原住民也語言不通，當烏特隊長率隊進入原住民村莊時，我已經躲在山洞，如何教唆原住民淹死荷蘭士兵？」

全場靜默。

「我認爲，是烏特隊長進村就下令開槍殺人、放火燒村，激怒原住民，原住民才下手報復。」我大聲說：「不要將此事推到我身上。」

全場再度靜默。

「難道你們不相信我？」我握拳擊桌：「此事關係我的名譽，我願爲捍衛名譽而戰。」

蟒二率侍衛往前站一步，發出刀刃叩打鎧甲的聲響。十二名荷蘭士兵也手握槍柄，瞪著蟒二。氣氛劍拔弩張，雙方皆靜默不語。

「經過將軍與馬丁對質，我相信將軍當時是在山洞裡，看到事發經過。」德．韋特打圓場說：「但是評議會需要時間討論。」

「好吧，請評議會討論，還我清白。」我站起來揮揮手：「我是尼可拉斯．一官。」

右側八艘船人員齊喊：「尼可拉斯！」左側八船喊：「一官！」

「尼可拉斯！……一官！」

「尼可拉斯！……一官！」

「尼可拉斯！……一官！」

「尼可拉斯！……一官！」

吶喊響徹海面，我手略舉，口號戛然而止。

一刻鐘之後。

「評議會討論結果，」總督宋克說：「接受一官將軍對此事件的說法，將軍沒有教唆原住民淹死荷蘭士兵。」

「很好。」我指著協議書第一項空白處，要求彼得以荷文寫上：

經魍港尼可拉斯‧一官將軍與荷蘭東印度公司駐臺灣（福爾摩沙）商館士兵馬丁，在評議會委員面前對質及說明，總督宋克及評議會委員都相信尼可拉斯‧一官將軍沒有教唆或涉及一六二五年四月十日麻豆社謀殺者之河事件，荷方保證不再向尼可拉斯‧一官將軍追究此事。

「請總督先生簽名。」

宋克瞪著協議書，許久才說：「解釋清楚即可，何必列入協議書？」

「此事關乎我名譽，如果總督先生不簽名，今天的交易取消。」我拿起協議書揚了揚：「這六艘船的貨我要賣給馬尼拉城的西班牙人，他們向我保證全部付現金。」

宋克、范‧梅爾德、德‧韋特面面相覷。

「不用擔心，我是商人，等你們有足夠的現金，我一樣會賣給你們。」我收起協議書下令：

「送客。」

芝虎、芝豹命士兵架起木橋，做出送客的手勢。

安德魯斯率先站起來走離椅子；范．梅爾德站起來但黏著椅腳；宋克兩手緊抓扶手，想撐手站起來，屁股卻黏在椅子上。

我心中響起笑聲。

「好，我簽。」宋克屈服了。

「在謀殺者之河死亡的六十三名弟兄的血債就這樣算了嗎？」安德魯斯吼著。

「士兵馬丁已經說了，溺死六十三名弟兄的凶手是麻豆社人。」宋克抬起頭，對安德魯斯說：「這筆血債我們找麻豆社人要。」

「我同意宋克總督先生的看法。」我說：「與安德魯斯船長比較，總督是個聰明人。」

「好，我簽名，不再向你追究此事。」宋克對我說：「但是請將軍不要將其他兩船的貨賣給西班牙人，您知道，西班牙人是荷蘭的敵人。」

「我的貨要賣給誰是我的事，不勞總督操心。」我將協議書放回桌上：「請簽名。」

「可不可以賣給日本人，不要賣給西班牙人？」宋克又提條件。

我暴怒拍桌：「這裡，在這片海，我是王，你要聽我的，我是尼可拉斯．一官。」

十六艘船再度響起吶喊聲：

「尼可拉斯！……一官！」

「尼可拉斯！……一官！」

「尼可拉斯！……一官！」

宋克一臉無奈地簽名。

「總督先生，那四條貨船會隨你們進港卸貨。」我簽名後說：「其他兩條船會去馬尼拉。您別忘了，我是商人。」

宋克等人及士兵陸續從木橋走回好望號。

士兵抽回木橋。

「總督先生。」我喊道。

宋克停步，轉身，隔船與我對望。

我豎起右手大拇指，指著胸膛大喊：「記住，這片海是我的，我是尼可拉斯・一官！」

「尼可拉斯！……一官！」

「尼可拉斯！……一官！」

「尼可拉斯！……一官！」

「尼可拉斯！……一官！」

吶喊聲響徹雲霄。

§

鄭芝龍閉著眼，吶喊聲迴盪耳畔，迴盪在起伏不定的波浪，驚起停在桅杆的海鳥振翅盤旋……

「侯爺！侯爺！」覺羅阿克善的聲音打斷吶喊聲。

鄭芝龍張開眼，眼前是一圈圈豎起耳朵聽他說書的士兵。

「侯爺，你大敗許心素和荷蘭聯軍，成了閩海的王，後來怎麼又當了明朝的官？」覺羅阿克善追著問。

「那是後來的事。」鄭芝龍喝口茶，摸摸肚子。

27 鄭芝龍收伏鄭一官

鄭芝龍放下茶杯，深深吸口氣，繼續往下說道。

§

從此，我和十八芝兄弟以臺灣魍港爲基地，各自率船繼續在浙閩粵沿海，如此這般「做生意」。每逢上岸用弓箭、火砲擊退官兵向官倉借糧時，會順便打開糧倉號召百姓一起搬糧，這不僅僅是替縣府老爺濟賑貧戶，同時也幫助不少人。

因此，有許多福建閩南、廣東潮州和汕頭的鄉親紛紛要求入夥，十八芝兄弟本著有飯大家吃，有錢大家賺的想法，盡量讓大夥加入。

有沿海各地的兄弟入夥，我們也多了各地的耳目和嚮導，想去向富商巨賈借錢，或找官倉借糧，會有專人引導；想向鄉民、村婦購買菜蔬瓜果，會有人事先召集菜農、肉販，讓我們的船隊大批收購，馬上付現金，銀貨兩訖，事半功倍。因此引起朝廷地方官員的忌恨，稱我和楊六、楊七、李魁奇、劉香是海賊、巨寇，不時向皇上奏我一本，請兵圍剿。

有一位御史周昌晉給皇帝上奏摺說：「臣以爲欲除外賊，必先除內地之奸宄。夫沿海之民，貧者以窮迫從賊，富者以畏禍賄賊，奸徒又勾引嚮導以附於賊，是無人不爲賊用也。」將加入金閩發商號船隊的鄉親，以及慷慨借錢給船隊的仁慈富商形容成逼不得已從賊、賄賊，統統變成賊。

還有一位兩廣總督大人上書皇帝告我一狀：「鄭賊狡黠異常，習於海戰，其徒黨皆內地惡少，雜以番倭驃悍，三萬餘人矣。其船器則皆製自外番，艨艟高大堅緻，入水不沒，遇礁不破，器械犀利，銃礮一發，數十里當之立碎，此皆賊之所長。」

兩廣總督誇稱我擁有遇礁不破的船，有一發砲則數十里外目標立碎的砲彈神器，然後卸責自稱官船老朽：「而我沿海兵船，非不星羅棋置，而散處海濱，無所不備，則無所不寡。其船則窄而脆，其器則朽而鈍，或能游弋於沿海，而不能遠駕以破敵。」

兩廣總督再將責任推給我等兄弟稱：「閩有備，則賊入粵；粵有備，則賊又將他遁，萍流蓬轉於海闊天高之中，無庭可犁，無穴可掃。」將我等兄弟形容成飄忽不定，居無定所，連個可以淸剿的巢穴都沒有，到處偷襲劫掠的萬惡海賊，官兵無可奈何的巨盜。

對這些地方官老爺的參奏內容，我不感興趣，總之不外乎稱我是賊，加入金閩發船隊的人都是賊、是奸徒、惡少。

這些大老爺卻不曾反省，我們爲什麼會變成他們眼中的賊、惡少和奸徒？

據此，上自浙江寧波，下迄粵省廣州，各州、道、府發布通緝令，不斷出動水師想剿滅我和十八芝兄弟。幾場海上硬仗打下來，水師官兵的戰艦都不是十八芝兄弟戰船的對手，紛紛乘風逃逸或棄械投降，我等兄弟不但沒有被剿滅，反而擄獲更多水師官船，名氣益發響亮。

既然硬仗打不過我兄弟，官老爺接著使出軟的招術。

福建巡撫朱欽相曾派人來信招撫，要我等十八芝兄弟「束手棄械，解散衆夥，既往不咎」，接著恫嚇「如不乘時歸順，必將興大師剿滅，毋負良機」云云。

朱巡撫要我等人受撫的條件僅有「既往不咎」一句，好似免罪就是給了我們極大的恩惠。對於我們來說，只有口說毫無實惠。

我看完信一笑置之，將信傳示十八芝兄弟，共聞共知。

其實，接不接受朝廷招撫，十八芝兄弟早已議論紛紛，贊成與反對皆有之。反對的占多數，唯一共識是「要有好的條件才接受招撫」，不能僅有一句「既往不咎」。

❖ ❖ ❖

中秋節剛過，福建官老爺又來信招我，這次來信署名「泉州巡海道蔡善繼」。我猛然想起幼時擲石打落時任泉州知府蔡善繼大人烏紗帽的往事。

蔡大人多年前已罷官（休職），回故里養老，今日復出泉州巡海道，莫非專爲招撫我而來？

蔡大人對我有「擲石不責」之恩，這信不可不回。我卽刻回信，並相約三日後泉州港外船上晤談。

第三天早晨。

「小民鄭芝龍叩見大人。」我下跪、叩首拜見蔡善繼。多年不見，蔡大人烏紗帽沿露出白髮，眼袋和額頭有深深的皺紋，臉上依舊掛著和藹的笑容。

「請起、請起。」蔡善繼扶起我上下打量，笑著說：「一官，多年不見，英容偉岸，有大丈夫的氣概，不復當年擲石羞澀少年郎。」

「多謝大人。」我拱手再拜：「蔡大人別來無恙？」

「一切都好，年紀大了，我已罷官離任多年，不問世事久矣。」蔡善繼說罷，舉杯喝一口茶：「今日重逢一官，正爲一大事而來。」

「大人請說。」

「一官與十八芝兄弟名震東南沿海，無人不知，無人不曉；船隊縱橫海濱，或貿易或劫掠，變幻莫測，令官兵疲於奔命，各道府州官束手無策。」蔡善繼說罷站起來，踱步徐言：「爲此，撫院朱大人特命我來說服一官，接受朝廷招撫，放下屠刀，解散衆夥，棄惡行善，朝廷當赦免你的罪，既往不咎，重新做人。一官，意下如何？」

「多謝蔡大人特地爲小人的事奔波海上。」我作揖回稟：「我與十八芝兄弟自知惡名昭彰，無地自容，若朝廷果有我兄弟可報效之處，自當牛馬拉犁拖車報效皇上，改過自新，重新做人。」

「甚好，我來時曾向撫院朱大人稟告，一官是我從小看到大的英雄人物，器識非凡，自有一番見解。」

「不敢。」我躬身作揖回稟：「小人自幼南漂澳門、東渡扶桑，也想有一番作爲，以求功成名就，衣錦還鄉，叵奈命運多舛，天不從人願，逼得小人不得不下海爲盜。」

「此話怎講？」

「實是朝廷逼民爲盜。」我說：「浙閩粵山多田少，沿海百姓賴海爲生，此蔡大人知之甚詳，但皇上僅因欲阻卻倭寇、紅夷騷擾，屢下禁海令，致無片田可耕者無以爲生，不下海求生，難道只能坐以待斃乎？朝廷如果能撤除海禁，讓我等沿海居民通洋貿易，不但民可賴以爲生，朝廷亦可坐收稅金，挹注國庫，一舉數得。現在，若非貧無立錐之地，誰想下海爲賊？」

「一官所言出自肺腑，吾亦深有同感。」蔡善繼說：「但是撫院朱大人看法完全不同，朱大人以洋稅是朝廷專供福建兵餉來源，現在洋船只跟一官通商，收不到洋稅，因此奏報朝廷，實行更嚴格的禁海令，違者治以重罪。」他沉吟一會：「然則，或許等一官受撫後可向朝廷提出建言，一官，言下如何？」

「朝廷既要招我，需有利於我與衆兄弟的條件。」我說：「不能徒有口說而無實惠，否則我無法說服衆兄弟同受招撫，僅有我一人歸順朝廷，想必亦非朝廷之意耶。」

「吾知之矣。」蔡善繼拱手道：「待我稟明撫院朱大人，要有一套招撫一官及衆弟兄的作爲，讓一官及衆弟兄安心歸順朝廷，吾盼你能早日受撫，了我一樁心事。」

「謝謝大人。」我拱手作揖，送蔡大人下船離去。

❖　❖　❖

十月初。

蔡善繼遣當年與我父親同在泉州府當差的同僚禮房黃昌奇帶信前來。

「老拙與令尊共事時，將軍方當十、十一歲，玩耍丟石，擲著蔡府尹（知府）烏紗帽，蔡府尹稱讚將軍應對機智非凡。」黃昌奇說：「當日卽是我到官廳通知令尊，將軍尙能記憶否？」

「我當然記得，感謝黃叔父伸手援救。」我拱手稱謝：「您還在府尹面前說好話，助我開脫。」

「蔡府尹復出任巡海道，委我爲轅門旗鼓（官府守衛隊長），今日特遣老拙前來相勸，有諭在此。」黃昌奇將信交給我，並說：「蔡大人另有口諭：撫院朱大人允授官予十八芝兄弟，並安插所有受招撫的弟兄，把握機會，請毋自誤。」

我送走黃昌奇，展信閱讀：「撫院朱大人體恤爾及部屬之情，爾日前已知之甚詳，今特遣旗鼓黃昌奇前來宣諭及爾部屬人等，幸勿久戀迷津，須當速登彼岸，本道當爲力請，賣刀買犢，永作聖世良民。從此安插，復業歸農，坐享太平，和好室家，言出於衷，幸其聽之，此諭。」

數日後，我在廈門召集十八芝兄弟會議，傳閱來言，並由芝鳳向不識字的兄弟解釋信的內容。

「我想飄移海外，求生不易，虛度歲月，總無了局，今日泉州巡海道蔡善繼、福建巡撫朱欽相大人招安，我意欲就撫，歸順朝廷，不知諸位有何看法？」

「蔡大人於一官有恩，一官就撫，巡撫大人必然另眼相看，安插好職位。」楊六說：「我等人與巡海道、巡撫大人無夙昔之交，今日依一官的交情謀得一官半職，倘後來蔡大人、朱撫院升官離任，換其他官老爺不認帳，那時我們將進退維谷。我想和楊七先回魍港，待一官任官得意，我們再來相尋不遲。」

「我不要。」李魁奇聽完芝鳳解釋信的內容後大聲說：「巡海道蔡大人要我們賣刀賣船換買小牛，耕田種地復業歸農，我老家就是沒田沒地，貧無立錐之地，才下海討生活，現在要我回去種田種菜，免談。」

「我也不要種田。」劉香說：「我自幼生在海濱，從小就是討海人，種田種菜非我所長。」

「我認爲不應受撫。」芝鳳也反對：「巡撫朱大人招安大哥，只有口諭說答允授官，但沒有說授什麼官，也沒有白字黑紙載明。其次，上萬兄弟、家眷如何安插授田？閩粵地狹人多，田在哪裡？皆無明確說法，我認爲其中有詐，不宜就撫。」

「四爺說的有理。」施福說：「朱撫院亦是口說而無實惠，相較之前的招撫條件只多了允予授官、安插種田，也可能是空話，待衆人就撫解散，分散各地，如虎去爪牙，一官爺如果後悔，屆時赤手空拳，亦無可奈何。」

接著大夥你一言我一語，熱烈討論，不外乎這些看法。

我沒有想到就撫一事，竟得到衆弟兄反對，當衆撂下狠話：「若衆人不隨我就撫，我們勢必要拆夥！」

「要拆夥就拆夥。」李魁奇站起來：「要種田，我寧可拆夥，在海上做自己的買賣。」

「我也是。」劉香附和：「與其爲了討一口飯吃，要對這些官老爺彎腰低聲下氣，我寧可靠自己的實力混口飯吃。」

現場氣氛凝結。

「衆人再三思之，三思再三思，這種大事要再想想。」楊耿打圓場：「今日不妨到此爲止，擇日再議不遲。」衆人才先行散去。

事後我細細思量，衆人說的均有道理。但蔡善繼大人對我有恩，亦不能不報。我反覆再三思量，再與芝虎、芝鳳、芝豹和鄭明、鄭芝鵬、鄭芝莞等堂兄弟，鄭彩、鄭聯堂姪商量後，決定歸順朝廷，但僅芝豹隨我帶一千弟兄同到泉州巡海道衙門就撫；蟒二、芝鳳等人帶船隊泊外海伺機接應，若有授官職且辦理授田安插諸事則受撫，否則隨機應變。

「李魁奇、劉香佬若因此拆夥，」金閩發商號廈門分店掌櫃鄭明擔心：「會少了李魁奇四艘、劉香佬八艘船，總共十二艘船，該當如何？」

「阿奇和劉香早就對拆帳算法不滿，多次要求提高拆帳成數，都被我堅持依股份比例、公平計算回絕，此次亦是找藉口拆夥。」我說：「以我鄭家目前的實力，不再需要阿奇和劉香佬的船隊，合則留，不合則去亦無妨，我們靜觀其變，以靜制動。」

❖　❖　❖

十月十七日，依蔡善繼大人籌劃的程序，我率十艘船，直入泉洲港，下船後由巡海道旗鼓黃昌奇陪同，我與芝豹領一千名弟兄浩浩蕩蕩直奔泉州巡海道衙門。蔡善繼大人坐在巡海道衙門口，我和芝豹等衆人脫下帽子，用繩子捆背，猶如「負荊請罪」般跪在臺階下，請罪就撫。

衙門四周擠滿圍觀的群衆，黑壓壓一片，人聲鼎沸，看不到盡頭，在我下跪的剎那間頓時鴉雀無聲。

「來人呀，解開鄭芝龍身上的繩子。」蔡善繼下令解繩，並說：「爾原是有家子，生在公門，容貌堂堂，雖爾父已逝，汝應立志上進，光耀門楣，何忽作亂，飄流海外，暴棄至此乎！若非本道勸撫，豈能瓦全？今天既然翻然而悟，貴於自新，本道會稟報撫院大人，通行府縣安排後續就撫事宜。」

「感謝蔡大人。」我下跪叩頭：「此實迫於倭番（日本倭寇）侵凌，不得已也，非芝龍初衷。」

「誰能無過，只怕知過而不能改。」蔡善繼當衆大聲說：「今爾能改，自是完人，將來功名未可限量，爾應自惕自新，奮發向上。」

「感謝蔡大人，大人大量。」我率千人大聲道謝，音聲震瓦，圍觀的群衆爆出掌聲，大聲叫好。

蔡善繼扶我站起來，我率領衆人躬身作揖，再依序轉身離開巡海道衙門，轉回船上靜候巡撫朱欽相的招撫安排。

經過五天，毫無動靜。

我派芝豹向黃昌奇打聽，原來巡撫朱欽相染病臥床，養病中。

兩天後，李魁奇、劉香佬相繼宣布拆夥，各自帶著所屬船隊離開。

楊六、楊七也率船回臺灣魍港。

楊天生留下來，到廈門鼓浪嶼金閩發商號與掌櫃鄭明共事，負責船隊調度，至此，海賊分道揚鑣，轟傳泉州城，傳得眾人皆知。

「大哥，大家都知道阿奇、劉香佬和楊六兄弟和我們拆夥了！」蟒二急著報告，「說我們鄭家撐不住了。」

「很好。」我笑著說：「我就要大家知道阿奇、劉香佬和楊六、楊七和我拆夥了。」

「以後，沒有後顧之憂了。」芝鳳和我相視一笑。

「喂，你們在說什麼？」芝虎摸著頭說：「這有何值得高興之處？」

「二哥莫問。」芝鳳賣關子：「以後就會知道。」

又等了十天，天氣一天比一天冷。

黃昌奇來船通報，巡撫朱欽相已批准並下令巡海道安插我與眾弟兄的消息。

「蔡大人諭令一官，開列歸順名冊、眷口人數，要交給各縣府依人口授田。」黃昌奇說：

「船隻、軍品、器械造冊報繳，歸泉州巡海道節制。」

「是。謝謝黃叔叔告知。」我躬身作揖：「我當盡快開列名冊，清點船隻、器械、火砲數量，擇日送到巡海道。」再送黃昌奇下船離去。

❖　❖　❖

「果然不出所料，又是個只有口說而無實惠的招安把戲。」芝鳳說：「朱撫院到現在都沒有許大哥一官半職，其他弟兄更不必說了，只說要造冊授田，分明是要解散我眾人力量。」

「對，就是要解散我眾人力量。」芝虎說：「虎不可失威，人不可失勢，眾人解散如虎去爪，鷹失雙翼，屆時我們形單影隻，一旦有變，呼天不應，叫地不靈。」

「沒錯。」五弟芝豹說：「巡撫、蔡大人都是書獃子，只會說『既往不咎』的空話，三言兩語要我們解散，要我們免費將辛苦打造的船隻、花大錢買來的槍銃、火砲、砲彈送給官府，我們的官位在哪裡？完全沒有補償費？將來我等如何營生？我看，走吧，大哥。」

我聽了三個弟弟的說法，心直往下沉。

就在我懸疑未定之際，坊間傳出一個說法。

一名為官聲譽良好的同安縣丞曹履泰，上書給福建巡撫朱欽相和其他官老爺奏稱，福建連年遭海賊侵擾，賊勢坐大，官兵討之不平，只得授官授田以招安。

「海賊有利可圖則受撫，利盡則復叛爲盜，時而穿官服，從海盜搖身一變成官員；時而扯下烏紗帽，綁上紅巾復爲海盜。」

海賊「時官時盜」，身分變換之快，令奉命追剿海盜的官兵無所適從，也令閩南百姓目不暇給，徹底顛覆價值觀，感嘆與其教子女讀書做好人，不如教他當強盜。曹履泰爲此在奏摺中寫下：

「作賊得財，並可得官」、「今日脫紅巾穿官服當官，他日又脫官服綁紅巾復叛爲賊」。

我雖然知道曹大人的感慨、譏諷之言，是指之前其他橫行浙閩的海賊，受招安授官職又復叛爲賊的例子，但此時聽了甚覺刺耳，當下心中一橫決定：「走了！我也來個綁紅巾復叛爲賊。」

我召集衆人宣布：「爲報答蔡善繼大人當年的擲石不責之恩，我已『負荊請罪』接受招撫，此恩已報。」我說：「但是等了半個月，巡撫朱大人沒有履行諾言，未授一官半職，且要解散我等衆弟兄，此事怪不得我。傳令各船準備，午夜漲潮時分，斷纜出航。」

我吩咐芝鳳寫信，說明已報蔡大人之恩，因巡撫朱欽相言而無信，不得不復行出海的緣由，在船隊出航後派人送信給蔡善繼大人。

這次出航，我將泉州府城內老家的家眷全部搬上船，最欣喜的是二媽黃荷也答應跟我們走，斷了我的後顧之憂。

❖　❖　❖

翌日中午，船方走到泉州和金門之間，獲報有官船追擊。

我從千里鏡遠望，確有六條飄著黃底鑲紅邊水師旗的兩百石鳥船，揚帆全速趕來。

「來者不善。」我下令：「芝虎、芝鳳、芝豹各領兩艘船迎擊，分散船隊呈口袋形，待官船駛進袋內再合圍。施福領兩船斷後，伺機接應，我與二媽先至廈門鼓浪嶼。」

我隨即令楊耿，將兩艘滿載家眷的四百石鳥船直駛鼓浪嶼，到我新購置的兩所宅院安頓家眷。

第三天，芝虎、芝鳳、芝豹和施福陸續到鼓浪嶼會合。

「大哥，我船隊合圍擊沉一條官船，兩條破損半毀遁走，三條在遠處觀戰，望風遁逃；俘獲官兵二十一名。」芝鳳來報：「我方也傷兩艘船，一艘左舷破損、一艘竹帆被焚、延燒甲板半毀。」

「被俘者有誰？」

「有一人是遊擊將軍（相當於軍階少校、職稱營長）盧毓英。」蟒二說：「據我向被俘士兵打聽，都說盧毓英是名勇將。」

「盧毓英的名號我也聽過。」我點點頭：「他曾經守過廈門和金門，升官後調回泉州。」

「沒錯，就是這個盧毓英。」芝鳳說：「聽說他是山東人，有射箭百步穿楊的本領，勇猛慣戰，幾年前倭人犯浙閩，他隨戚繼光從山東入浙入閩，在興化城被倭人攻陷時，他半夜帶兵反攻，趕走倭人，立首功，從千戶轉升指揮，近年又升遊擊，調泉州。」

「帶盧毓英來見。」我說。

「慢著。」二媽突然走進大廳：「一官，你忘了昨晚的事了嗎？」

「孩兒沒有忘。」我欠身回答：「只是與提盧毓英來見有何關係？」

「說你忘了還不承認。」二媽說：「盧毓英晚點見沒有關係，我們再聊聊昨晚談的事，之後再見盧毓英不遲，或許他還有用處。」

這最後一句，令我納悶。

接著我和二媽、芝鳳關室密談。

❖　❖　❖

翌日中午，我和盧毓英見面。

他中等身材，胸膛厚實，步履穩當，是個有武藝的練家子，一張棗黑臉，濃眉細眼，左耳垂下方脖子有一顆黑痣。

「在下盧毓英，見過飛黃兄（芝龍字飛黃）。」盧毓英拱手微微欠身。

「在下鄭芝龍拜見盧將軍。」我躬身作揖，右手一揮：「盧將軍請上座。」

「不敢，敗軍之將，不敢言勇，豈敢上座。」盧毓英欠身頷首拒絕：「飛黃兄有話請指教，在下洗耳恭聽。」

「是，盧將軍見教極是。」我指著芝鳳介紹：「此乃舍弟鄭芝鳳，三年前考上武秀才。」

「是，極好。」盧毓英冷淡回答。

「常言道勝敗乃兵家常事。」我開門見山說：「我待盧將軍是客，非俘虜敗將，且今日與將軍一見，乃有事相求，請將軍上座方才好談。」

「好，既然飛黃兄以禮相待，我且細聽尊言再做定奪。」盧毓英臉上這才有笑容，跨步上座。

我摒除其他人等，只有我、盧毓英和芝鳳。

我等三人詳談一個時辰，期間奉上美食佳餚及好酒，好好款待盧毓英。

末了，我說：「盧將軍，盼您帶一句話給蔡大人、朱撫院大人，生意不成仁義在，後會有期。」

「是，我一定帶到。」盧毓英拱手稱謝：「感謝飛黃兄不殺之恩。」

「一切尚請盧將軍成全，若是成功，當有後謝。」我說：「對你、對我來說亦是美事一樁。」

「這當然。我一定盡力。」盧毓英道：「若能成功，也是朝廷和萬民之福。」

當天下午，我釋放盧毓英等二十一名被俘官兵，每人致贈一個包袱，內有一套乾淨衣裳、飲水和大餅。

盧毓英的包袱內多了五錠黃金，由芝豹派船載他們到僅有一水之隔的廈門釋放。

❖　❖　❖

次年，崇禎元年（一六二八）春天，我將在臺灣魍港的家當、貨物全部搬回廈門鼓浪嶼，以廈門鼓浪嶼金闓發商號爲鄭家總部。

我與楊耿在春末、仲夏時分，兩度去日本，潛進平戶島喜相院與田川松、福松，以及出生迄今尚未見面的次子次郎相聚。

田川松在天啟六年（一六二六）爲我生下次子，小名次郎。

我爲了報答岳父田川大夫的恩情，將次郎過繼給田川家，全名是田川七左衛門，或稱田川次郎左衛門。

此時，福松四歲、次郎兩歲。軍馬倥傯之際，我時時懸念小松和福松、次郎，還好有岳父田川大夫照料小松母子三人，才令我略微寬心。

同時與郭懷一、月娘相聚，察看金閩發吳服店、金閩發漢方藥材店的營運狀況，一切正常，雖然沒有賺大錢，但獲利平穩，客源穩定；同時，郭懷一和鄭泰的日語、荷蘭話大有進步。

「一官叔，荷蘭商館卡隆，上個月從初級商務員升為中級商務員。」鄭泰向我報訊。

「眞的？太好了，我眞該去恭喜他。」我考慮再三：「但是此刻不適宜，免得我來的消息走露風聲，被藩主知道，連累大家，我想松浦藩主應該還在為我當年率唐人義勇軍不告而別生我的氣呢！你且代我致贈一個紅包，賀喜他晉級。」我包了十銀元交給郭懷一，囑他待我離去後再交給卡隆。

回程時，我攜鄭泰回廈門，他現在已經十八歲，日語、荷蘭語和算學都學得很好，金閩發商號需要他協助鄭明營運。

❖　❖　❖

此時，脫離金閩發商號的劉香佬以閩粵交界的南澳為地盤，不時搶劫漳州南澳、惠州、潮州的沿海城鎮；李魁奇則盤據金門到澎湖之間的海域，專劫往返呂宋（馬尼拉）的商船；楊六、楊七兄弟在長江外海崇明群島之間的烏洋「做生意」。

凡是沒有向金閩發商號「報水」取得「水牌」(令旗)的商船出海，行經上述地區，很容易被劉香佬、李魁奇和楊六盯上。

沿海城鎮被搶，官兵因船老兵疲，無法剿海賊，只能一面奏報朝廷請求派兵，一面再使出招安技倆。

但是有我上述撫而復叛的前例，劉香佬、李魁奇和楊六等人都不買官方的帳。

商船被劫，因屬走私，告官無門，船主、船員爲了安全，只能先向金閩發商號「報水」取得「水牌」才敢出洋，等到達目的地出貨收款，返回廈門或福州再行繳交報水時的銀兩，稱爲「交票」。

報水和交票的船愈來愈多，金閩發商號的生意益發興隆。

但是，接受金閩發商號保護的船愈多，劉香佬、李魁奇能劫的船就愈少，爲了生存，劉香佬和李魁奇有時會打劫懸掛金閩發商號水牌的商船，只劫貨不傷人。

若發生此事，一經查實，金閩發商號會給予船主三分之一損失貨物補償金，算是金閩發商號保護不力的賠償。

此事偶一爲之可也，豈料劉香佬和李魁奇得知金閩發商號會補償船主損失後，益發肆無忌憚，一有機會就搶劫懸掛金閩發商號水牌的商船，金閩發商號則一再付出補償金。

我和衆弟兄愈來愈無法忍受，芝虎多次生氣罵道：「這根本就是吃定咱金閩發商號，讓我帶船去找劉香佬一決勝負！」都被我念在往日情誼，擋了下來。
雙方的利益重疊，糾葛愈結愈深，彼此心結愈結愈重，友情日久淡薄。

❖　❖　❖

九月。
李魁奇竟聯合劉香佬在澎湖搶劫何金定派到臺灣與荷蘭貿易的西拉雅三號，不只搶貨，劉香佬的手下還殺死我派去臺灣與荷蘭人交涉的楊天生，殺傷何金定的兒子何斌。
何斌負傷逃回廈門，報告事發過程。
「可惡！」我聞報大怒：「楊天生與我情同手足，昔日在澳門爲了替我向廖大肚索討半日挑夫工資，挨了廖大肚一巴掌，對我有照顧之恩，此仇不報非君子！我誓與李魁奇、劉香佬決一死戰。」
我爲楊天生舉辦隆重葬禮，金閩發商號重要執事盡皆出席，我哭倒在楊天生的靈柩，發誓爲他報仇。

❖　❖　❖

十月。

盧毓英遣人帶來密函稱，泉州知府王猷，苦於無法剿滅劉香佬、李魁奇和鄭氏的金閩發商號船隊，已經奏請新上任的巡撫熊文燦，建議招撫鄭芝龍並授以官職，條件是責令鄭芝龍剿滅劉香佬、李魁奇、楊六和楊七。

我得報，心知是這一年來我透過吸收盧毓英變成我的「草」，奉上黃金數百兩，結交福建各縣、州、道、府官員發揮作用，透過二媽和鄭泰的精心安排，才說服王猷採用「招撫大盜，令其剿滅小匪」的招撫條件，說動巡撫熊文燦。

但是，要熊文燦點頭，還差臨門一腳，也須獲得鄭家兄弟的共識。

❖　❖　❖

我召集芝虎、芝鳳、芝豹，堂兄鄭明，堂弟芝莞、芝鵬，以及芝麟；堂姪鄭彩、鄭聯、鄭泰，以及船隊總指揮楊耿、副總指揮施福，令家丁倪忠、楊一魁等人把守大廳外，閒人不得進入。

「有探子來報，新上任的福建巡撫熊文燦有意再來招撫。」我開門見山地說：「衆兄弟意下如何？」

「去年蔡大人招撫無方，朱撫院言而無信，我們才撫了又叛。」芝虎說：「這次何苦再來一次？」

「此一時，彼一時也。」我站起來，在大廳中踱步：「好，大家且先回答我幾個問題。」我踱步一會兒，慢條斯理地問：「紅毛是敵是友？」

「嗯！先前與我們做生意是友。」芝豹回答：「後與劉香結盟，上個月（九月）荷蘭總督訥茨駕『特克塞爾號』率九艘荷艦到鼓浪嶼，欲逼大哥簽三年通商契約並且馬上供貨，被大哥拒絕，惱羞成怒夥同劉香攻擊鼓浪嶼，被我方擊退，現在是敵。」

「沒錯，芝豹說得沒錯。」我轉身又問：「然則，荷蘭紅毛所求在『通商』二字？還是占我地方，據地稱王，奴役我人民？」

「當然是通商啊。」芝虎說：「荷蘭紅毛番乘舟遠來，雖然砲利船堅，但人寡船少，不足以動搖朝廷，占我土地。」

「既是通商，做生意，何必興兵革、動刀槍？」我再問。

「大哥，你今天是怎麼了，如何在這問題上兜圈子？」芝虎不耐煩揮手：「大家都知道，因爲朝廷不允通商，紅毛才欲以武力迫我打開通商之門，大哥一問再問，葫蘆裡到底賣什麼藥？」

「諸弟、姪兒稍安毋躁，問題就在這『通商』二字，它給了我等兄弟一個絕佳的機會。」我喝一口茶，放下茶杯：「這是二媽與鄭明、楊耿幾個月前聊天時起的頭，後來我突然間想通了，此乃形勢迫人，莫得自主，逼我等兄弟走上發達之路。來，到這裡來。」我招手要衆人走至一幅大航海圖前。

「楊耿，給衆家兄弟說說荷蘭紅毛、葡萄牙佛朗機人、西班牙人和日本的通商情形。」

「是，一官爺。」楊耿指著海圖說：「我就以昔日去南洋、日本與在臺灣所見所聞說與衆家兄弟聽聽。」

楊耿說，荷蘭紅毛人占爪哇島築巴達維亞城，在臺灣占地蓋奧蘭治城，去年（一六二七）十一月改名熱蘭遮城（Zeelandia），在日本平戶設有商館，與在澳門的佛朗機人、馬尼拉的西班牙人一樣，將採購自我唐山的瓷碗盤、生絲、布匹運送賣到歐洲或日本；將採購自廣南、暹羅的香料、硫磺，和臺灣的蔗糖、鹿皮運銷我大明唐山或日本、大食，簡而言之，就地採購，運販南北，互市有無，賺取利差。

楊耿說完，我看芝鳳、芝豹、芝鵬和芝麟等衆人面無表情，我知道，大家一定在想這是衆等皆知的，何必多此一說？

「明岳。」我問鄭泰：「一船的生絲，賣與荷蘭紅毛，紅毛再轉售，價錢差多少？」鄭泰字明岳。

「一船花屁股生絲，約五百擔，採購自蘇州、杭州要價兩千兩銀子，賣與紅毛四萬里爾，約合三千六百兩銀，價差一千六百兩。」鄭泰看著帳簿回稱：「紅毛將原貨轉銷日本可賣六萬五千里爾，據聽聞若運回荷蘭更高達十萬里爾（九千兩銀）。」

「嘿！原來我們一條生絲船去臺灣，賣給紅毛可賺兩船半，直接賣給日本可賺六條船回來，的確是個好生意。」鄭聯壓響雙手指節，挺著肚子興奮地說：「勝過我等窮種地的，種幾百年也種不出萬兩銀。」

「如此一本萬利有賺頭生意，朝廷爲何放著不做？」鄭彩緊握雙拳有感而發：「卻下個不通人情事理的禁海令，阻撓我們人民出海興販貿易，逼我們坐困地狹人多的閩粵沿海，斷我生計？」

說得大夥頻頻點頭。

「這就是朝廷妄自尊大，不通天下情勢，缺乏遠見。」我說：「我在海上十餘年，了悟朝廷至今仍以天朝自居，不屑與諸夷往來通商，殊不知不論紅毛、佛朗機人或英倫等國，靠著新發明的航海儀，克服風暴遠渡重洋而來，他們的火砲、千里鏡、探針路和繪輿圖的技術都在我朝之上。日本幕府經由英倫人三浦按針引進西方火砲，幾年前連荷蘭醫生都到駿府、江戶（今東京）教授解剖人體的醫術，是我親眼所見。反觀我朝不知師夷之所長，仍卑視其爲蠻族番邦，實無遠見。」

我停頓了一會再說：「其次，我見澳門葡萄牙人、馬尼拉西班牙人、臺灣荷蘭人和日本幕府，皆對商船課稅，對許心素、李旦、舅舅黃程的船課稅，對各國船隻大收稅金，年入數萬金、百萬金，足以就地養兵，鑄造兵器或興學勸農，繁榮地方，我大明朝卻逆道而行，不但不知通洋裕國之利，只爲了不想與外夷交往惹麻煩，下禁海令，設重兵嚴抓嚴防人民出海求生計，放著錢不賺，卻另花大錢養些中看不中用的巡海道水師抓走私，結果抓不勝抓，愈抓愈多。」

「沒錯，崇禎小兒跟他的天啟老子一樣胡塗。」芝虎掄起拳頭「砰！」打在桌面。

「對了，這就是有利我們的契機。」一直沒有發言的芝鳳：「果然是個逼我兄弟走上發達之路的絕妙形勢！」

「四弟，想明白了！」我笑著說：「說來聽聽。」

「既然朝廷嚴禁海上貿易，拒與紅毛通商，就由我們來與紅毛通商；朝廷放著豐厚稅金不收，視子民的商船如敝屣，任人劫掠，應作爲而不作爲，就由我們來收稅金，由我們來保護海上的同胞！」

芝鳳向前一步指著地圖說：「我們有現成的港口、船隊，如果受撫當官，就可以一面奉朝廷之命，清剿不願合股的其他海上兄弟……不，是海寇，一面以朝廷命官身分與紅毛、日本交涉通商事宜，出動水師船隊，名爲巡邏，實際上是保護向我們報水或交票，懸我令旗的商船，沒有懸掛令旗者不許通行海上，如此一來，像林亨萬、何金定、佛朗機人、東洋朱印船或沖繩的貢船，都要向我以船計價繳稅。簡而言之，就是由我們兄弟代行朝廷應該做的事，錢當然也由我鄭家賺。」他停了一下，強調：「所以，大哥應該接受招撫，趁此時歸順朝廷，以官掩商，發展我鄭家事業。」

芝鳳說完，大廳裡眾人沉默不語，盯著地圖發呆。

半晌，愚直的芝虎問：「我還是不明白，這些報水、交票的事我們現在就在做，又何必受撫，然後又做違犯禁海令的事，難道巡海道官兵會坐視不管？而且船隻如何在光天化日下靠港卸貨？」

「如果受撫，我們就變巡海道的海防官兵。」芝鳳反問：「誰來捉我們？」

「船可停泊我們的轄區港口，例如泉州、安平到廈門，只要疏通泉、漳府尹，各道官員睜隻眼閉隻眼，甚至買通巡撫，不往上報，誰敢吭聲。」鄭泰說：「商船自可來去自如，白天、夜晚都可以上貨、卸貨。」

「紅毛來犯又該如何？」鄭聯撫著下巴說。

「紅毛求通商而不可得，只要我們與他做生意，供給貨物，滿足他們的需求，自然不會來犯。」鄭泰回答：「而且這次擊退九艘荷蘭船隊，大挫其銳氣，短時間諒他不敢再來尋釁，自討苦吃。」

「妙！妙！妙！」芝豹恍然大悟：「我懂了，的確是形勢逼得我們兄弟不得不走上發達之路。」他拍掌稱道：「如此一來，我們穿官服變官兵，對內遵皇命掃蕩海寇，打垮跟我們作對的劉香和阿奇；對外做生意安撫紅毛不再擾閩粵沿海，兼以發展我家生意，通洋貿易裕族，眞是一石二鳥之計，哦不對！是一石三鳥，太妙了！」說得衆人頻頻點頭稱是。
「不，是一石四鳥。」我說。
「喔，還有哪一個好處？」衆人問。
「我們兄弟變官兵，船員水手變水師士兵。」芝鳳打破謎題：「如果條件談得好，還可以領軍餉，又多一筆薪水收入，金閩發商號少一筆薪水開銷，等於再大賺一筆。」
「懂了，這眞的是天賜良機，也只有一官叔這樣通曉佛朗機語、荷蘭紅毛話、東洋日語的人才能擔此大任。」鄭彩站來向我拱手：「小姪在此先賀喜叔叔。」
「如果這樣可行，亦不全然只爲鄭家自利著想，也是可憐我泉、漳、潮、惠人民的商船著想，今後遠洋貿易，不再是任人搶掠的棄兒。」我拍拍鄭彩的肩膀，手指著浙閩往南向澳門方向的海圖：「想要做到這一步，現今仍有風險，海上還有兩顆絆腳石。諸弟可記得端午之後，一艘向金閩發商號報水的商船有何遭遇？」
「被劉香劫走，將船上的貨轉賣臺灣的紅毛和馬尼拉的西班牙人，大賺一筆。」鄭泰回答。
「對，劉香佬是一顆亟待移走的大石。」我轉身環視衆人：「還有堵在澎湖附近，阻礙我與臺灣紅毛通商的李魁奇，都要一併掃除。」
「是！」大夥大聲答應。
「所以，大家同意就撫，歸順朝廷？」我問。

「是！」大眾同聲喝彩！

「好，就這麼決定了。」我說完走出後門，扶著二媽黃荷進來。

眾人起立躬身問候：「二媽！」

「一家都坐下。」二媽笑著問：「大家都聽懂一官的意思？」

眾人點頭。

「一官的意思，就是我的意思。」她微笑著逐一看著鄭家子弟：「古來當海賊而做官者幾希？脫方巾，穿官服，進可功成名就，退可經商致富，何樂而不爲？大家不要死腦筋，不要像劉香、李魁奇，沒有遠見，不懂謀略，滿腦子只知道在幾條小船上稱王做主，重視結拜兄弟的情義，盡忠誰啊，背叛誰啦，凡是有利於我者，皆可爲之。」

「是！」我領眾回答。

其實，這正是當年我和李旦的想法。

❖　❖　❖

歸順朝廷的想法獲得鄭家兄弟的共識支持後，我隨即回信，回稟巡撫熊文燦，若同意兩條件，我願接受招撫。

一是，若欲「責令芝龍以所部眾剿滅劉香佬、李魁奇」，則鄭芝龍所部人員列名造冊，報請撫院奏請朝廷籌發軍餉；船隻、槍砲軍械，仍由鄭芝龍統轄。

二是，明定授予鄭芝龍海防遊擊，明定防守汎地範圍，北起泉州港，南至漳州九龍江口月港（後改名海澄），駐地爲廈門。

我派鄭彩、鄭聯護衛鄭泰帶信和黃金一百兩，隨盧毓英的信差乘船赴福州，交盧毓英奉獻巡撫熊文燦黃金百兩，並由鄭泰轉達我交代盧毓英「這般、這般行事」的口信。

❖　❖　❖

十二月初，深秋轉冬，落葉紛飛之際，盧毓英來到廈門鼓浪嶼。

「回報飛黃兄，撫院熊大人得知飛黃兄等衆弟兄願意歸順朝廷，大喜過望，同意飛黃兄所請的兩個條件，特遣弟帶手諭前來諭知。」盧毓英展開手諭道：「本院將奏請朝廷授予鄭芝龍海防遊擊，責成鄭芝龍防守汎地，北起泉州港，南至漳州九龍江口海澄港，駐地廈門。派盧毓英監其軍；鄭芝龍所部兵列名造冊，軍餉依福建省軍費籌發；船隻、槍砲、刀矛彈藥等軍械造冊登載，仍由鄭芝龍統轄，指揮調度，責令剿滅劉香、李魁奇、鍾斌、楊六、楊七等衆海賊。」

監軍，意即巡撫熊文燦派在我身邊的監督者是盧毓英，此職向由宮中太監擔任，代表皇上監督將領。

「船隻、槍砲、刀矛彈藥等軍械造冊登載，仍由鄭芝龍統轄，指揮調度。」亦即只要造冊登載，仍由我指揮調度，不須報繳歸公；登載船隻、槍砲軍械數量亦操之在我；重要的是熊文燦同意爲船隊弟兄發軍餉。人由朝廷養，仍歸我管轄指揮，讓我又省一筆薪餉支出，這是一筆穩賺不賠的生意，一切都依原來的計畫實現，這麼好的條件和機會豈能放過？

「請盧將軍回稟撫院熊大人，」我接下手諭，單膝下跪，拱手曰：「鄭芝龍願意洗心革面，歸順朝廷，此後盡忠戮力，報效皇上恩典。」

「卑職當據實回稟熊大人。」盧毓英說罷，單膝下跪：「卑職在此恭喜海防遊擊鄭將軍！」

「盧兄請起，請起！」我急忙拉起盧毓英道：「兄臺才是眞正的遊擊將軍，今奉派爲監軍，亦是同僚，請勿再行此禮。」

「恭喜大哥！」衆弟兄也同聲祝賀。

「然則，請教盧監軍，」我握著盧毓英的手問：「熊撫院大人給皇上的奏摺，您知道會如何措詞？」

「鄭將軍毋須憂慮，熊撫院會以：『遺義士鄭芝龍，入海收伏海賊鄭一官』奏聞聖上，並奏請陛下獎勵褒揚鄭芝龍，授官遊擊將軍，責令帶領所部衆剿滅海賊劉香、李魁奇等。」

「遺義士鄭芝龍入海收伏海賊鄭一官。」芝虎大聲讚道：「妙！妙！妙！這是誰想出來的妙計？」

人人互相望，盧毓英笑而不答。
「來，我告訴大家。」我舉杯敬曰：「熊撫院明察，皇上聖明！」
「熊撫院明察，皇上聖明！」眾人大喜，高聲舉杯互敬。

❖　❖　❖

晚間，我與芝虎、芝鳳、芝豹陪二嫣吃飯。
酒過三巡，我緩緩道出從去年起吸收盧毓英當鄭家的「草」，布局逐一收買各州、道、府官員，往返與熊文燦談判招撫條件，最後以「遣義士鄭芝龍，入海收伏海賊鄭一官」的內幕過程，芝虎、芝豹才明瞭其中的曲折和奧妙。
「如此說來，孔方兄是最大的功臣。」芝豹說。
「世間最具威力的武器，」芝虎也說：「不是大砲，是黃金！」
「世無君子，天下皆可貨取耳！陳平之閒項也，黃金勝百戰矣！」我有感而發：「世上沒有眞正的君子，天下所有人、事、物都有價格，只要談好條件，都可以買賣。」
想當年，漢高祖劉邦與楚霸王項羽爭霸時，被項羽圍困在滎陽缺乏糧食，劉邦欲割地求和，被項羽拒絕。劉邦採用陳平的計策，給陳平黃金四萬兩，離間項羽與諸將。
陳平先收買楚軍散播謠言，挑撥項羽不信任大將鍾離眜，致鍾離眜離開項羽；再用離間計，讓項羽懷疑助他打天下最得力、尊爲亞父的范增與劉邦有往來，心懷貳心，氣得范增辭職返鄉，中途病死，失去一員老將，項軍逐漸分崩離析，得到的效果比百戰有用！正所謂「黃金勝百戰」。

28

三人一條牛移民到臺灣

崇禎二年（一六二九）正月，崇禎皇帝頒下詔令，授我海防五虎遊擊（軍階相當於少校）；巡撫熊文燦批准我報請授予鄭芝虎、鄭芝鳳、鄭芝豹、鄭芝莞、楊耿、施福等人守備（相當於上尉）；鄭彩、鄭聯、吳品、陳暉、鄭芝鵬、鄭芝麟和陳鵬等人任千總（中尉）；張霖、陳浩、黃誠俱爲各汛地（港口）把總（少尉）；並將三萬船員中的兩萬人編入我轄區內各汛地（港口）船隊，成爲隸屬於朝廷水師的水兵。

水師籌備和編成，忙了三個月，四月初，恭請巡撫熊文燦到泉州舉行水師成軍和授官典禮，我與鄭芝虎等兄弟俱著軍服就任新職，正式成爲大明王朝的水師將領。

我頭戴兜鍪（圓形金色軍帽），帽頂繫紅纓飄飄，身穿甲冑，甲冑上再套上可以防刀砍、火槍子彈的環鎖鎧（鎖子甲，將細鐵鍊縱橫交錯縫製成外衣），腰配鐵刀（形似日本倭刀）。

芝虎、芝鳳、芝豹等軍官和我穿同一式官服，不同的是各執一把與人等高、形似關刀的鉤鐮刀、龍槍刀（類似鐵戟，刀旁多一倒鉤），人人氣宇昂揚，威風凜凜。由我率隊下令，整齊劃一、單膝下跪向熊文燦行禮致敬。

接著，我陪同熊文燦校閱水師，各艘船艦皆重新油漆成藍灰色，張燈結彩，旌旗飄飄。

我偕熊文燦登船檢閱，甲板上陳列大將軍鐵砲、紅夷鐵砲、佛朗機砲和子母砲；船上水師兵員身著白色或深藍色以鉚釘綴滿軍服的鎧甲，肩膀套上磨得精亮的圓形鐵片，手持鉤鐮刀、龍槍刀，身背弓，腰繫箭筒或配備三眼槍、鳥銃、手銃，個個精神抖擻，看得熊文燦十分滿意，當衆宣布此新編水師爲「閩南水師」。

「我看得此新編閩南水師精神抖擻，器械精良，十分稱心。」熊文燦對校閱官兵演說：「本院提醒鄭將軍、諸位守備、千總、把總以及所有水師官兵，勿忘皇恩浩蕩，對衆等優渥榮寵，當用此水師，早日掃除海賊，平靖海氛，造福沿海百萬、千萬百姓，方不負皇上和本院的期許。」

「謝撫院大人！」我率領所部將士單膝下跪：「卑職自當盡心盡力，率領所部水師官兵，掃平海賊，還我沿海百姓平靜生活。」

禮成之後，熊文燦臨上馬車前，私下叮囑我：「五虎遊擊，既然已經身爲我朝將軍，不再是海上霸主，日後講話自當文雅，注意措詞和應對，留意上下倫理之間的禮節，日後將需要官場奏疏與書信往來，不妨物色一名幕友、師爺，以壯文膽，潤飾文稿。」

「是，下官遵令。」我躬身拱手：「謝撫院大人叮囑，下官必當留心遣詞用字與上下禮節。」

熊文燦含笑點頭，登上馬車離去。

「大哥，撫院大人嫌我們談吐粗俗。」芝虎聞言問道：「以後講話都要文謅謅地，言必稱之乎也者？」

「你們不必如此拘泥措詞。」我揮揮手說：「倒是我日後可能會常跟其他縣府官員召開會議、見面，才需要注意措詞文雅，行禮如儀。」

❖　❖　❖

我成爲五虎遊擊，因爲我的號是「飛黃」，也有人稱我爲飛黃將軍，不論是稱我爲五虎遊擊或飛黃將軍，都代表我不再是海賊、海盜，而是人敬人畏的將軍大人，從今以後我和弟兄們不必再躲官兵，可以名正言順地追擊和我唱反調的其他海賊。

金閩發商號麾下的所有船隻和報水的商船，白天可以在閩南水師轄區內的港口正大光明裝載、卸下貨物，不用等到夜晚偷偷摸摸進行。

我既然成爲巡海道的遊擊將軍，當然要盡忠職守。我的第一張成績單是收伏盤據浙江長江口崇明島的海賊楊六、楊七。我命守備鄭芝豹前往崇明島海域執行掃蕩海賊楊六、楊七任務。

幾天後，鄭芝豹回廈門覆命：「遣把總楊祿、楊策率閩南水師船二十隻，收伏海賊楊六、楊七。」用的正是義士鄭芝龍收伏海賊鄭一官的戲碼，奏請巡撫熊文燦因功升任楊祿、楊策爲千總。楊家兄弟俱封千總，欣然改名楊祿、楊策。崇明島、烏洋和大洋山、小洋山海域因此平靜，同時也是楊祿兄弟的海防轄區。

「一官，拜你所賜，現在和以前一樣收錢，但是方式大不同了。」楊策到廈門見我。

「哪裡不一樣呢？」

「以前要追著商船搶劫，白刀進紅刀出，喊爹叫娘，呼天搶地，大家都難過。」楊策笑著說：「現在，商船船主會到金閩發商號溫州分號『報水』取得『水牌』掛上令旗出港，我們在海上相遇，看到令旗，都會互相打招呼，我率船保護他們走一程，大夥和樂融融。」

「要是我朝的水師官兵早能如此做，保護我們的商船出海經商，」我有感而發：「我們又何必下海爲寇，弄得天怒人怨？」

❖ ❖ ❖

我的第二張成績單，劍指李魁奇。

要找李魁奇不難，他經常率船在金門到澎湖之間的海域守株待兔，搶掠廈門、海澄往返馬尼拉的商船。困難的是，自他率四艘船叛離金閩發商號自立門戶之後，糾集海上另兩股海賊鍾斌、黃巽冲，三股海賊合計有大小二十餘艘鳥船，排班輪流漂流海上，時而僞裝漁船打魚，見有商船卽變身海盜船，合圍劫掠，因此很難偵知他在哪艘船。所幸，我早已在李魁奇的船上種了幾株小草。

數日後，「大哥，」草頭芝豹回報：「小草回報，李魁奇聽聞大哥受皇上詔封爲五虎遊擊，奉命剿滅劉香和他等諸海賊，楊六、楊七隨即投降歸順，獲得熊撫揆大力讚揚後，大怒擲杯，放話要讓『得意洋洋的五虎遊擊變成虎落平陽的落水狗』，揚言『只要掛有金閩發商號水牌旗幟的商船，一條都不能放過』，並帶了八艘船遊弋海澄港外海的遼羅、銅山一帶海域，候劫商船。」

「所報當眞？」我問。

「應爲眞實。」芝豹說：「三株小草回報內情大同小異，且阿奇的座駕是一艘桅頂插著紅底白鶴旗的大鳥船。」

「很好，」我大笑：「他要候劫商船，我就引君入甕，讓大家看看，最後是我虎落平陽，還是他變成落水狗？」

我連著兩天召集芝虎、芝鳳、芝豹、吳品、陳暉和楊耿等人，籌劃剿魁大計，議定後，我特別交代大夥：「行動務必保密，軍械器具務必充足精良，海澄各碼頭人員布置務必滴水不漏。」

「是。」衆人起立拱手回答。

五月初，金閶發商號旗下兩艘花屁股商船拂曉乘著大潮從海澄啟椗出港，往西南方直航馬尼拉。這兩艘船從三天前開始在海澄碼頭裝貨，船艙堆滿生絲、上好的德化白瓷、棉布、名貴中藥材，裝貨期間兩群挑夫還因搬貨的輕重問題，心生不滿釀口角、鬥毆，鬧得碼頭人盡皆知。此事，應該也會傳進李魁奇耳裡。

兩艘商船頂著微弱的南風逆風慢行，我則乘坐一艘兩百石中型鳥船，遠遠跟在後方。兩艘商船快到澎湖外海時，八艘看似漁船的大小鳥船突從三面合圍兩商船，我從千里鏡看到果然有一艘掛著紅底白鶴旗的大鳥船。

「阿奇，你來了。」我暗自冷笑：「莫怪我無情，我是奉了皇命來找你。」我放下千里鏡，並下令：「叫兩艘花屁股快回航。」

「是。」管船陳霖吆喝阿班打旗號。

兩艘花屁股上的阿班從千里鏡看到旗號，隨即轉帆轉舵掉頭回航。李魁奇的八艘船見狀加速合攏、追趕，放砲要求兩艘花屁股停船。兩艘花屁股迴轉船頭朝北方，吃到順風加速脫離，李魁奇座船加升一片篷帆急追兩艘花屁股。

兩艘花屁股沿途拋下裝載德化白瓷的木箱讓李魁奇的座船打撈，一方面減輕花屁股的載重，一方面遲滯李魁奇座船的追趕速度，也讓李魁奇親睹木箱裡裝載的都是上好的德化白瓷，增加他搶掠花屁股的欲望。

李魁奇果然上鉤，率船緊追花屁股不放，其中四船輪流貼近花屁股，多次砲擊、射火箭、拋繩鉤，欲強行登上花屁股，都被船員潑水滅火或用刀砍斷鉤繩，此時十艘船已經從澎湖外洋追到銅山島周邊，雙方正在糾纏，情勢危急。

我的座船連三聲砲響，埋伏在銅山島周邊無人小島海域，桅杆掛著黃藍兩色旗的二十五艘小大鳥船、福船一湧而出。其中十五艘直闖李魁奇船團，像把刀隔開李魁奇座船與其他七艘船，我方船上甲板的千斤佛朗機砲紛紛發砲攻擊李方的船，冒著白煙的火箭劃破天空，像流星墜落對方船上的甲板、篷帆，霎時火光、白煙、人聲、砲聲，攪得海面沸騰。

接著，另十艘船從西方、南方、東方三面合圍李魁奇座船，令他沒有退路，只能追著兩艘花屁股往北方的海澄、九龍江口走。雙方追到海澄港外，兩般花屁股停船，橫欄李魁奇的船，用船舷的排砲轟擊李船，與其他十艘船將李船圍在中間。我的座船此時駛進包圍圈，指揮芝虎、芝豹和吳品的座船直衝李船，用繩鉤勾住李船的船舷，芝虎和吳品率兵拉繩盪到李船，展開激烈廝殺。

芝虎和李魁奇交鬥，難分難解，把總陳秀、陳霸加入戰局，將李魁奇逼到船頭，陳霸躍起一刀砍下，李魁奇持刀橫擋，陳秀乘隙以長槍刺中李魁奇左肩窩，令李魁奇一個踉蹌，向後轉並躍下海中，一股紅色血水漂漾水中。

李魁奇向來以善泳潛水聞名，號稱能在水中閉氣一個時辰，我可不相信。我下令鳴鑼止戰，令四周的船縮小包圍圈，人人箭上弓、備便火繩槍注視海面。沒多久，李魁奇浮出海面甩著頭大口呼吸。

「哈！哈！哈！」我大笑問道：「阿奇，你不是可以閉氣一個時辰，怎麼一下子就浮出來了？」

李魁奇欲游向我船下方躲避，芝虎下令放箭，一陣箭雨籠罩李魁奇，他的身旁又湧出幾圈血花，令他再度沉入海中。此時，時光彷彿停止般，四周一片寂靜，靜得連波浪聲都清晰可聞，大家在等待，等待一個結果。

李魁奇再度冒出水面，抬頭看著我，周身被一圈紅圍住，好似紅雲般拱著、托著他的上半身。他右手指著我，臉上漾著詭異的微笑，他注視著我，慢慢沉入水中。

等了一刻鐘，李魁奇再度浮現，已經是一具浮屍，我命人將之撈上船，收兵回航。

我繳出第二張成績單，令巡撫熊文燦大力讚揚，頒發加菜金犒賞有功官兵，上疏向皇上奏捷報功，並批准我的請求，將把總陳秀、陳霸晉升為千總。陳霸是南安石井人，與我同鄉，矮胖孔武有力，綽號「三尺六」。

剿滅李魁奇，接下來的數月間，芝虎、陳暉帶船陸續消滅李魁奇的餘黨黃巽沖，另一餘黨鍾斌則逃向廣東躲藏，無力再劫掠商船。至此，我終打通福建前往馬尼拉、臺灣的海道，再也沒有攔路虎打劫受金閩發商號保護的商船。

❖　❖　❖

次年（崇禎三年，一六三〇），過年之後，我開始糾工在故鄉南安縣石井村附近的安海鎮濱海小漁村興築安平城，做爲我鄭家總部。將我在心中籌劃多年的安平城藍圖付諸實現，我要蓋一個像大御所德川家康的駿府城堡。

安海鎮位於泉州和廈門之間，是一處深入內陸的狹長海灣，有多條溪水在此匯流入海，入海口溪溝分岔，水道繁多，正適合分開商港和軍港使用，互不干擾又處於同一區，且地廣人稀，正合我擘劃安平城，建造專屬於我鄭家的港市和住所。

我仿效德川家康的駿府，命工匠興建以港口爲原點，按原有溪溝、水道設計成有兩道護城河的安平城，再分成內城與外城，內外城之間還有一道河水分隔。

內城設有鄭氏家族各人的宅邸、花園、鄭氏祠堂、一座我做禮拜的天主教堂，議事廳五虎堂、教育鄭家子女的書院。外城則有五虎遊擊水師衙門、可駐守五萬兵丁的十處軍營舍房，以及楊耿、陳暉、吳品、施福、郭懷一等大小官員住宅院落。安平港則有商船隊和水師船隊的專用碼頭、倉庫、水師士兵營舍等。

爲了方便接待賓客、臨戰禦敵或緊急時乘船逸脫，我有一個專用碼頭，水道直接通到我的宅邸花園，花園規劃興建一所放大規模的「喜相院」，以備將來接小松團圓，做爲她的居所。

安平城正在大興土木之際，夏初，我派楊耿、鄭泰、鄭明率三船到長崎，接回鄭森（小名福松）和郭懷一、月娘一家人。

當時日本幕府下鎖國令，只留長崎爲唯一通商口岸，撤了英國在平戶島的商館，強迫遷到長崎，平戶只留與幕府友善的荷蘭商館。

還好，有郭懷一、月娘在平戶照顧小松和福松，讓我無後顧之憂，轉眼間，福松已經七歲，因此接他回唐土讀書。但小松和五歲的次子七左衛門，仍因鎖國令無法出國，不能回唐土與我團聚。

鄭泰船隊出發到回閩這半個月，我重拾擱置已久的念珠，天天祈求聖母保守福松一路順風，波濤不興，平安回到廈門。

❖ ❖ ❖

半個月後，我終於盼到福松回來了！

＊此為劇情安排。據《靖海紀略》第五六頁至五七頁，曹履泰〈上蔡道尊〉、〈上熊撫臺〉短箋記載，鄭芝龍率船合圍李魁奇至海澄，李下小艇登岸，「職（曹履泰）先埋兵以待，一鼓而獲，無一得脫」。李魁奇遭擒後斬首。

在碼頭，我看到月娘背著福松，在郭懷一的攙扶下慢慢走下船板，福松從月娘背部滑下來，已經是個少女的杏娘，牽著福松和妹妹郭櫻緩緩走向我。

「福松，叫歐多桑（日語：父親）！」杏娘推了推福松。

福松睜大眼睛看了看我，笑了笑，又躲到杏娘背後。

「福松，快叫歐多桑！」六歲的郭櫻跺腳拉著福松的衣服，將福松推向我喊道：「他是你的歐多桑！」

我蹲下來，福松一個踉蹌跌到我懷裡，打破生澀與隔閡，我順勢也將郭櫻一起拉向我，將兩個小孩抱在懷裡。

「歐多桑！」福松用日語說：「歐多桑，我好想你，我在船上一直吐一直吐，以後我不要坐船了。」

我將福松的話翻譯給大夥聽，芝虎、芝鳳、芝豹和郭懷一都哈哈大笑。

「這句話，我也聽一官說過！」郭懷一笑稱。

「我也講過。」芝虎說：「第一次搭船去魍港尋找大哥，我吐了兩天兩夜，當下發誓，此生絕不再乘船，沒想到現在竟是以船爲家。」

「彼此，彼此，大家都在海上討生活。」我撫著福松的頭說：「但願此兒，將來不必再涉風波險惡，順順當當識字念書考個功名，當個走路有風的大官人。」

我將森兒（福松）交給我的妾顏若水照顧。她沒有生育，溫柔婉約，我期待她能將福松視如己出，養育他長大。

從日本到臺灣魍港，漂泊海上那些年，二媽時常託人帶口信或寫信要我再娶妾，多次被我拒絕。一則，我的心中只有在平戶島的田川松、福松和次郎母子三人；二則，我是個漂泊不定，劫掠沿海州縣的海賊，有哪戶人家願將女兒嫁給海賊？加以海上風波難測，性命如朝夕，我不想辜負好人家的女兒。

後來歸順朝廷，受封五虎遊擊，二媽用半是抱怨、半是命令的語氣勸說：「現在你有功名，也有了財富，爲鄭家開枝散葉、繁榮裕族著想，多子多孫多福氣，你應該要娶妾。也正因爲你時常出海剿匪、做生意，風波險惡，命運難測，更應該留下子嗣。」

拗不過二媽的好意，由她作主，我娶了廈門顏若水爲妾。顏若水的父親是一名秀才，她從小跟著兄弟，在父親教導下讀書，知書達理，美麗大方，只因時局不靖，多次錯過了婚期，直到雙十年華才委身於我。她知道我在扶桑平戶島已娶元配，但她仍然願意嫁進鄭家，令我十分感激。

之後數年之間，二媽又作主陸續爲我娶了黃氏、陳氏和張氏等幾個妾。其他幾個妾黃氏、陳氏則陸續爲我生了次子鄭焱（字世忠）、三子鄭垚（字世恩）。後來還有四子鄭鑫（字世蔭），五子鄭淼（字世襲）、六子鄭默（字世默），還有一個女兒鄭婉。加上在日本過繼給田川松娘家田川大夫的田川七左衛門（漢名鄭宗明），共有七子一女。

接著，我爲福松找了一位老夫子張端才，教他讀書識字，正式啟蒙上學。

❖　❖　❖

接來福松一個月餘，仲夏，四弟芝鳳在春季應試的武舉人考試也傳來好消息，他金榜題名。捷報傳來時，二媽高興得焚香祭拜先父，告知芝鳳不負所望，考取功名，並勉芝鳳再接再厲，參加武進士考試。

「我會再接再厲投考武進士。」芝鳳說：「爲了以示決心，我想改名爲鴻逵。」

「鴻逵？」芝虎說：「你的字『漸』，號『羽公』，本來就有沖天飛翔之意，何須改名？」

「鴻逵乃鳳、羽的意義延伸，鴻是大雁，逵是邈遠高深。」芝鳳解釋：「取此名字乃自我期許如鴻雁一般遠飛高天之意。」

「鴻逵，乃大雁展翅，遠飛高翔之意，是投考武進士的好兆頭，我贊成。」我說：「大家以後改稱芝鳳爲鴻逵。」

鴻逵是我鄭家兄弟書讀得最好的一個，高瘦的身材，雖是武將卻像個書生，沉思時常以右手搓鼻下人中，沉思有所得，才會放下手說話。他一直是我的左右手。

十月，鴻逵被派爲天津巡撫鄭宗周部將。

我雖然不捨，但他有了功名，當然要以他的功名前途爲重，我派鄭彩、鄭聯兄弟率三船送鴻逵到天津登岸赴任。

❖ ❖ ❖

我記得那年，開春後迄黃梅時節，河北、河南、山東大旱，下雨天數十根手指頭就算完了。乾旱使得莊稼種不活，片粒無收，偏偏又來了蝗蟲肆虐，將僅存的一丁點兒青草、樹葉啃個精光，不但人沒得吃，牲畜也餓死。

大批北方災民越過長江往浙江、福建尋求生路。

八月，夏日炎炎，到處鑠石流金，陽光晒在身上彷彿要著火般的燙熱，狗兒、貓兒全躲在屋簷下喘著氣，牛趴在樹蔭下納涼，非得必要，不會挪動身子招惹毒辣的太陽。

我率衛隊乘船從福州馬尾港碼頭登岸，騎馬直奔福建巡撫衙門，臉頰汗水淋漓，沿著紅色帽纓滴落。

途中，我遇到許多衣衫襤褸、面黃肌瘦的北方各省災民，眼神空洞，緩慢行走，走不動的人，蜷身在一張竹編的竹蓆下方躲避豔陽，瘦得皮包骨，兩眼凹陷，像僅存一口氣的活死人。

連年天災肆虐，朝廷理應賑災，但是當時內有流寇李自成、張獻忠分別在陝西、江西糾集飢餓的農民打家劫舍叛亂；外有後金在東北興兵想闖山海關，一時人心惶惶，擔心後金揮兵侵入長城。

此時，崇禎帝遭逢內憂外患，無法逐一克服，終日驚懼不安，下詔罪己。只是災民的飢餓不是崇禎帝下詔罪己就可以塡飽肚子，於是舉家相率遷徙南下避災，尋找生路。

前幾年，南京、蘇州、九江、杭州、紹興等地已被先到的災民占滿，今年的河北、河南、山東災民只好走到更遠的南方福建來避禍，乞求一口飯吃。遷徙流離數千里，途中老弱婦孺飢餓病死者不知凡幾。

爲此，福建巡撫沈猶龍召集各縣、州、道、府官員商議解決之道。

「北方饑民避禍浙閩，近日已過浙閩邊境，直驅興安、福州。」沈猶龍皺著眉頭說：「可憐饑民成千上萬，菜色可掬，沿途府縣賑濟白粥雜糧，即將用罄，各位可有好主意，安置或接濟災民？」

「饑民之所急也，唯塡飽肚子，然則各州府縣已大開糧倉，賑濟米粥尚且不足。」泉州知府孫朝讓憂心饑民一旦過了福州，將南下泉州，成了他的麻煩，率先獻策：「下官認爲，不如集合各州縣糧倉之糧，供應饑民十日之食，再供每一饑民白米三升，派船由福州馬尾港載往山東，返回河南、河北。誰不想安土重遷，饑民迫於天災無奈流徙離家，如今終得飽食且養好體力，並得三升白米，應會歡喜返家。」

「知府所言甚是，然則饑民非百人或上千人，是以數萬計，安得如此多的船隻以供載運遣送山東？」福州兵備道右布政使高志尙搖頭說：「如果，饑民今得飽食，不願上船遣返原居地，執意留閩謀生，本官安得強迫上船乎？」

沈猶龍聞言點頭稱是，等於否定了孫朝讓的意見。

「開義倉賑米糧只能濟饑民之急也，存糧終有用罄之日，且存糧亦須支援戰備所需，不應全用於放賑饑民。」興泉道右參政曾櫻起身拱手道：「今日饑民非僅缺糧，更缺謀生之道，唯有替災民尋一謀生之道，方可助其度此危機。」

永安縣知縣劉胤、同安縣知縣熊汝霖、南安縣知縣周官聯袂建言：「撫臺大人去年奉聖旨諭令廢除海禁，泉南各港貿易、漁穫興盛，或可鼓勵各省災民以海爲生。」

「捕魚要打造漁船，動輒四十兩銀、五十兩銀至一百兩銀，饑民尙且無食，何來銀兩造舟？」屯鹽道參政金肇敏反駁：「或可受僱漁船爲船夫，但北方人民，不諳水性，畏舟如畏虎，困難重重。不過……」他停了一下看向我，緩緩地說：「若商船願僱爲海員船工，倒不失爲一條可行之路。」

衆人目光一齊轉向我。

「飛黃將軍，可有良策？」沈猶龍問。

「卑職近日得知臺灣紅毛總督欲闢地種稻、種蔗製糖，正在招募農工人手。」我不慌不忙出位，拱手道：「如能給予饑民少許盤纏，並助農具耕種，或可解決饑民擾境問題。」我想起前任巡撫熊文燦要我注意官場措詞的叮嚀，細聽其他官員說話的遣詞用語，並小心翼翼地說出建言。

「然則，這少許盤纏並助農耕器具，」屯鹽道參政金肇敏果然是管財政的，心思細膩，馬上問道：「將軍所指為何？這筆錢該由誰出呢？」

「金大人所言甚是。」我轉身恭敬地看著金肇敏，回答道：「下官所稱紅毛在臺灣欲招募墾工，確有此事，但不知其招工條件為何，此去臺灣相隔千里，波濤洶湧，一來一往，短則費時數日，長則半月，若要談好條件才運送饑民赴臺，緩不濟急。下官為解撫院大人燃眉之急，故出此策。給盤纏、助農具，給盤纏以獎勵饑民赴臺；助農具，以供日後謀生之道，自力更生。否則拋之荒島任其自生自滅，雖然減少我閩省饑民，卻有違撫院大人救濟蒼生之願與慈悲之心。」

「芝龍所言甚是，甚合吾心意。」巡撫沈猶龍追問：「這該給多少？農具也是一筆開銷。」

「下官認為，一男丁給五兩銀。」我向沈猶龍躬身作揖回答：「兩男配一條牛、犁、耙、腳秒，和用在牛的牛嘴套、加擔，人穿的笠帽、蓑衣。」

「一人五兩，以五千人計，則盤纏需兩萬五千兩，再加上買牛，一頭少則六兩、多則八兩，五千人計則兩千五百頭牛，一頭六兩計則一萬五千兩。」金肇敏向沈猶龍躬身道：「這人和牛卽需四萬兩銀。」

「閩省財政捉襟見肘。」沈猶龍搖頭：「現下沒有那麼多銀兩可供支付饑民。」

「啟稟撫院大人。」福州兵備道右布政使高志尙道：「各州府縣已大開糧倉，數萬、乃至數十萬饑民很快就會吃光儲糧，卑職憂心屆時連戰備儲糧亦會食盡，影響兵糧，令人堪慮。」

「縮減盤纏和農具費用？」曾櫻提議：「再委由飛黃將軍和紅毛交涉，旣然招我人民爲墾工，紅毛亦當提供農具，方爲合理。」

「有道理，曾大人所言甚是。」我點頭稱是回答：「下官願盡力促成荷蘭紅毛人提供農具，但只能且戰且走，人先載過去再談條件，現下卑職沒有把握。」

「這亦是實情。」沈猶龍環視各官：「諸位同僚可有高見？」

「下官認爲，或可減爲一人發三兩銀，三男丁配一條牛。」金肇敏說：「如此以五千人計則是兩萬五千八百兩銀。」

「也是一筆數目。」沈猶龍沉吟一會再問：「各位，有何高見，儘管說出來。」

衆皆沉默，再無發言者。

「芝龍有何高見？」沈猶龍又轉回來看著我。

「如能如金大人所言，一人三兩銀、三男配一牛。」我回答：「卑職願依曾大人提議，與紅毛交涉提供農具，減少閩省支出，亦盡力完成撫院大人救濟蒼生的慈悲願心。」

沈猶龍聞言，沉思良久。

一杯茶喝完再接一杯茶，沈猶龍召曾櫻、金肇敏、熊汝霖低聲商討，再三斟酌。

同一時間，我也在心中打算盤，籌劃如何能拯救饑民，又能和荷蘭紅毛做成這筆招募墾工賺仲介費的生意，這穩賺不賠的祕訣就是一定要讓官府出錢。

「好，本院就從各處勉予勻支這兩萬五千八百兩銀，這是上限。」沈猶龍最後裁示：「其餘款項、雜支委由芝龍自行籌措，芝龍認爲如何？」

「蒼天有好生之德，撫院大人有濟民之心。」我拱手稱道：「爲圓滿撫院大人的濟民悲願，卑職願提供船隻載送災民赴臺灣，至於招募男丁、安排船期等雜事及雜支，卑職願協調金閩發商號派人負責，其餘不足者由卑職補足。」

「飛黃將軍，果眞大慈大悲。」各府縣司道諸臣聽完我的建議，一致稱許。

「飛黃將軍及時伸出援手，濟賑災民。」曾櫻向我拱手道：「猶如菩薩心腸，功德一件，必有善報。」

「下官必當盡心盡力，不負撫院大人所託。」我向沈猶龍拱手再拜。

巡撫沈猶龍拍板：「好，就這麼辦。」

離開巡撫衙門，我鬆了一口氣，講話文謅謅，隨時躬身作揖，眞是累人！不過我發現，我講話的口氣和禮節，愈來愈像官場中人，果眞是近朱者赤，近墨者黑。

❖ ❖ ❖

數日後，待我布置妥當，在福建的長興、福州、泉州、汀州同時貼榜公告災民：

現有荷蘭東印度公司在臺灣招募墾工，願往臺灣墾地、種植農作、養殖牲畜者，每一男丁由福建巡撫衙門補助銀三兩，每三男丁配牛一頭，犁、耙、腳杪一副助耕種墾地，荷蘭東印度公司每日另計工資。

災民見榜文，識字者競相奔走相告，或念給不識字者知悉。

我派遣何斌總理招募男丁開墾農地事務，設立報名處，鄭泰派來帳戶之一的楊英襄助報名事宜。

楊英向報名者說明招募墾工條件如下：

第一，搭船至臺灣的船費一人一兩。

第二，墾地一年農作物收成後，每月交給荷蘭東印度公司駐臺灣商館人頭稅四分之一里爾。

第三，每年向金閩發商號繳人頭稅一里爾（合約九分銀子）。

「一條牛要剝三層皮！」一個山東難民向十六歲的楊英抱怨：「搭船要船費，每年還要繳兩份人頭稅，鄭將軍滿口仁義道德，原來是利用我等饑民大賺銀子，簡直要錢不要命！」

說得楊英滿臉通紅，無話可說，只能聳聳肩。

「與其餓肚子，坐以待斃，不如出海一搏。」有的難民則說：「即使剝三層皮我也要去搏一搏！」

一呼百應，許多人嚷著要報名，適時化解楊英的尷尬。

楊英向換穿便服視察泉州報名處的我吐吐舌頭，再鼓起勇氣敲邊鼓般地吆喝：「是啊，這位大哥說得對，出海一搏，總比現在窮要飯強得多，將來還有鹹魚翻生的機會，想去的，快來報名喲！」

霎時，一群人一擁而上，何斌和楊英連忙喊道：「一個一個來，不要急！」

我見狀，再令鄭泰加派人手協助招丁墾地報名。

如此，八月中旬起至十月底，金閩發商號所屬船隊源源不絕開向臺灣，運送墾荒男丁九千五百零三人，水牛三千一百六十一頭。

十一月，據荷蘭臺灣商館統計，熱蘭遮城領地範圍，共有一萬一千名漢人在種田、種蔗製糖、捕鹿和捕魚。

「這船費，金閩發商號收入九千五百零三兩銀。」帳戶楊英報告：「另外，何掌櫃依將軍的意旨，與荷蘭談妥每招來一男丁收取十里爾（九錢銀子）招募費。船費加招募費，收入總計一萬八千零五十五兩七錢銀子。」何掌櫃指的是何斌。

「墾丁的人頭稅呢？」我問。

「每年每名男丁繳交金閩發商號一里爾。」楊英回稟：「這人頭稅每年可以收取佣金八百五十五兩二錢七分銀子。將來招募的人愈多，收益愈多。」

「很好。」我得意地笑了。

如此一來，我既達成巡撫交付的任務，完成和荷蘭總督的生意，又能賑濟饑民，救濟蒼生免於餓死，也是一樁美事。

後來有官員上疏參我一本曰：「鄭芝龍趁救濟災民發財。」

但他們有本事將饑民載到臺灣，使之農墾爲生嗎？小人之心，我不予計較，就讓他們去參奏吧！

我遣何金定的兒子何斌，做爲金閩發商號駐臺灣熱蘭遮城的代表，處理金閩發商號與荷蘭人的貿易事宜，私底下負責收取漢人墾工的人頭稅。

何斌從小啟蒙在私塾就學十年，後來跟著何金定往返廈門和臺灣，並在我要求下長住熱蘭遮城，花錢聘請荷蘭牧師教荷蘭語文，現在不但是何金定的左右手，也是我在熱蘭遮城的一株草，仿荷蘭人向巴達維亞城每個月遞交日誌的做法，向我提交日誌報告，讓我了解荷蘭人在臺灣的動靜。

29 血染料羅灣

興工兩年的安平城初步完工，規模宏偉，商船隊和水師先進駐安平港，馬步兵和火砲營再進駐安平城外城。其他細項工程，再慢慢修築。

待外城兵馬入營，船隊和水師進駐就緒，崇禎五年（一六三二）九月我才率鄭家族人及各將領陸續搬進安平城內城，費時四個月才安頓好，從此我即在安平和廈門之間來回處理軍務和商務。

❖ ❖ ❖

崇禎六年（一六三三），新任的荷蘭總督普特曼斯（Hans Putmans），不再滿足只和金閩發商號、林亨萬、何金定等固定幾家商船隊做生意，要求直接到福建、浙江通商，當然被我拒絕。

我這幾年爲了維持前往臺灣、日本、馬尼拉、澳門和南洋的海道暢通，驅趕劉香、李魁奇等其他海賊，保護向金閩發商號報水的商船，花費不貲，還賠上逾百條人命，豈能輕易就放棄對荷蘭紅毛獨占的通商權益。

經何斌打聽，普特曼斯在送回給荷蘭東印度公司派駐爪哇島的巴達維亞總督布勞維爾(Hendrick Brouwer)的日誌中，多次稱我獨占對荷貿易，還違反荷蘭國王的禁令，與荷蘭的敵人澳門葡萄牙人、馬尼拉西班牙人貿易，說我是荷蘭對大明通商的阻礙者、絆腳石，慫恿布勞維爾批准以武力攻打我，直接打通與大明的通商之路。爲此，普特曼斯甚至還親自到巴達維亞遊說布勞維爾，終於獲布勞維爾批准對我開戰。

七月，普特曼斯直接從爪哇島巴達維亞帶三艘紅毛甲板船，聯合劉香的二十一隻鳥船，趁我奉命率兵剿滅廣東盜匪鍾斌，剛回安平城休息整備，泉南遊擊張永產也到泉州修理武器裝備，廈門海防空虛之際，突襲廈門。

荷蘭和劉香聯軍擊沉水師停在港口的二十七艘大楨船，二十五隻戰艇，由劉香的水手引導紅毛人上岸大肆劫掠廈門城。

代理防守廈門的南澳副總兵官程應麟，從南澳發兵乘船來廈門支援，緩不濟急，待領兵到廈門，人疲馬乏，無力還擊，只能送牛和豬各二十五頭、雞一百隻求和，荷蘭紅毛和劉香才領兵離去。

事後調查損失，被擊沉的大楨船上有二十到三十六門千斤佛朗機火砲，水師損失慘重，我和張永產因此遭處分各降一級，責令我和張永產戴罪立功；副總兵官程應麟援兵遲到，送牛、羊家畜求和，不戰求和，應對無方，革職。

後來，普特曼斯派人送信給時任福建巡撫鄒維璉，提出談和條件：

一、讓荷蘭人在鼓浪嶼建倉庫。

二、准許十名荷蘭商人自由地在福建沿海採購貿易。

三、荷蘭船隻自由靠泊碼頭運輸貨物。

四、大明船只准前往荷蘭東印度公司在爪哇島的巴達維亞城貿易，不准去西班牙的殖民地馬尼拉和臺灣的雞籠，不准去葡萄牙人的澳門貿易。

鄒維璉召我到福州巡撫衙門商議對策。

我看完信，心想：「紅毛和劉香趁我不備偷襲，僥倖一戰得勝，就想整碗端走，壟斷大明對外貿易，比葡萄牙人還狠，休想。」

「撫臺大人，紅毛想以戰逼和，迫我大開海禁之門，違逆您老的海禁政策，斷無此理。」我向福建巡撫鄒維璉拱手道：「卑職建請大人回信拒絕紅毛的無理要求。」

「然則，紅毛船堅砲利，如再侵福州、泉州、廈門，該如何是好？」鄒維璉曾到廈門目睹沉船，看到遭焚毀的大槓船殘骸，餘悸猶存。

「紅毛甲板船，固然船堅砲利。」我說：「卑職年少時曾在紅毛船擔任通事，得知甲板船高大砲遠，但火砲射口有死角，職有妙計可破紅毛船。」

我令人取來一隻紅毛船的模型和若干小船，比手畫腳爲鄒維璉解說克敵致勝的方法，聽得鄒維璉頻頻點頭稱是：「既然將軍有破敵之計，成竹在胸，一切就依將軍調度。」授權我新造大槓船、趕繒船各十條，聯環舟六十隻，九江式哨船和划船各二十隻備用，「但是，近年剿匪窟、海賊所費不貲，府庫拮据……」

「大人毋須費心，造艦的費用全由卑職負擔。」造船費用我一肩扛下：「卑職斗膽，懇求撫臺事後答允由卑職全權處置與紅毛交涉事宜，卑職保證紅毛不再來犯。」

比起與紅毛的貿易盈餘，造船費用不過九牛一毛，重點是日後不能再讓紅毛直接找巡撫談判，我才有全權處理的空間。

鄒維璉聽完閉目沉思，「飛黃將軍想必是想討回廈門被襲的恥辱？」

「是，沒錯。」我大聲回稱：「卑職想戴罪立功，一消舊恨！」

「好，本院就答應你。」鄒維璉充滿義氣地說：「事成之後與荷蘭人交涉事宜，亦全權由你代表本院爲之。」

「謝大人。」我欠身對鄒維璉拱手謝道：「職當戴罪立功，回報撫臺大人的隆恩厚愛。」

自從獲得巡撫鄒維璉的支持和允諾，我派出船隊，動員在劉香、李魁奇和臺灣熱蘭遮城內的草，蒐集情報。

集合各處「草」回報的訊息，探知劉香和普特曼斯約定於十月分別從南澳銅山和臺灣率船隊出發到金門料羅灣會合，再伺機偷襲廈門，欲直搗我在安平的大本營，一舉殲滅我的船隊和大明水師。

料羅灣在金門島東方，背對西方的廈門，灣岸如新月延長，視野遼闊，正是船隊會合的好地點。

「劉香佬、紅毛既然要聯手來襲，我當然要有備以待之，才是待客之道。」我召集千總以上官員開會，分配任務。

「毋恃敵之不來，恃吾有以待之。」我下令：「通令各部所屬船隊，剋期九月底完成整備，屆時我將赴各汛口檢閱督導，隨時應召備戰。」

「是！」六十餘位守備、千總起立回答：「謹遵將令！」

人人都嗅得到，一場大戰即將來臨的氣息。

❖ ❖ ❖

清晨的第一道陽光，揭開海戰序幕。

十月二十二日，旭日東升，陽光刷過海洋，照亮料羅灣，灰暗的海面瞬間化成一片湛藍，浪花反射陽光形成一條擺動的金絲線。

我率領前一晚停泊在大擔島、二擔島海面裝備英格蘭最新火砲的四百石和兩百石大鳥船、福船戰船六十三艘、兩截式聯環舟七十一艘，由三桅趕繒船、雙桅十槳快船和單桅手划快艇組成的戰艇五十五艘，大小戰船共一百八十九艘，趁日出拂曉時分，繞到金門島東面，再轉向西方殺進料羅灣。

我從千里鏡看到一艘劉香的哨船剛駛出料羅灣，驟見我的船隊御風鼓帆衝進海灣，坐在船首的划手驚訝地張大嘴，放掉手中的槳站起來，令哨船一陣左搖右晃。他張著嘴，舉手遮陽，極目遠眺，他肯定一時間數不清到底有多少船，整個料羅灣東方海面從北到南布滿桅頂飄著紅、白、藍三色新王旗的水師官船。

我的中軍指揮艦四百石戰座船「五虎號」頂著陽光，以驚人速度領頭衝鋒。

四百石戰座船是戰船中噸位最大的旗艦，高達三丈，船首尖船尾寬，有四層甲板，我站在高高的船尾樓官廳高舉鐵刀指揮船隊衝鋒，刀鋒反射陽光，耀眼生輝。船頭的大型虎蹲砲像隻無牙的巨獸蹲在那裡，隨時準備吐火噴出鐵彈。

當五虎號愈來愈靠近哨船之際，哨船的划手連忙坐下調整船首的小砲方向，雙手顫抖著點燃火線，連發三砲，「砰！砰！砰！」通知劉香和荷蘭的船隊，三連砲代表發現一官船。

霎時，停泊在料羅灣的每艘船都有了動靜。

我透過千里鏡，找到荷蘭的旗艦「海城堡號」（Zeeburch），我想像荷蘭總督普特曼斯此刻慌張的神情。

我看到海城堡號甲板亂成一團，帆纜水手正大聲喊口令，轉動絞盤放下主桅、二桅到五桅的帆布，每根桅杆有一至三片帆布，張帆時到處是像蛇一般滑溜的繩索在桅桿、橫桁上甩動。

有一群士兵滾著火藥桶，到各桅桿兩側的遠程大砲旁，有的送進第二層甲板，砲手忙著開啟船舷砲口，調整近程砲的角度。白色大帆布一片片落下，帆面受風鼓起慢慢帶動船身，船長仍嫌太慢，急得跳腳不住地張大嘴大聲吆喝，要求提高船速迎向我的船隊，但是船在逆風下不聽話，彷彿乍醒的龐然巨獸，緩慢地轉動船身。

我揮動指揮刀，下令第一波正面進攻的四十餘艘備配火砲的福船和大鳥船，全速衝進荷蘭和劉香的船隊。船首像鳥嘴，兩側各彩繪一隻大眼睛的大鳥船，船身像梭子一般的流線船體，正排風破浪向前衝。大船兩舷羅列虎蹲砲、千斤佛朗機砲和持鳥銃的士兵，蓄勢待發。

第二波是戰船後方散布大大小小的三桅趕繒船、雙桅十槳快船和單桅手划快艇。兩截式聯環船是第三波船隊，它是這次海戰的祕密武器。

我從千里鏡看到普特曼斯，他也舉著千里鏡看到我，我放下千里鏡，從耀眼的鎧甲腰間拔出荷蘭軍官用的指揮刀，大喊：「普特曼斯！」作勢向前一砍，哈哈大笑。

他是荷蘭駐大員第四任總督，身材高大，金髮綠眼睛，高聳的鷹勾鼻，服膺「貿易與戰爭」交互爲用的理念，因此不惜一戰。好吧，你要打，我就奉陪。

普特曼斯也放下千里鏡，拔出指揮刀，往向一指大喊，指揮九艘荷蘭甲板船移動船身迎戰。

我看見荷蘭的九艘船艦盡量散開，以免砲火互射打到自己人，這種隊形若非訓練有素的部隊，很難在短時間部署就緒。

❖　❖　❖

「嗚——嗚——」螺聲響起，劉香旗下的三十餘艘大鳥船、二十艘綽號「花屁股」的趕繒船，船頭紅漆，代表是粵船，十艘雙桅十槳快船和十多條哨船，卽刻揚帆起碇。

舵公把定尾舵；管帆索的繚手用盡吃奶的力氣拉索升帆或調整篷帆角度；頭碇大叫糾集二碇、三碇轉動輪盤絞索，從海中拉起石碇（錨）。

砲手各就定位，蹲在桅頂負責瞭望臺的阿班，現在毋須再瞭望什麼了，從桅杆滑下甲板，穿上甲衣，拿起刀，準備大幹一場。

眼看兩軍船團旋將接觸之際，五虎號管船楊耿仰頭吹聲響亮的口哨，向蹲坐在桅頂瞭望臺的阿班、名喚阿郎的少年打手勢，阿郎起身陸續向左右後方揮動兩支紅黃旗幟，發出旗語。

接著，我方船隊隊形一變，福船、大鳥船以每三到五艘成一縱隊，後方跟著十艘聯環舟和哨船，像狼群似的撲向荷蘭甲板船。其餘的各自對上劉香的花屁股和大鳥船。

五虎號率先衝到普特曼斯的座艦海城堡號左舷，雙方發砲互擊。海城堡號左舷八門砲火力全開，白煙縷縷，海風中飄散濃重的煙硝味。

緊接著，鄭芝虎的大蟒號福船搶到海城堡號右舷，林習山、鄭彩的大鳥船保持在上風處觀望，伺機加入戰局。

海城堡號被我方四艘戰船包圍，其餘的荷蘭甲板船也一樣被施福、吳品率領的戰船以狼群戰術包圍發砲互擊。

海城堡號三根主桅下方兩側各有兩具紅夷大砲，甲板下方的第一層船艙在兩側船舷各有八具短程火砲，連同船首、船尾各一具火砲，周身共二十六門砲，紅夷大砲射程遠達六里，使用爆炸後鐵片四射的榴彈，短程砲也有一里射程，用於近船互轟。

海城堡號突然降帆、降速，直接用桅杆下的長程大砲瞄準五虎號，一陣寂靜後六砲齊發。

我在頂層官艙看見海城堡號甲板吐出一陣濃烈白煙，六發砲彈破空飛來，那尖銳的「啵——唏——」聲響令我本能地一手捂耳，一手緊握欄杆。

「砰！砰！」接連兩響和劇烈震動，一發正中五虎號左舷第二層甲板砲口的下緣，將砲口內的一架千斤佛朗機炸得飛起來，砸死兩名砲手和一名彈藥手。另一發砲彈擊中五虎號船首桅杆，桅杆應聲斷裂，木片紛飛，斷桅和篷帆扯著繩索歪斜在船側，將五虎號帶離原來的航向歪斜而行。

「天主庇佑！」海城堡號的水手一陣歡呼：「神與我們同在。」

我跟蹌跌坐甲板，船身持穩後立即起身查看船損，並向桅頂瞭望臺的阿郎比一個手勢，大喊：「火船進！」阿郎再次揮舞紅黃旗。

大蟒號見了旗號，即時貼近海城堡號猛烈發砲，虎蹲砲、千斤佛朗機和鳥銃輪流齊射，原來保持在上風的林習山「武夷號」鄭彩的「鼓浪號」急馳加入戰局，開砲轟擊海城堡號，跟在一旁的十艘聯環舟和哨船趁著大船互轟，砲火四射之際，從四面八方划向圓心的海城堡號。

我從千里鏡看到普特曼斯揮動指揮刀大喊，似乎在喊：「火船，注意那些小火船！」他可能看出船頭有釘子的聯環舟是裝火藥的火船。

此時，我看到阿郎冒險從桅頂瞭望臺站起來，抽箭引燃綁在箭鏃上的油布，用盡力氣朝海城堡號射去，連射三箭，火箭在空中畫出三道帶白煙的圓弧，兩支落海，一支墜落插進海城堡號主桅最上方帆布，大帆布先是冒出白煙，轉而吐出橘色火焰，火苗接著掉到下方帆布，主桅三塊大帆布立時陷入火海。

海城堡號立即降帆滅火，主帆一降，船速頓減，令普特曼斯慌了手腳。我樂得哈哈大笑，抬頭看桅頂的阿郎，朝他豎起大拇指。

這一陣慌亂，令聯環舟和哨船迅速鑽入海城堡號遠、近程火砲下方的死角範圍，像獵狗般爭先撕咬獵物。

雖然海城堡號將砲口調整朝下發砲，「砰！砰！砰！」砲彈在海面上激起一道道白色水花，聯環舟和哨船機靈地左閃右避，砲彈全落空，沒有擊中任何一艘。

「普特曼斯！」我看著鑽到海城堡號船旁的小船，大喊：「它們才是這場仗的主角，你很快就會知道天主站在哪一邊。」

我稱之爲祕密武器的聯環舟，是一種小型搖櫓戰船，舟長四丈，船體分爲兩截。船頭有倒釘，船前段裝載爆炸型的鐵火砲或地雷，後半段是舵室和數對划水大櫓。當船駛抵攻擊目標的大船後，猛力划槳衝撞，讓船頭的釘子釘牢大船的船體，划手點燃引信，再乘後半截船離開。這是我根據之前魍港之戰，火船無法釘上荷艦縱火的失敗教訓改良而成的小舟。

哨船上的划手，個個腰間繫著大竹筒當浮具，身背油布包裹的火藥和引信。哨船接近目標船後，划手游泳貼上大船，在船腹釘上火藥後引爆，殺傷力最大。

此時，海城堡號的火槍隊士兵肩膀抵住船舷，持長槍瞄準，等待小船進入射擊範圍，立卽開槍。子彈擊中一個腰間左右各綁一個大竹筒躍入水中的哨船划手，藍色海水漾開一圈紅。

槍聲密集，子彈「咻——咻——」破空飛過，哨船、聯環舟的划手和舵公一個個中彈落海，有的人倚著桅杆看著自己被子彈劃開肚子，流出血和腸子，痛暈鬆手跌入水中，划船停擺；多艘小船划手射箭仰攻，「啵——咻——」百箭齊放，紅毛兵中箭栽入海中。

兩艘聯環舟趁亂突進，由楊朝棟掌舵的聯環舟使勁撞擊、釘牢在海城堡號船首下方，楊朝棟點燃前半段船上的硫磺、浸泡燃油的木柴，再站回船後半段，蹲下扳開連結兩段船身的木榫接頭，楊朝棟大喊：「走！」四名划手齊划槳，帶著後半段船身後退。船首與船尾剛分離，「轟！」一聲，火引爆火藥，風勢助長火勢，熊熊向上燃燒。

「走！快走！不要再與火船糾纏。」普特曼斯見狀向船長大喊：「滅火！」

海城堡號揚帆順著東北風往西南方衝去。

烈火翻飛中，海城堡號藉著船速在風濤中激浪，故意讓海浪打上船身滅火，費了一番工夫終於撲滅船首的火，甩開小船糾纏，成功突出重圍。但船首下方已燒出一個大洞，海水不時灌入船艙。海城堡號無心戀戰，亦無力營救同伴，逕往料羅灣西南角翟山岬駛去。

沿途，我從千里鏡看到「布雷丹號」(Bredam)二桅帆布被火箭射中燃燒，甲板上的士兵忙著將我方哨船抛上去的火罐踢進海中，士兵舉槍擊斃多名攀上船舷的我方水兵。

「維林根號」(Wieringen)船首和海城堡號一樣，被火船釘上引燃火勢正在冒煙，拚命往外海駛去衝撞波浪滅火，我的五艘大鳥船和趕繒船在後方追趕。

另一邊，「布萊西克號」(Bleysijck)和「薩爾姆號」(Salm，意指鮭魚)則成功發揮火力，頻頻發射榴彈，砲彈從甲板和船舷鑽進船腹引爆，巨大的爆炸聲和鐵片四射的強大破壞力，平均每兩到三發就擊沉圍繞在它身邊叫囂、想勾住船攀上攻擊的我方六艘福船，擊毀兩艘大鳥船。

包括張明振在內的六艘福船燃燒沉沒，僅有少數生還水手落海求救待援；我看到管船黃誠的大鳥船起火燃燒，失去動力在海中漂浮，幾乎全毀的甲板上已成人間煉獄，遍布殘缺不全的屍體。

我慶幸，海城堡號還來不及發射榴彈就大帆著火，船腹被聯環舟釘上發火燃燒逃逸，否則我的五虎號和芝虎的大蟒號、林習山的武夷號、鄭彩的鼓浪號，可能都會被擊毀甚至擊沉。

不是布萊西克號和薩爾姆號火力精準，而是以張明振爲首的三艘福船，將布萊西克圍在中間，三船邊發砲邊貼上去，根本不避砲火，一心只想勾住船派兵進襲，布萊西克號和薩爾姆號毋須瞄準，只管從兩舷砲口持續發砲，卽可發發命中。

這種不要命的打法，不是士兵英勇，全是因爲「重賞之下，必有勇夫」。

我在海澄港誓師時，發布作戰賞金：擊沉或焚沉紅毛甲板船賞六百兩、劉香的戰船賞四百兩、快船五十兩、哨船二十兩；紅毛人頭一個十兩、劉香屬下人頭一個五兩；生擄紅毛一人十兩，劉香屬下一人五兩。賞金可一人獨得，或參戰有功的人共分。

縣老爺的薪俸每月七兩，生擒或砍一個紅毛人頭進帳十兩，張明振的船上水兵個個不怕死，就是因爲這亮晶晶的賞錢讓人發瘋，人人奮勇爭先，變成紅毛人眼中的發瘋魔鬼。

荷蘭的水兵是東印度公司的員工、雇員，是到海上工作，不是賣命的，自然不敵不怕死的。果然，我看到布萊西克號航向西南突圍而出，雖然擊沉那麼多艘福船，也不想戀戰。薩爾姆號見狀跟上去，以高大的船身和優勢噸位，撞翻了還想射火箭、拋火罐的五艘聯環舟及三艘哨船。

❖　❖　❖

神，背棄了「布魯克哈文號」(Brouckerhaven)、「庫克爾克號」(Kouckercke)、「斯洛特迪克號」(Slooterdijck) 快艇。快艇長度約砲船的一半，船舷兩側亦各有八門砲。除了桅杆下方的大砲，還有各式長短火銃和火藥，真箇船堅砲利。

布魯克哈文號用榴彈擊沉一艘福船、兩艘大鳥船後，在混亂中來不及脫身，左右兩舷各被一艘聯環舟釘住船肚發火；另一艘哨船靠近船首下方，腰間綁著兩截大竹筒的哨船划手黃廷躍入水中，泅到船首下將火藥釘在船身，引爆火藥炸個大洞，海水直往破洞灌入，兩側船肚火勢向上延燒。

布魯克哈文號船長阿姆斯壯流淚大喊：「衝！殺啊！我命與天主同在！」船上士兵火槍、短槍齊發，不斷射擊在船下方流竄的聯環舟、哨船，和泅泳中的我方水鬼。

爆破船首的黃廷奮力想游回哨船，他的身旁不斷有子彈激起的白色水柱，他知道自己成了紅毛兵洩恨的目標，解開綁在腰際的竹筒，深吸口氣潛入水中，往前游了十來尺，吐氣將盡，返身貼近水面，伸出一截竹管大口吸氣，再潛入水中向前划，如此再三潛泳，經過多個臉朝下、胸口或背部晃漾著紅色血水的同伴身旁。

黃廷離開布魯克哈文號一段距離，用竹管吸氣時，他略浮出水面，布魯克哈文號已經半傾，船腹的火向上延燒到甲板。

此時，鄭聯的「九連號」大鳥船勾住布魯克哈文號，士卒競相跳上布魯克哈文號砍殺，船上殺聲震天，火和煙熏得令人睜不開眼睛。

布魯克哈文號一寸一寸下沉，船上的紅毛士兵有的被大刀砍成兩段身首分離，身體被踢下海；有的中彈躍入海中；有的遭火吻，跳入海中滅火，有的被箭射中浮屍海中。

我從千里鏡也看見我方的水兵被紅毛士兵用長槍刺刀捅穿身體，或遭短槍擊中頭部，血液噴濺在紅毛的白色長衫上。雙方在即將沉沒的船上展開激烈肉搏戰，我軍為了賞金奮力殺紅毛，荷蘭士兵則為了求生全力反抗。

最後，呼喊聲與慘叫聲隨著布魯克哈文號滅頂沉寂。

庫克爾克號受到施福「安平號」率領的福船和兩艘大鳥船圍攻，擊毀施福安平號船首，在燃燒的安平號阻擋下無法脫困，兩艘大鳥船趁機勾住庫克爾克號。

此時，周全斌等四名水鬼趁隙鑽到船下方，用炸藥爆破庫克爾克號的船腹，放火燒船舷。火舌捲進火藥室，引起大爆炸，不但炸沉自己，也炸飛在甲板廝殺的雙方士兵，火勢波及勾住它的我方兩艘大鳥船，一時間三艘大船燒在一起，烈焰騰空，高溫炙人，灰燼乘著氣旋往上飛，船上的人紛紛跳海逃生。

撲滅船首大火的安平號冒著白煙迅速往後撤退，脫離燃燒的船團。落水的庫克爾克號初級商務員彼得・佩斯與我方水鬼周全斌，奮力游向一片木板，彼得先攀住木板拔出手槍，朝周全斌頭部開槍。

手槍火藥因浸水受潮，「扣！」沒有擊發。

周全斌閉眼等死又逢生，拔出短刀架在彼得脖子上，彼得舉單手投降，成了周全斌的俘虜。

一個戰勝者押著一個俘虜，一起攀在木板上沉浮待援。

斯洛特迪克號快艇一交戰沒多久，甲板和主桅帆布中了火箭失火延燒，才撲滅火，就被鄭芝豹的大鳥船勾住，我軍盪著繩索跳過船去，雙方一陣廝殺，又被一艘大鳥船勾住，我軍霎時像螞蟻般四處爬上去。

斯洛特迪克號船長荷姆斯自忖頑抗到底將全船被殺，下令全船棄械投降。

二弟鄭芝虎的大蟒號轟走普特曼斯的旗艦海城堡號，大蟒號損失輕微，隨即掉轉船頭，追逐劉香座駕戰船，兩船在海中繞圓圈周旋，互相以千斤佛朗機火砲和虎蹲砲轟擊。

每門佛朗機配有九門子砲，發射時子砲裝填火藥和鐵丸，放入母砲火藥室，從砲尾點火擊發。發射後取下子砲，再裝另一子砲即可發射，因此可連續發射。雙方砲口不斷冒出火舌，競相對射互轟。

鄭芝虎在兩船靠近時，從桅頂抓著繩子盪到劉香船，手上的雙刀舞得虎虎生風，一連砍翻了三名劉香的護衛，兩人抽刀互砍、閃躲，從官艙追逐到船尾，劉香一個閃神被繚繩絆倒，芝虎大喝：「劉芝香，事到如今還不束手就擒，念在你我拜把兄弟的情分，留你一個全屍！」

「叫我劉香，鄭芝龍背叛十八芝弟兄，不屑與汝兄弟一同排名。」劉香一個滾地，挺腰躍起身厲聲叫道：「不要再跟我套交情，汝兄弟何苦做朝廷鷹犬，掉轉槍頭專殺兄弟。要我投降？免談。李芝奇（李魁奇）遭汝兄弟誘殺，殷鑑不遠，廢話少說，今日讓你命喪魚腹。」

「我兄意欲與諸兄共享做生意的好處，但你有眼無珠，打劫商船，勾結紅毛想壟斷遠洋生意，打亂行情，又殺夥伴楊天生，是你咎由自取，休怪他人。」鄭芝虎雙刀劈下，劉香橫刀格開，展開惡鬥。

當兩人在船尾官艙前打得難分難解之際，一聲巨響，船首三桅下方甲板掀了開來。原來佛朗機砲每射擊逾百發須暫停冷卻砲身，劉香座船砲手心神貫注在敵船動態，忘了數發射數量，每門千斤佛朗機都超過百射。其中兩門過熱，子砲剛放上母砲即膛炸，爆炸怒火向上掀開甲板，往下炸斷甲板橫桁，右舷整排火砲和彈藥瞬間下陷，夾雜砲手們的慘叫聲落入底艙。

鄭芝虎被震盪和爆炸後的狂風掀飛落海，幸好被大蟒號拋繩拉上船；劉香震飛摔在甲板，船馬上歪斜一邊成了跛腳鴨。

劉香躺在甲板高叫：「頂東北風，走翟山岬！」繚手即刻調整帆面，逕往西南方駛，一邊用左舷砲擊大蟒號，擺脫芝虎的糾纏，船隻帶著白煙、黑煙遠遁，漸行漸遠。

❖　❖　❖

接近晌午的料羅灣，煙塵遮蔽藍色天空，昏天暗地，黑色灰燼、破船板、屍體、血水沖上岸，染紅料羅灣。

普特曼斯、劉香的荷香聯軍全軍覆沒。

我指揮的明朝水師雖勝，卻也折損三分之一的大小船隻，戰死五百二十三人，負傷五百零六人；焚沉紅毛甲板船兩艘、奪斯洛特迪克號快艇一艘，紅毛戰死或溺斃兩百名，俘擄紅毛一百一十八名、黑奴九名；砲火擊沉或撞沉劉香的大小船五十二艘，斬首級三百零三顆劉香黨羽，俘一百零五人。

劉香率殘餘十餘隻大小鳥船逃往南澳，直下廣東；普特曼斯率海城堡號、布雷丹號、布萊西克號和薩爾姆號、維林根號五艘船竄回臺灣。*

*見《熱蘭遮城日誌》第一冊，第一三二頁，一六三三年十月二十二日日誌。

30 以戰逼荷

料羅灣大海戰後，各船隊先回各港口休憩、整備，聘大夫爲受傷的水師官兵療傷止痛，修理毀損的船隻和軍備器械。

我令各船隊主官和管船，趁機調查接戰過程，查核戰功，再匯報給芝虎。

十一月中旬，明月皎潔，秋風爽颯，我在廈門軍營辦桌，大張宴席，舉辦料羅灣大捷慶功宴。

千餘名軍士呼盧喝雉，飲酒划拳，興高采烈講述大戰紅毛、劉香聯軍的驚險場面，紅毛火砲的厲害，如何僥倖在砲火下逃生，反手砍得紅毛兵身首異處，提著紅毛首級領到白花花的十兩銀。

趕在布魯克哈文號沉沒前跳上船，砍下紅毛人頭的繚手鍾平，掏出紅錦袋：「瞧！這可是芝虎爺親頒給我的賞錢十兩銀呢！」

芝虎矮胖精壯，有一張棗紅色的臉，勇猛善戰，吼聲如虎，綽號「蟒二」名聲遠播，隨我受撫後受封守備，軍士都以投入他旗下爲榮。這次擊潰荷香聯軍，班師後我命芝虎負責查核戰功，頒發賞錢。

芝虎率各營主簿、各船管船，一一還原接敵作戰的經過，核實士兵們的戰功，依次發放賞銀。拿到賞錢的士兵，在慶功宴上人人樂得開懷暢飲，大啖酒肉。

芝虎安排以火箭射中普特曼斯座船海城堡號主桅帆布的少年阿郎、駕聯環舟釘住海城堡號使之發火重創楊朝棟、炸沉庫克爾克號的哨船水鬼周全斌、布魯克哈文號的黃廷與我同席把酒共飲，嘉勉他們的戰功。

席間，我一一詢問楊朝棟、周全斌、黃廷、阿郎的姓名和出身，舉杯嘉許四人不畏滿天砲火，冒矢衝鋒陷陣立下戰功。

芝虎喝到酒興正濃，對著領了兩百兩銀子卻始終沉默、若有所思的黃廷大聲問道：「黃廷，聽說你浮在水面看著紅毛甲板船一寸寸沒入水中，當時做何感想，爽快嗎？」

同席的守備楊耿，千總鄭彩、鄭聯、陳鵬一塊兒轉頭看向黃廷。

「回芝虎爺，」十八歲的黃廷清了清喉嚨：「我先振臂歡呼，因爲想到即將領到大筆賞金，後來看著船上火光四射，船上人慌亂如蟻獸，廝殺逃命紛紛擾擾，頓覺得不捨，繼又想起，飛黃將軍是否與紅毛有深仇大恨，否則怎會頒布高額賞金？但我又常常遇見到安平做生意的紅毛人，進出一官爺的官邸。」他搔著頭問：「這是什麼道理？」

「我擄到的商務員彼得，聽說跟一官爺是舊識。」周全斌也接著問：「小的斗膽請教將軍，既與荷蘭紅毛是舊識，何須殺得你死我活？」

一時間，大夥全看著我。

「原來黃廷、周全斌也看出端倪。」我放下筷子，笑著說：「沒錯，我與荷蘭紅毛素有交情，也有生意上的往來，這次是朝廷要打仗，我們已經受朝廷招撫成爲水師，只能奉皇令剿滅劉香，劉香怕了，找紅毛當靠山；而荷蘭紅毛也想跳過我鄭……不，想違反皇上陛下的禁海令，直接到閩、浙做生意，早想擊跨我大明朝水師，妄想在鼓浪嶼設倉庫，壟斷對大明朝與扶桑（日本）的生意，不准我們和馬尼拉西班牙人、澳門葡萄牙人做生意，我們只好連荷蘭一起打。」

「原來如此。」周全斌、黃廷聽完點頭稱是。

芝虎忽然大掌往桌上一拍：「然後我們就在料羅灣戮力痛擊紅毛和劉香，打得他們屁滾尿流，夾著尾巴跑回臺灣和廣東，連本帶利討回了面子。」他哈哈大笑：「撫臺鄒大人上疏皇上的奏摺，怎說的呢？陳鵬？」

「鄒大人的奏摺是這麼說的。」千總陳鵬搖頭晃腦地朗誦：

料羅之役，芝龍果建奇功，生擒夷酋一偽王（船長），生擒夷眾一百一十八名，馘斬夷級二十顆，燒夷甲板巨艦五隻，沉夷甲板巨艦兩隻，奪夷甲板巨艦一隻；

擒賊黨（劉香）數名頭目，沉賊眾數千，擊破賊小舟五十餘隻……焚其巨艦，俘其醜類，為海上自有紅夷以來，數十年間，此舉創聞。張永產擒活夷十名，又擒活賊六十四名……

然後講到論功行賞：

鄭芝龍、張永產功多於過，先經降級，戴罪立功，相應請復原銜。

「恭賀大哥，戴罪立功，恢復原級！」芝虎舉杯敬酒。

經芝虎這一吆喝，全場軍士都聽到了，霎時百餘桌將士全部起立舉杯：「賀喜飛黃將軍，官復原級！」

「感謝眾家弟兄，出生入死，報效皇上。」我站起來：「我，鄭芝龍，託大家的福氣，才能戰勝劉香、紅毛聯軍，戴罪立功，有希望恢復原級，雖然皇上還沒有恩准，我還是先感謝眾弟兄，大家乾了這一杯！」

「恭賀一官爺打勝仗，我先乾一杯！」守備施福拿著酒杯興奮地過來敬酒，少年阿郎猛地站起來，舉杯看著施福傻笑。

施福摸摸長得高壯的阿郎的頭髮笑道：「阿郎，怕不怕打仗？」

「不怕打仗。」阿郎說：「阿叔，我比較怕坐船，在桅頂瞭望臺當阿班，一直晃一直晃快吐了，不過一接戰，我什麼都忘了。」

「哈哈哈！沒讓我們施家丟臉。」施福大笑，高興地搓著施郎的頭說：「忘了跟一官爺介紹，他是我堂姪施郎，我叫他阿郎。」

「阿郎很機伶，看準兩船距離最近的時機，一箭射中普特曼斯座船海城堡號大帆。」我說：「大帆一起火，先滅了普特曼斯的威風，我看得很歡喜。」

「阿郎，趕快謝謝一官爺對你的誇讚！」施福說著，自己先打躬作揖。

「感謝一官爺……」施郎鞠躬，支支吾吾說：「讓我上船打仗，給我賞金。」

「好好好，原來是您家的後生（晚輩）。」我說：「阿郎，今年幾歲？」

「我，十三歲。」

「十三歲！」我詫異道：「十三歲就長得這樣高壯，太好了，水師就是需要勇敢又敢拚的人才，你每餐要吃飽，還可以再長高長壯。」

我看著施郎，想起鰲拜。

「芝虎，要替這次立下戰功的楊朝棟、周全斌等人升職加薪，讓他們有機會歷練歷練。」我私下吩咐芝虎：「將來都是我鄭家的棟梁。」

「升官加薪，楊朝棟、周全斌、黃廷沒有問題。」芝虎問：「施郎呢？才十三歲。」

「你先將他帶在身邊，教他練武習藝，日後再安排。」

「好的，大哥。」

❖　❖　❖

數日後。我在五虎堂召集眾人議事。

等待眾人齊集的時間，我看著洗手盆架子上的鏡子，端詳今年三十三歲的自己，我上唇留著兩撇薄薄鬍鬚，兩眼依然炯炯，兩頰黑了許多，左耳下方脖子有一道新傷疤，是這次打紅毛留下的紀念。

「撫臺大人送來邸報。」我待眾人坐定，開口：「因爲我們擊敗紅夷與劉香，兵部奉聖旨准我與張永產恢復原級。」

「賀喜大哥！」芝虎帶領衆兄弟起立齊道。

「大哥這仗著實討回面子。」鄭芝豹說：「不過皇上老兒也不夠意思，我等這次將紅毛和劉香打得夾尾巴竄回臺灣和廣東，才准復原級，我認爲，再加三級也不爲過。」

「芝豹說我大破荷香聯軍是爲了討回面子，只說對一半。」我說。

「那麼，另一半是什麼？」芝豹問。

我笑而不答。

「勝固可喜，一官叔更在意與紅毛修好。」二十二歲鄭泰雖年輕，在日本時期要求他學日文和荷蘭文，跟著郭懷一做生意，頭腦精明，顯得老辣幹練，現在已當上金閩發商號二掌櫃，總管各地商號會計。

「什麼？與紅毛修好？」芝虎大爲不解：「不是才與那廝慘烈對陣，廝殺一番，怎的現在卻要修好？」

不只芝虎，所有人都顯出疑惑的表情。

「對，我準備寫信給紅毛談和。」我將茶杯放回茶几：「找大家來就是要聽聽大家的看法。」

「我不懂，既要修好，上個月何必大費周章，損兵折將，壞了一批好船，拚死搏鬥，現在卻要求和修好。」芝虎扯開嗓子：「難道我等是戰敗之軍，急著求和？果若向紅毛求和，傳到兵士耳裡，如何向死去的弟兄交代？」

「二叔，休嚷。」鄭泰說：「或許一官叔另有道理。」

「好。」芝虎說：「我眞想請教大哥的大道理。」

「好，大家且先回答我幾個問題。」我在小廳中踱步：「之前已經跟大夥說了，我等接受朝廷招撫是爲獨攬跟紅毛做生意，紅毛遠渡重洋來我大明朝，也是爲了做生意，對嗎？」

「是的。」衆人應答。

「既然如此，這次我已戰勝荷蘭紅毛，驅離劉香，接下來是該恢復通商往來，買賣賺錢，或是繼續仇視荷蘭，斷絕貿易買賣？」

「自然應當通商往來，繼續賺錢。」芝豹說：「只是，雙方才剛經過慘烈戰鬥，這該如何下臺階？」

「要戰敗的紅毛主動來談，不啻屈膝求和，拉不下臉。」我說：「做生意重在時機，時間就是金錢，時機稍縱即逝，我等當主動出擊，釋出善意。」

「大哥說得有理。」芝虎問：「如何釋出善意？」

「別忘了，我們有紅毛俘虜。」我笑著說：「有人質在手，紅毛豈敢拒我於門外？」

「大哥神算！」鄭芝鵬說：「而且他們應當也急著想恢復通商。」

「沒錯，紅毛俘虜可以當成做生意的籌碼，談成一次生意放一批。」我說：「不急著一次全部釋回。」

「且慢。」芝虎說：「九名黑人俘虜該如何處置？」

「我打算將九名黑人俘虜編成侍衛隊，紅毛白人俘虜編成營門、廳堂門神隊。」我說：「想想看，如果來訪官員看到我們軍營大門站著高大的紅髮、白皮膚衛士，我身後站著一排黝黑白牙侍衛，該是何等表情？哈哈哈！」

「哈！哈！哈！」鄭芝鵬讚道：「妙妙妙！我看縣老爺一定嚇得目瞪口呆。」

「而且這個黑人隊長巴巴望，是我在荷船當通事時的朋友，我很清楚他如何被他的主人、紅毛管船虐待，早已恨紅毛入骨。」我說：「這次我要替黑人朋友出口氣，讓巴巴望管理紅毛俘虜，他必然效忠於我。」

❖　❖　❖

斯洛特迪克號快艇船長荷姆斯與被俘的荷蘭士兵一百一十八名，其中包括庫克爾克號下席商務員彼得・佩斯，囚禁在廈門中左所軍營內的一座四合院。四合院每間廂房內各關十到二十人，荷姆斯與彼得被關在一間小房間。

所有人都上手銬或戴腳鐐，每天輪流放封到院子活動筋骨時才可以鬆開腳鐐，一天三餐，有蔬菜湯和馬鈴薯可吃。

彼得有一頭紅髮、藍眼睛，高瘦有禮，講話時用手捏著帽子，不時彎腰點頭。我派剛好從日本回廈門述職的郭懷一去探望彼得，郭懷一現在是金閩發商號平戶兩間店鋪的掌櫃，在日本和廈門之間來來回回。

「彼得・佩斯先生。」郭懷一用荷語稱呼彼得，令彼得和荷姆斯驚異互望。「佩斯先生你好，一官將軍要見你。」郭懷一笑著向門外擺手，彼得隨他走出四合院，四名持大刀、穿閃亮鎧甲的黑人士兵緊跟在後。

「你會說荷語?」彼得好奇地問外表黝黑，有點暴牙，油油的鬈髮貼在頭皮上，看起來像農民的郭懷一。

「我是郭懷一，我的教名是Johnson，我在日本平戶經商八年，認識荷蘭駐日本平戶商館館長奈恩羅迪、中級商務員卡隆。卡隆教我講荷語，我只會講幾句簡單的荷語。」郭懷一謙虛地說：「我最懷念卡隆的拿手好菜Stamppot，將水煮馬鈴薯和搗碎的蔬菜和在一起，加入香煎培根、煙燻香腸，將薯泥推成一座小山，淋上肉汁，美味絕倫，聽說是尼德蘭的名菜。」

「天啊！我聽到Stomppot馬上嚥了一口口水。」彼得說：「似乎還聞到了煙燻香腸和香煎培根的香味。」

郭懷一帶領彼得走進官廳後方的五虎堂。

「彼得，好久不見。」我從太師椅彈起來，迎上去熱情地握住彼得的手。仰頭上下打量彼得一陣：「還好，你沒有受傷，從俘虜名單看到你的名字，我還擔心了一陣子。」

「一官。」彼得拘謹地說：「恭喜你成為大將軍。」

「佩斯先生，我們多久沒有見面了?」

「一六二七年到現在，六年了。」彼得說：「這六年間，我曾一度調回荷蘭東印度公司在爪哇的巴達維亞城，升任下席商務員。」

「恭喜佩斯先生晉升下席商務員。」我由衷恭賀：「從助理商務員升任下席商務員，在荷蘭東印度公司可是不容易的事。」

「一官……將軍。」彼得面露微笑：「別來無恙，您在日本平戶的妻子、孩子好嗎？小孩幾歲了？」

「哈！哈！」我大樂，以前兩人在小艙間促膝長談的情景又回到眼前，「彼得，謝謝你還惦記著我兒子，嗯，他今年九歲了，叫鄭森，森是森林之意，他兩年前回到大明跟我住，妻子田川松還在平戶，養育七歲次子七左衛門。」

「所以，一官將軍有兩個兒子？」彼得問。

「彼得，不只兩個！」我曖昧地壓低聲音，朝郭懷一笑笑，「我在中國有三個妻子，現在又生了一、二……四個男孩。」

他掐著手指算了算，「哦！多子多孫多福氣。」彼得講起生硬的河洛話，這是我以前告訴他漢人習俗時講過的一句話。

當時他喜歡這句話，反覆練習發音和語氣，一天講上好幾次，那時候我都聽膩了，沒想到現在他突然冒出這句話，聽得我和郭懷一瞪大眼睛，好似看到了新鮮貨，樂得眉開眼笑。

「彼得、彼得，你還記得我教你的河洛話。」我高興地摟住彼得的肩膀，兩人的距離一下子拉得更近，猶如在半途中遇見老友，熱情問候寒暄，細數別後人生際遇。

彼得向郭懷一說起我當年以牛皮購地築熱蘭遮城堡的往事，我倆樂開懷，全然忘記彼此的身分。

「一官將軍，我眞的很高興再見到你，請你念在往日舊情，善待荷姆斯船長與一百一十八名荷蘭兄弟。」彼得紅著眼眶說：「阿姆斯特丹、鹿特丹還有親人等著我們回家。」

彼得一席話將我拉回現實。

「好。」我向侍衛長巴巴望、副侍衛長黃廷說：「從現在起，荷蘭水手不用上手銬和腳鐐。」

「謝謝一官將軍。」彼得握著我的手致謝。

我輕嘆了一口氣，拉著彼得的手，示意他在太師椅坐下。太師椅旁茶几上有一支鵝毛筆和一瓶墨水。

彼得緊張地依指示坐下，緊握雙手。

「彼得，這一個月三餐都正常嗎？」我問。

彼得點點頭。

「我願意鬆開你們的手銬腳鐐，因爲你們是我的朋友，我無意與你們爲敵，這一仗全是我們的皇帝下令要我消滅劉香佬，你們卻受了香佬的蠱惑，以爲幫助他就可以打開與中國通商的大門，你們錯了。」

彼得沉默。

「彼得，我請你幫我寫一封信給福爾摩沙總督普特曼斯閣下。」我指著茶几上的紙和筆：「我要告訴他，我才是福建、福爾摩沙和澎湖這片海的王，只有跟我合作才能與中國通商，只要荷蘭船隻不再到福建、廣東沿海，我保證會有更多中國商人和貴國做生意，載運瓷器、生絲和白米的戎克船會源源不絕運到福爾摩沙，以後荷蘭要採買的貨品直接告訴我在大員的代理人何斌，你們要的商品我們就會運過去。總之，你們的人和船不要再出現在福建和廣東沿海，你們就有生意做。」

「一官將軍，您……貴國的商船會繼續去澳門和馬尼拉？」彼得小心翼翼地問：「您知道，荷蘭爲了獨立，正在與西班牙打仗，我們與葡萄牙是商業競爭對手。」

「是的，我們的船會繼續開往馬尼拉、澳門、日本、暹羅，也會去貴國的巴達維亞和福爾摩沙。」我臉色一變，口氣堅定：「告訴總督閣下，我與誰做生意，是我的事，貴國毋須過問。」我擺明了不容荷蘭壟斷中國的對外貿易，獨占貿易利益：「否則你我可能還會在海上兵戎相見。」然後我換了笑臉說：「我的士兵打起仗來不是英勇而是不要命，你親眼看過的，彼得，你希望這樣嗎？」

「這……當然……我不希望再成爲俘虜。」彼得想起大明水兵瘋狂蜂擁上船的模樣，囁嚅地說：「一官將軍的信還有什麼重點？」

「有的，貴國要賠償我方戰船的損失和修理費，三十萬里爾。如果普特曼斯閣下答應我的條件，雙方合作愉快，我會盡快釋放你們的人。」我掩面思索，停頓一會，放下雙手，換了一張冷若冰霜的臉：「否則我會依省長（巡撫）的命令，將俘虜送到北京，到時候他們的命運將交由天主安排。你還記得當年增援艦隊司令法蘭克送到北京後的命運嗎？

「我記得，一六二三年夏天，法蘭克司令率領由五船組成的艦隊占領漳州，阻止中國商船去馬尼拉貿易。」彼得說：「法蘭克司令被漳州海防官員騙到廈門，佯裝請他吃飯，在宴席上逮捕他。法蘭克與四十三名船員被送北京後斬首。」我看見他握住鵝毛筆的手微微顫抖。

❖ ❖ ❖

我派特使郭懷一帶著彼得・佩斯和信直奔熱蘭遮城，同時運載一百二十擔生絲、一百擔砂糖和五百包米，因為我得到何斌回報，臺灣今夏大旱，發生饑荒，漢人和荷蘭人都沒飯吃，正在苦撐中。

後來，以下荷蘭總督看信後的反應，是據郭懷一和何金定、何斌父子多方打聽得知，由郭懷一返回廈門時向我報告。

❖ ❖ ❖

普特曼斯看了我的信，一方面吩咐通事何金定款待郭懷一，一方面緊急召集福爾摩沙熱蘭遮城評議會。

議員們看了信之後，面面相覷。

「一官粗暴無禮，以狡猾的手段，軟硬兼施逼我們就範，想一手壟斷中國對外貿易。」兼任熱蘭遮城評議會議員的首席商務員泰勒（Taylor）說：「在主的見證下，我認爲形勢比人強，一官以戰逼和的策略成功了，他說的是實話，我們打不贏他，人質又在他手上，我們沒有選擇的餘地。反之，與他合作，不但可以達成公司交付我們的任務——打開中國通商之門，又可解決饑荒。」

普特曼斯環視衆人，有人默默點頭，似乎贊成泰勒的看法，大多數人低頭，靜觀總督的意向。

「彼得，一官有沒有要你傳話？」普特曼斯問彼得：「你認爲，他眞正的企圖是什麼？」

「出發前，一官將軍特別要我轉達總督和各位議員，他和福建的大官都沒有要打仗的意思，全是奉他們皇帝的命令消滅劉香，但總督錯估情勢，引發海戰；他說，他知道我們從遙遠的西方來東方是爲了做生意，他也想做生意，不想打仗，既然已經打過仗，而且他贏我們輸，我們必須賠償他們的船隻損失三十萬里爾，讓他對其他大官有個交代，才能勸其他大官不要再追究。之後他會派船與我們貿易，釋放俘虜。」彼得強調：「他要我寫兩封同樣的信，一封給普特曼斯總督，另一封會送去給巴達維亞總督。」

在座者皆沉默，思考一官的用意。

「船呢？斯洛特迪克號。會歸還嗎？」泰勒問。

「他沒有提到船的事，只說我們若不答應，俘虜會送去北京，下場可能像法蘭克司令一般。」彼得停頓一會，在座者都想起法蘭克被當街砍頭的事。他接著說：「航行途中我向郭懷一套話，一官的真正企圖是，他想瞞著他們的皇帝和其他大官私下與我們做生意，向商船收保護費。我認爲，他眞的不想打仗，只要我方跟他合作，雙方都能獲利。」

普特曼斯沉默了半晌，緩緩地說：「雙方都能獲利，是的，沒錯。但是我無法忍受一官將發動海戰的原因歸咎於我，說我錯估情勢。」他說：「只要巴達維亞的船運來糧食，福爾摩沙饑荒可解，既然他已送另一封信去巴達維亞，我們就等布勞維爾總督和巴城評議會的決定再說，現在先回他一封信。」

普特曼斯回給我的信，先質問我：「三年前（一六三〇年）你曾莊嚴地宣誓會促成荷蘭與中國自由貿易，結果卻食言了。」接著再分辯發動海戰的原因：「發動海戰不能只咬住普特曼斯閣下一人，是荷蘭東印度公司十七人董事會和巴達維亞總督與議會決議要做的事……」並撂下狠話：「除非你履行給荷蘭與中國的自由貿易，並且使我們的敵人西班牙在馬尼拉的貿易遭

＊見《熱蘭遮城日誌》第一冊，第一三八頁，一六三三年十二月一日日誌。

受挫折，否則這種戰爭可能還會繼續一百年。」*

普特曼斯以鷹派口吻，全無妥協的味道回信，卻下令買下郭懷一帶來的生絲、砂糖與五百包米等全部貨物，再命彼得帶許多支千里鏡、短槍、荷蘭風味的帽子，要我轉送給福建的大官做爲禮物。郭懷一立卽與彼得回廈門覆命。

❖ ❖ ❖

我看了回信，問郭懷一的看法。

「老普嘴巴不認輸，買了貨又送禮物。」郭懷一說：「他心中做何打算，不言可喻。」

「叔叔，下一步該怎麼做？」鄭泰問：「坐等巴達維亞的回信，快得兩個月，慢則半年，商機緩不濟急。」

「無妨，我們就等巴城回信。」我笑著說：「老普不與我們做生意，難道我們就束手無策？明岳，我們繼續發船去日本、馬尼拉和澳門，直接賣生絲給長崎和平戶的朋友，毋須再透過紅毛之手。」鄭泰字明岳，同輩大都叫他的號大來。

「同時設法讓在大員的老普和巴城的布勞維爾總督，知道我們直接與日本平戶和長崎、馬尼拉、澳門貿易。」我說：「一哥，此事就由你負責，透露給荷蘭平戶商館知道。」

兩個月後，普特曼斯得到荷蘭駐日本平戶商館給巴達維亞總督的商事報告副本：「一官一個月內派了兩條福船，各載運三百擔黃色及白色生絲、兩百匹布和大批瓷器賣到平戶，一運到港口立即被搶光。」

稍後，巴達維亞也得知，我和其他中國商人共派六艘船去馬尼拉貿易，四艘去澳門。

「一官派戰船護航，並在福爾摩沙和福建之間的海峽巡邏，完全無視我們的存在和警告，執意與西班牙、葡萄牙人貿易，直接賣生絲給日本，奪去我們的生絲轉口貿易，情勢對我們不利。」

我想，布勞維爾總督陸續接到上述消息，眼睛一定盯著福爾摩沙(臺灣)、馬尼拉和日本海圖沉思。

31 夜襲熱蘭遮城

轉眼間，又過一年。

這一年間，我在安平城另立五虎遊擊將軍署安平分署，大部分時間駐守安平城。

崇禎七年（一六三四）三月，還沒有等到熱蘭遮城堡總督普特曼斯或巴達維亞城總督布勞維爾的回信，卻獲得劉香夜襲熱蘭遮城堡的報告。

何斌的報告先到，數日後，林亨萬也到安平，告訴我有關劉香夜襲熱蘭遮城堡的過程：

❖　❖　❖

「紅毛與一官暗通款曲。」劉香得到在臺灣的黨羽通報：「郭懷一與下席商務員彼得從廈門到大員，見了普特曼斯。」

「何以見得？」二把手陳阿尾說：「普特曼斯不是才派維林根號帶信來，言明只要我等不妨礙漳州與臺灣之間的商船通行，將繼續與我們合作，而且還可能從巴達維亞帶新兵力與我們會合，再合擊一官嗎？」

「信中所言之事，待郭懷一到熱蘭遮城就變了。他們談什麼，我們的人不知道。」劉香心中陡然升起一股被出賣的憤怒：「但是，紅毛買了郭懷一帶去的貨，豈不明白表示，雙方談和勾結，背叛我等兄弟，將我們像食盡的雞肋晾在一旁。」

「如果眞的是這樣，大哥，我們該怎麼辦？」陳阿尾憂心忡忡地問道。

「或許，我們可以接受朝廷招撫。」軍師陳敬川提議：「以一官爲師，占漳州到廣州的粵海爲地盤，打著官家身分做生意，不失爲一個好方法。」

劉香聽了軍師陳敬川「以一官爲師受撫」的意見，掄拳擊桌大喝：「我不想受那班狗官的氣，寧可與之周旋海上，劫富濟貧，絕不受撫。」

「然則，該當如何？」陳阿尾追著問。

劉香放下怒眉，轉嗔爲喜，說著他的大計。

❖　❖　❖

仲春時節，海上颳著微弱的西南風，有時又吹著東北風，風勢飄忽不定，烏雲遮蔽了大半個天空，一輪新月在雲中時隱時現，海上飄著輕霧。

船首黑衣人一手舉著千里鏡，從時有時無的微弱月光中，看見熱蘭遮城四角附城前端的半月堡，旁邊有一扇城門，右側是荷蘭利亞稜堡，城垛設有三個野戰砲口，城頂荷蘭藍白紅條紋旗無力地垂掛著。

五艘船在暗夜中航行，鳥船居中領頭，四艘「花屁般」福船如雁行排列緊跟鳥船左右。鳥船桅頂的阿班晃動兩盞燈籠一明一滅，四艘花屁股卽時全船熄燈禁語。五艘船在黑夜中靜悄悄航行，快速接近臺灣熱蘭遮城。

半月堡的荷蘭衛兵，豎起衣領抵禦寒冷的海風，沉沉睡去；荷蘭利亞稜堡的衛兵瞪大眼盯著海面，墨黑的海面籠罩霧氣，白霧輕飄移動，令他不時有看到物體移動的錯覺，常常神經緊繃，看久了感到疲累。

五艘船藉著飛霧掩護，直駛南水道進入臺江內海，放下三十多艘單桅十槳快艇，每艘快艇搭載三十人，十槳齊划衝上北線尾島，靠泊城堡前的小碼頭。

黑衣人分成三隊，一隊伏在城下，另兩隊各自摸到半月堡及荷蘭利亞稜堡側面，用拋索鐵鉤勾住城垜，或以長竹竿靠在城牆，黑衣人拉繩索或爬竹竿奮勇向上攀登。

「咦？」荷蘭利亞稜堡的衛兵打個盹醒來，忽見兩個黑衣人爬上半月堡旁的城牆。

「砰！」荷蘭衛兵立卽朝黑衣人開槍示警。

半月堡內的衛兵被槍聲驚醒，往下望，看見十餘艘快艇，水道上還有五艘不明中國式帆船。

「糟了！」衛兵一輪射擊三發「砰！砰！砰！」，射下一個爬竹竿的黑衣人。

「海盜，海盜侵襲！一官，一官夜襲！」衛兵拚命亂喊，掩飾他方才夢周公失職的窘境。

警衛隊長上尉拔鬼仔聽到槍聲，立即翻身坐起，狂敲警鐘。堡內士兵依平時演練，先鋒隊先拿刀和短槍衝出城堡，看到黑衣人就開槍，霎時火光四射，白煙陣陣，砍斷爬城索，推倒爬城竿，幾個黑衣人從城牆高處摔下，慘叫哀嚎。

先鋒隊擋住黑衣人的第一輪攻勢，身材高大的拔鬼仔倚著牆角，揮動指揮刀下令「射擊！」貼在城垛射口後方的長槍隊一齊開槍射擊，一道道白煙冒出城垛，長槍居高臨下，城下一排排黑衣人無處藏身，紛紛中彈倒地。

「走！」埋伏在城下的黑衣人首領眼見槍聲猛烈，夥伴不斷從城上摔落或遭子彈擊中，死傷慘重，「鏘、鏘、鏘！」鳴鑼下令後撤。

「野戰砲！目標，一官船。」拔鬼仔大喊，士兵拖來四門野戰砲，從半月堡城垛砲口發砲，「砰、砰、砰、砰！」第一輪射擊四發砲彈全部落空，激起四道水柱。

荷蘭士兵迅速調整砲口角度。

第二輪射擊，兩發落空，兩發擊中兩艘快艇，快艇上的人落海泅泳求生。

第三輪發砲，擊中一艘福船船尾，冒出橘紅色的火焰，船上的人嘶喊著用水桶汲水滅火。

福船為首的黑衣人，下令快艇上的人棄船，轉而攀上鳥船。此時天色微明，他深怕日出後，紅毛看得更清楚，火力更精準，無暇發砲還擊，率五船匆匆逃逸。

一排黑衣人或坐或臥在醫院走廊，雙目緊閉，痛苦哀嚎。

一名瘦弱的黑衣人四肢被緊捆在床沿，荷蘭醫生約翰持刀劃開他的左腹，取出子彈，血大量從傷口冒出，約翰拿布擦掉血，一邊縫合冒血的傷口，沒有麻醉，痛得黑衣人掙扎大喊痛暈。

普特曼斯走進簡陋的醫院，這所醫院才剛蓋一半，臨時充作病房，一股血腥和汗臭味撲鼻而來，他拿起手帕掩鼻。

「報告總督，是劉香佬的人。」通事何斌說：「三名黑衣人招認是劉香佬的手下。」

何斌現在與他的父親何金定一樣，既是漢人墾戶的「頭家」，也被荷蘭總督聘爲通事之一。

「劉香？」普特曼斯詫異地問：「不是一官嗎？怎麼可能？你問明白了？」

「問明白了。」何斌指著躺在地上的三名黑衣人說：「他們的說法一致。前天從潮州出發，晚上停泊澎湖，昨天下午出發，夜晚到福爾摩沙外海下椗，今天清晨夜襲熱蘭遮城。」

「知道夜襲的原因嗎？」

「他是其中一艘福船的船長。」何斌指著一名右肩被子彈貫穿，臉上有刀疤，因疲憊及失血過多臉色蒼白的矮胖男子說：「他叫盧阿妹，他說如果總督大人答應不殺他，他願意說實話。」

「嗯。」普特曼斯想了一會，熱蘭遮城堡尚未完工，需要大量勞力，這批俘虜正是勞力的生力軍：「好吧，讓他留下來建築城堡。問他如何證明發動突襲城堡的是劉香？」

何斌向盧阿妹翻譯：「總督普特曼斯先生答應不殺你，只要你講實話，會讓你留在這裡築城堡。」

盧阿妹從懷中掏出一個木刻令牌，牌上刻有船桅杆飄著「香」字旗幟的圖案，木牌背面刻著「管船盧阿妹」五字。

普特曼斯拿到眼前端詳，看不懂中國字，但看過香字旗圖案，他沉吟一會：「會不會是一官嫁禍劉香？」

何斌轉問盧阿妹。

「香佬得知普總督與一官的使者郭懷一見面，又買下一官的貨，認為雙方修好，香佬懷恨在心。」盧阿妹搖著手：「原想趁睡夢中殺個紅毛措手不及，奪了紅毛城、火器彈藥和甲板船，再用紅毛的精裝火砲回頭突襲廈門，打個鄭芝龍屁滾尿流。沒想到……」盧阿妹說：「沒想到，偷雞不著倒蝕把米，一下子折損了一百多個弟兄和三條快船，落荒而逃。」

「海盜，粗鄙的海盜不可靠！」普特曼斯罵道：「沒想到原本倚重用以消滅一官的劉香，竟然道聽塗說，貿然發動夜襲，鬧窩裡反。」

「看來，一官比較講信用。」陪同巡視醫院的上尉拔鬼仔說。

「他們都是狡猾的狐狸，同樣不可信任。」普特曼斯說：「一官更理性和聰明，因此也更危險。」

四月下旬，來自巴達維亞城的商船停泊福爾摩沙，捎來總督布勞維爾的信。普特曼斯看完信，臉色鐵青，召集大員議會。議長布萊特宣讀布勞維爾的信：

基於公司利益的考量，以及一官船隊頻頻搶奪公司的日本平戶市場，更重要的是我們無法阻止中國商船在一官戰船的保護下開往馬尼拉和澳門貿易的現實，我及巴城議會代表公司十七人董事會決定，即日起與一官合作，答應一官的條件，賠償伊拉斯謨斯灣（料羅灣）之役中國的損失三十萬里爾，荷蘭船隻日後不必也不得駛近中國沿海……責令福爾摩沙總督普特曼斯盡速與一官交涉通商事宜，釋放俘虜……

林亨萬活靈活現地描述事發經過，聽得我哈哈大笑：「一切如我所料，布勞維爾總督決定和我合作；劉香佬的魯莽夜襲更幫了大忙，讓普特曼斯死心，轉頭與我合作。香佬，不是我逼你，是你自己走上絕路。」

我同時決定給荷蘭人一些甜頭嘗嘗，請出二媽率領商船隊直駛熱蘭遮城，代表我與荷蘭修好通商的誠意。

❖ ❖ ❖

32

鄭媽船風靡熱蘭遮城

西南風穩定地從海面吹向陸地的六月，鄭二媽黃荷率領三艘福船、兩艘鳥船，以及其他泉州、廈門、金門和漳州商人的二十艘大小商船，組成二十五艘商船隊，在金門料羅灣會合開向臺灣。商船隊由三艘四百石戰座船率十二鳥船組成的十五艘戰船伴護。

四十艘船迤邐而行，甚是壯觀。

二十五艘商船隊一開進臺灣內海，戰船隊即刻回頭在澎湖以南、廣東到馬尼拉之間巡弋，保護所有懸掛金閩發商號令旗的商船。

料羅灣之役後，金閩發旗下的商船有兩百零五艘，但向金閩發「報水」和「交票」的商船迅速增加到四百六十二艘。

崇禎七年（一六三四）六月某日中午，熱蘭遮城響起低沉、渾厚的「鏘——鏘——

鏘──」銅鑼聲，這是敲擊巨大銅鑼所發出的鳴金聲。*

「鄭媽船來了，共有二十五艘。」何金定與泰勒向總督普特曼斯報告：「請總督先生到碼頭歡迎鄭二媽。」

普特曼斯全身戎裝率大員議會所有議員列隊碼頭，看著鄭二媽乘坐的福船通過南泊地，駛過荷蘭大帆船，緩緩駛入南水道，進入臺江內海。

人人仰頭想看鄭二媽的丰采。

「這位鄭二媽是鄭芝龍父親的妾，叫黃荷，年約五十歲，沒有生小孩，非常疼愛一官將軍，當年一官到澳門去找她的哥哥黃程學做生意。」何金定趁著等待鄭媽船入港的空檔，向普特曼斯簡報鄭二媽的來歷。

「黃程、黃荷家族是廈門的糧商和布莊老闆，一家人都經商，黃荷雖是女子，跟哥哥黃程一樣，很有經商頭腦，聽說，鄭二媽勸一官歸順中國皇帝，『海盜做官古來幾希？脫方巾，穿官服，進可經商致富，退可功成名就，何樂不為？』一官非常孝順黃荷，最後聽她的話，決定接受中國皇帝的招撫，成為海防遊擊將軍，不再當海盜，想必總督先生也曾經聽說過此事。」

「有聽說此事，但是你說得最詳細。」普特曼斯說：「我終於了解一官為什麼從海盜變成中國的官員了。」

「一官當官後，成為朝廷的官員，經常奉命追剿海盜，或上山打窟匪，生意的事全交由鄭二媽負責，她是實際上經營金閩發商號的大掌櫃。」何金定指著船說：「就我所知，七年裡金閩發商號的商船隊從五十多艘增加到兩百艘，黃荷、黃程占了三十艘，也是大股東之一。」

何金定在介紹鄭二媽來歷時，福船進港，繚手從船上拋下繫船繩，岸邊工人接住，纏繞定船樁，由巨石和鐵鉤製成的錨從船尾緩緩滑入海中下椗。

「所以，鄭二媽是一官家族經商的靈魂人物？」議長布萊特旁聽何金定的簡報後發問。

「沒錯。」何金定點頭稱是：「一官將軍這次特別委由二媽押隊，率五艘金閩發商號旗下的商船前來貿易，顯示一官將軍與荷蘭修好通商的誠意。」

「鄭二媽已經在中國的北京、金陵（以下皆稱南京）、蘇州、杭州和天津開設金閩發商號的分店，」何金定繼續說明：「採購中國物產轉銷日本和巴達維亞，買進廣南的紅糖、胡蘇木；爪哇的胡椒；日本的碗盤、陶器、盔甲和火繩槍，賣進中國內地。」

商人林亨萬比著手指頭說：「這些公司稱為山五商，都歸鄭二媽經營。」

布萊特說：「那可不能怠慢這位聰明又有權勢的夫人。」

＊鄭媽船載三百擔糖和三百擔生絲到臺灣貿易，時間是一六三二年，此為劇情安排。詳見《熱蘭遮城日誌》第一冊，第七十八頁，一六三二年十二月六日日誌。

鄭二媽黃荷穿著長長拖地的黃紅色絲綢裙子，頭髮挽成一個高高的髻，髻上插著玉墜金釵，一步一搖，擦白粉的臉上帶著微笑，由郭懷一和下席商務員彼得•佩斯陪同緩緩走下船板。

鄭二媽後方跟著也會講荷蘭話的郭懷一女兒郭杏、郭櫻。十四歲的郭杏穿黛紫鑲淡藍邊絲綢長裙，長髮飄飄，像從中國畫裡走出來的少女；郭櫻穿青綠色衣衫和長褲，嬌小可愛。兩姊妹是鄭二媽的侍女也是通事。

普特曼斯走上前，正待問候，黃荷早已伸出左手，普特曼斯驚異之餘，輕接她的左手親吻手背。黃荷投以微笑，雍容華貴。

這是普特曼斯到東方十四年，第一次對東方女性行西方禮儀。

「Hallo, Goedemiddag, Hetisleukomjetezine.（你好，午安，很高興見到你。）」黃荷用荷語打招呼，令列隊的荷蘭人既驚且喜。

「二媽曾去澳門住半年，向葡萄牙神父學葡萄牙話和西方禮儀。」郭懷一搖著扇子說：「現在她每天和大副老約翰學荷語一小時，學了半年了。」

普特曼斯將鄭二媽迎入熱蘭遮城總督官邸大宴會廳。總督、議長、評議員、部隊指揮官拔鬼仔和牧師尤紐斯的妻子、女兒都參加歡迎餐會，大廳裡衣香鬢影，女眷和女孩笑聲連連。笑聲來自鄭二媽說著半生不熟，卻淺顯幽默的荷語，逐一問候總督、牧師等女眷，逗得女眷們笑聲不歇。郭杏、郭櫻緊隨在旁，在必要時充當通事。

鄭二媽命郭杏拿出小巧娟秀的香水瓷瓶、畫仕女圖的瓷花瓶、散發綠光的翡翠玉手鐲，繡著紅色榴花和青綠荷花的衣裳、鑲著玉珮的金項鍊、精雕象牙梳子、繡有水果和花朵的手帕，分送荷蘭長官女眷們當見面禮。

女眷們從笑聲轉爲驚嘆和尖叫，忙著佩戴項鍊、手鐲或比畫衣服式樣，在郭杏和郭櫻的解說及協助下忙著試穿中國式衣裳。

「眞是一場華美富麗的盛會。」彼得向何金定說：「好像身在阿姆斯特丹的公司聚會。」

「是啊！好像在做夢，八個月前我們和一官還在海上廝殺，現在卻坐下來喝酒。」泰勒說著，和上尉拔鬼仔一起舉杯向彼得祝賀：「祝福你從俘虜的惡夢中解脫。」

三人杯緣輕碰「噹！」發出輕脆的響聲，彼得始終微微彎著腰說話。

「我們的其他弟兄好嗎？」拔鬼仔始終掛念荷蘭戰俘。

「很好。一官給我們住一所很大的四合院，已經解除手銬和腳鐐，一天吃三餐，有一餐煮荷蘭豆！」彼得說：「一官要荷姆斯船長帶二副和火砲長教他的手下官兵學習操控斯洛特迪克號，只要是好天氣，幾乎天天出海航行。聽說，一官打算以斯洛特迪克號爲藍本，仿造我們的帆船，已經找木匠上船測量和繪圖。其他六十名士兵編成長槍和火砲教官隊，教中國士兵射擊和操作火砲。」

「大副老約翰教鄭二媽荷語，這是怎麼一回事？」拔鬼仔十分注意郭懷一說的每一句話。

「一官得知老約翰中學畢業後，曾在鹿特丹當過教師，即命令老約翰每天爲他上荷語課一小時，爲鄭二媽、一官的大兒子鄭森和郭懷一的兩個女兒上課兩小時。」彼得輕呷一口中國麥酒，撥了一下紅髮：「郭懷一的兩個女兒分別是十四歲和九歲，因爲住日本平戶時與商館商務員卡隆的小孩玩在一起，荷語講得好流利呢！」

「其他四十餘人呢？」拔鬼仔數著俘虜人數：「還有九名好望角黑奴呢？」

「其他四十人被編成門神隊。」彼得腰彎得更低，垂頭看著鞋尖回答：「黑奴獲得解放，變成一官的侍衛隊，不是俘虜。」

「門神隊？黑奴不算俘虜？」拔鬼仔驚呼，女眷們霎時停住笑聲紛紛轉頭探望，拔鬼仔佯裝笑臉，舉杯向大家致意，回過頭問：「門神隊是什麼？」

「門神是中國的說法，意指門的神，這裡是指替一官的軍營和他的官邸站衛兵。他們手拿著紙紮的刀槍，腳踝綁著鐵鍊，鐵鍊的另一頭繫在木樁上防止逃跑，兩小時換班一次，入夜後押回囚房睡覺。」彼得說：「一官宣稱同情黑奴，解放奴隸的身分並編入他的侍衛隊，任命巴巴望爲小隊長，現在黑奴和一官的士兵平起平坐呢。」他喝了一口酒：「有一天，我看到巴巴望朝我們門神隊的弟兄叫罵和吐口水，眞可恨。黑奴對一官感激萬分，對他唯命是從。」

「一官故意侮辱我們荷蘭人！」拔鬼仔忿忿不平。

「還有，一官爲了誇耀他的戰功，」彼得又喝一口酒：「每當中國巡海道或地方官員到軍營，一看到高大的荷蘭衛兵，莫不受到震懾，然後像看動物般好奇又不禮貌地摸臉拉鬍鬚，鄙夷地大叫『紅毛仔！』，令我們弟兄敢怒不敢言。」他嘆口氣說：「一官常常令門神隊列隊營門歡迎到訪的大官，炫耀他的戰利品。」

「你們眞的吃了不少苦。」泰勒對彼得深表同情。

「不過，一官對我們的人還算友善，比起被解送到北京城斬首，或在押解途中脖子掛著厚重的木枷折磨和侮辱，當門神算是小事。」彼得向拔鬼仔說：「弟兄們每天都向神禱告，希望早日獲釋回福爾摩沙，祈求雙方通商合作成功，請隊長轉告總督，務必救他們回福爾摩沙。」

「一定，一定。」拔鬼仔頻頻點頭，重重嘆了一口氣：「宴會結束我就向總督報告。」

兩天後，鄭二媽原船回安平，郭懷一留在臺灣開設金閩發商號福爾摩沙分店，接替何斌正式擔任鄭氏家族的金閩發商號福爾摩沙分店掌櫃及貿易代表。今後，荷蘭商館想買中國貨物一律向郭懷一下訂單。

由於何斌是荷蘭總督的通事，又兼我的金閩發商號在臺灣的代表，兩者角色衝突，爲了避免普特曼斯起疑，我因此安排郭懷一接替何斌，明的是何斌專任荷蘭通事，並協助父親何金定經營自家的商號生意，暗地裡他是我在熱蘭遮城的一株「草」。

❖　❖　❖

以上是綜合二媽、郭懷一、何金定父子以及彼得．佩斯，事後向我陳述當日所見所聞，還有我要彼得．佩斯故意向普特曼斯總督透露有關俘虜和黑奴的情形，我要讓普特曼斯總督知道，要戰要和，操之在我，與我合作，俘虜才有獲釋的希望。

普特曼斯果然十分機靈，體會箇中原因，命彼得帶信回覆我，願意與我合作，並承諾絕不再派船到中國沿海尋求貿易機會。因此，我也馬上兌現承諾，命鄭泰每月調派十至十五艘船專營閩南到福爾摩沙航線，滿足荷蘭人的需求。

從七月起，每兩天到三天就有一條船航向臺灣，荷蘭人渴望採購的唐山日用商品、生絲、瓷器、綢緞，甚至白米、牲畜、水果、蔬菜，源源不斷透過花屁股和大鳥船運進熱蘭遮城倉庫。

❖　❖　❖

兩個月後，郭懷一在同年九月寄來的日誌，記述七月、八月的貿易情形，我的眼前彷彿展前這樣一片景象，耳畔傳來陣陣銅鑼聲：「鏘——鏘鏘——」一緩兩快銅鑼聲，連響三次，響遍熱蘭遮城和臺灣街市，連對岸的西拉雅村莊都聽到悠揚的銅鑼聲。

現在每隔三天，就會響起悠揚的銅鑼聲。鑼聲之後沒多久，發自福建泉州、廈門、安平或漳州海澄的「花屁股」福船慢慢駛進臺江內海，靠泊熱蘭遮城碼頭。

工人如螞蟻般忙碌地卸貨，將生絲、棉藍布、絲綢、布匹、瓷器、花瓶、碗盤、薑、甘蔗、白米和五穀雜糧搬進城內的倉庫。

約莫一週後，荷蘭人再將囤積足量的生絲或布料搬上甲板船，發船往北轉賣日本平戶，或往南航行，將瓷器運回荷蘭轉銷歐洲；白米和五穀雜糧則是荷蘭人和漢人的主食。

郭懷一、商務員泰勒和何金定、何斌父子並肩站在碼頭。郭懷一和泰勒監督工人卸貨，並清點交易貨品的數量；何金定則帶著何斌，點交他從唐山運來的犁、耙等農具，造屋的木材、磚瓦的建材和米糧。

何金定和兒子何斌經營從唐山進口上述貨物，轉賣給移居大員的漢人和原住民西拉雅平埔族人，出口西拉雅人和漢人捕獵的鹿皮、土產等貨物。

我和何金定擁有的西拉雅商船隊，從一艘擴增爲六艘，船隻數量雖不多，卻穩定獲利，負責供應西拉雅原住民和漢人墾工所需物資，與金閩發商號的貿易商品區隔。

「喔！有五百擔白色生絲，太好了。」泰勒高興地摸著生絲說：「絲質柔順滑膩，比以前的好。」

「沒錯，這是蘇州的上等蠶絲，一擔一百四十里爾（十二兩六錢銀子）。」郭懷一笑著回答。

「這麼貴！」泰勒驚叫，一般白色生絲一擔一百二十里爾（十兩八錢銀子），黃色生絲一擔一百里爾（九兩銀子）。

「唐山的蘇州、杭州不但是魚米之鄉，也是絲綢之都，出產上等生絲。」郭懷一拿起一把生絲說：「我們的皇帝特別喜歡用蘇杭的絲綢做衣裳，特設江寧織造官職，專門生產皇室用的絲綢布匹。」

泰勒摸著柔滑的上等生絲，看著工人挑著一擔擔生絲堆滿倉庫，心中盤算，「上等生絲轉賣日本平戶可提高三倍價格也不過分。」他點點說聲：「好吧！」代表荷蘭商館同意以一擔一百四十里爾的價格交易。

泰勒轉身拿起一只有著優美曲線的窄口長頸寬肚花瓶，白底青花瓷，晶瑩剔透，不住在手中玩賞。

「這是你們指定的江西景德鎮青花瓷，小心！它跟蛋殼一樣薄呢。」郭懷一拿起一個瓷盤，遮住太陽，陽光透過盤子，脈胳清晰可見：「你們的皇室喜歡瓷器？」

「喜歡，不但皇室喜歡，一般市民和其他歐洲各國都喜歡，每次運回阿姆斯特丹，馬上就被搶購一空。」泰勒回答，並吩咐搬運工仔細將瓷器用稻草包好：「不要打破了，它可得歷經九個月的海上風濤，才到得了阿姆斯特丹。」

郭懷一笑著，拿起一組德化白瓷的瓷杯和盤子，「泰勒，這個送你。」

泰勒笑顏逐開，口中連連稱謝，卻又揮手推拒：「不可以，不可以，這……太名貴。」

「別客氣，這組瓷器雖然精美，」郭懷一邊說邊將瓷器組塞到泰勒手中：「但還比不上鄭媽送給普總督的那一組，收下，沒有關係，這是一官將軍吩咐我轉送給你的禮物。」

「喔！對了，那組瓷器眞漂亮。」泰勒發自內心眞誠的讚美，他看著手中的白瓷器說：「這組也很漂亮，可以當成傳家之寶，請您代我向一官將軍致謝。」

我收到商務員泰勒的感謝，也聽到巨大、悠然的銅鑼聲。

我跪在安平城裡的教堂向聖母禱告：「願聖母保守，風調雨順，我與荷蘭兄弟的生意順利往來，貿易合作長長久久。」

❖　❖　❖

至此，我終於打通閩浙向東往臺灣、北往日本、南往馬尼拉和南洋的航道，排除與荷蘭人通商的障礙。但是劉香雖敗，仍帶著十多條船盤據廣東海面，伺機劫掠閩浙往廣州、澳門或廣南的商船。

從海圖上看，劉香雖然侷促一隅，但仍帶來威脅，「海氛未靖」的職責，加上爲楊天生報仇的壓力，像一塊大石頭壓在我心上。

我很想趁機一舉殲滅劉香，但奉皇上之命，於崇禎七年九月，以五虎遊擊加參將銜，率兵從漳州出發，會同粵將征剿盤據在廣東九連山的山寇陳萬、以銅鼓嶂山區爲巢的鍾凌秀。陳、鍾兩人群聚數萬人爲盜，爲害多年，一直無法剿滅。

據升任廣東總督的熊文燦、巡按史梁天奇奏報，山寇無法剿滅的原因是「無奈餘孽原是百姓，朝方爲民而暮可爲賊，在家則民而出外卽賊，零星則民而嘯聚卽賊，父兄則民而子弟卽賊，誠有誅之不可勝誅，散之無處能散者」。何以至此？從官員的角度看，這是刁民群聚爲賊。

曾經「時而穿官服，從海盜搖身一變成官員；時而扯下烏紗帽，綁上紅巾復爲海盜」的我，對此一說法別有點滴在心頭。

此乃吏治不清，經濟不振，貪官汙吏橫行，以致民不聊生，群聚爲盜，否則誰願意「在家爲民，出外成盜」？對於陳萬、鍾凌秀等山寇，我寄予深深的同情。

至於經濟不振，鎖國、片板不許下海是原因之一，我暗下決心，有朝一日若我有能力改變，將開放海禁，大張貿易旗幟，引進蘭醫、蘭學、佛朗機和英國的大砲，並生產榴彈。

至於剿滅劉香，我只能等待時機。

直到崇禎七年十二月，征剿陳萬、鍾凌秀等山寇告一段落，我才率軍回閩南。

33 田尾洋追擊劉香

寒冷的北風稍稍轉弱，時節步入春天，崇禎八年（一六三五年）三月下旬，清晨的海面還飄著輕霧，我得到情報，劉香率兩船從廣州出發，將上個月從林亨萬商船搶來的爪哇香料、呂宋白銀、暹羅的錫礦、麻六甲的木材運回漳州，近日應會返抵漳州海澄港。

我立即命芝虎帶大蟒號、武夷號、鼓浪十號三條船在南澳、汕頭的外海埋伏靜候劉香。劉香從廣州回漳州海澄港，必經閩粵邊境外海的南澳島。

千總陳鵬與芝虎同在大蟒號，充當大蟒號管船。綜合我的親身督戰經過和陳鵬事後回報，此戰過程如下。

❖　❖　❖

四月初一破曉，海面籠罩輕霧，大桅頂端的五兩（測風向的鳥羽）指向西南方，巡弋南澳島東方外海的大蟒號桅頂阿班急敲鑼，手指靠近南澳島的西方海面。鄭芝虎端起千里鏡，瞧見霧裡出現三艘紅頭花屁股（漆紅船頭代表廣東的福船）、兩艘大槓船，五船成單縱隊，迤邐北上。

「慢！」鄭芝虎下令減速，大蟒號調轉竹篷與風向一致，帆面不受風力，船速頓減，未落帆爲的是若要緊急啟行，只要調轉帆面爲迎風面，帆面受風力卽可馬上加速。中國式的戎克船外形不若紅毛帆布大帆船雄偉壯觀，但竹篷的設計，讓船行動更迅捷靈敏。

武夷號和鼓浪十號見狀也跟著減速，分別保持在上風與下風處。

鄭芝虎搔著頭叫罵：「探子不是說兩隻，怎會兩隻變五隻?探子的情報失靈。」

「停！」船管陳鵬下令，大蟒號抛下石椗，暫時停在海中，看著五隻獵物緩緩遠去。

「兩隻大槓船領頭、護尾，分明是在保護中間三條花屁股。」陳鵬左眼貼著千里鏡，向鄭芝虎說：「劉香連夜行船沒有靠泊汕頭休息，應該是想趁夜霧掩護偷偷溜進海澄。」

南澳距廈門，順風快則半日，逆風慢則一日，今日吹東北風，逆風而行，預料應在明日清晨抵海澄。

「放快艇掛帆，趕赴廈門通知大哥率艦攔在金門、廈門，我等從後方躡蹤跟著劉香船隊，然後再自後包抄。」鄭芝虎沉默了一會說：「我一定叫劉香插翅難飛。」

大蟒號放下兩艘雙桅十槳划船，張開兩方竹篷、十槳齊划，飛也似地朝波濤裡鑽去。兩快艇先取了東北航向，待超越劉香船隊，再轉西北向直奔廈門。

次日子時，我睡夢中得報，立卽鳴鑼急召兵員，率十五艘戰船離港往南走，橫在廈門、金門海面形成一條圓弧。各船熄燈，拋錨寄椗，在暗夜中等待獵物上門。

劉香船隊燈火管制，五船僅掛尾樓燈避免碰撞。船隊在墨黑的海中航行，駛進我方船隊布好的圓弧形碗口。

「鏘！鏘鏘鏘！」、「鏘！鏘鏘鏘！」劉香船桅頂阿班發現眼前橫著不明船隻，鑼聲急敲，一遍又一遍像催命符似的喚醒所有沉睡的人。

「嗚！嗚！嗚！」我的閩南水師船隊同時鳴螺，螺聲從四面八方響起，聽得劉香船隊水手慌張四望，想看穿墨黑的海面螺聲從何而來。

「熄燈！熄燈！」劉香大吼。

來不及了，剎那間，火箭蜂起，水師船隊以劉香船隊的船尾小燈爲目標，發射箭頭燃火的弩箭，箭矢破空聲「咻！咻！咻！」久久不歇，漆黑夜空如放煙火、如流星墜落，絢麗奪目。火箭射中五條船的帆或船舷，甲板著火，吐著紅色、橘色火焰照亮夜空，成了更明顯的目標。

「轟！轟！轟！」鐵丸帶著火焰轟進劉香大槓船的船艙和甲板，轟斷桅杆，竹篷轟然倒塌，繚手和椗工、阡工猝不及防，不知該射箭還擊或汲水滅火，有的剛掄起刀就中箭倒地，有的剛把鐵丸餵進砲管，卽被飛過來的矛刺穿釘在甲板，或被鐵彈命中摔進第二層甲板。整艘船剎那間成了煉獄，到處是赤橘火焰、黑煙和破碎木板、斷裂桅杆。

劉香一面拿著藤牌擋箭，叫人先滅火，一面指揮從船舷兩側開砲還擊，稍稍挽回一點劣勢，也將火勢控制下來。

「砰！砰！砰！」數不清多少門火砲張嘴噴出鐵丸，從前方及左右三面射向劉香船。劉香發現他是一隻走進暗甕裡的鱉，連對方是誰、有多少船都摸不清。

「走！走！」劉香下令，一邊調轉船頭，一邊發砲還擊，撇下其他四船，倉惶乘著東北風往南竄，帶著冒黑煙的座船殺出重圍。

天際微明，劉香逃到田尾洋海面，「鏘！鏘鏘鏘！」、「鏘！鏘鏘鏘！」桅頂阿班又鳴金示警，鑼聲成了劉香的夢魘。

大鳥船大蟒號橫在前頭，武夷號和鼓浪十號正從左右兩邊包抄劉香的船。劉香的大槓船順風帶速衝撞，大蟒號不閃不躲，船舯直接承接了兩發千斤佛朗機鐵砲噴出的鐵丸，擊破船板，兩名繚工被打翻掉進轟出來的洞裡，一道白浪瞬間迫近大蟒號船舷。

緊接著，「哐啷！」巨大的碰撞聲響，劉香船首撞上大蟒號船舯，大蟒號霎時向後橫移，劉香船往左邊斜衝，一陣擺盪後兩船舷靠著舷，鄭芝虎大喊：「上船！」

鄭芝虎率先拉繩盪進劉香船，虎嘯大吼，鬆手跳上甲板站定，抽出插在背上的兩面斧頭，舞動得像一個車輪，大喊：「香佬，納命來！」舉手砍翻五、六個繚手和椗工，他掩護手下一一拉繩盪過來，雙方在船上殺得難分難解。

劉香眼見水師兵卒如潮水般湧進船上，武夷號和鼓浪十號也趁隙靠過去，芝虎身邊的人愈來愈多，劉香身旁的人愈來愈少，他一邊與芝虎對戰，一邊覷著身旁的動靜欲尋隙脫身。

鄭芝虎看穿劉香的心思，緊黏不放，兩人從官艙殺到甲板，劉香奪個空檔跳進下艙，鄭芝虎緊追下去，對著劉香後腦一斧劈下，劉香蹲下竄進橫梁下方，鄭芝虎右斧牢牢地砍進橫梁，拔不出來，這一耽擱，劉香益發往後船艙逃，鄭芝虎暫時扔了右斧，只持左斧追趕劉香。

一個劉香貼身侍衛衝出來，一把長槍朝鄭芝虎左肩刺，鄭芝虎急停身子往後仰，槍稜子貼著下巴刺空，那漢子一見刺空，右手拉進槍桿橫掃，鄭芝虎往後下腰再躲過橫打，立即左手轉掄著利斧一個箭步竄到漢子跟前，一斧劈下，斧頭先劈斷那漢子橫擋的槍柄，再劈開腦門，腦袋登時切成兩半，腦漿和著血像紅豆腐噴出，那漢子兩眼兀自瞪大。

鄭芝虎喘著大氣追到下一層船艙，只見劉香踞坐在五、六桶火藥上，手上把玩著火線，臉上漾著詭異的笑容。

鄭芝虎驚覺不對，回頭想往上跑，身子被憑空拋出的三條四爪錨鍊纏住，三個漢子拉著錨鍊的一端交叉奔跑，上下跳躍，將鄭芝虎像裹粽似的緊緊絞在艙間橫梁，動彈不得。

鄭芝虎驚恐地看著三人，三人齊對劉香拱手，快速從砲口滑繩垂降而出。劉香手中多了一把打火石，微笑卻又悲悽地說：「鄭芝虎，你我在大員魍港結拜兄弟一場，你們兄弟逼我走投無路，今天你我就一起走吧！天堂有路你不去，地獄無門闖進來，是你自找的，怨不得我。」

火線冒著火花往火藥桶的方向燒，劉香又笑又哭又哀嚎，鄭芝虎使盡全身力氣拉動錨鍊，「砰！轟！轟！砰！」橘赤火焰往上炸穿甲板，接著一陣熱氣和一團烈焰撲向四面八方。

我率閩南水師戰船追到田尾洋，目睹大蟒號、武夷號、鼓浪十號與劉香座船糾纏在一起，正待靠近，劉香船底艙倏忽大爆炸，幾聲沉悶的爆烈聲響，接著火焰衝出甲板，在甲板上廝殺的雙方人馬之中，陳鵬與幾個人被炸上天摔落海面，有的被冒火的巨洞吞噬，或遭鐵器、木板破片貫身插腦而死。

劉香座船殼應聲裂開，逐漸下沉，大蟒號、武夷號和鼓浪十號連忙砍斷勾住劉香船的繩索鐵鉤脫身。

「芝虎呢？」我大喊：「芝虎！芝虎……」

「芝虎爺在劉香船。」陳鵬剛從海裡被拉上船，衣服還在滴水，跪在船舷指著劉香船回答：「他追劉香下船艙，我跟在身後，目睹他被三條錨鍊纏住，劉香坐在火藥桶上點火，我正要拉錨鍊救芝虎，『轟！』的一聲，我就被轟上天又落海，芝虎……芝虎來不及逃出，想必與劉香……同歸於盡……」

我攀著船舷望著劉香船在烈焰中下沉，熊熊黑煙捲上藍天。我跪下來，遍尋海面，默禱天主顯奇蹟，讓芝虎浮出海面，「芝虎……芝虎……」。

奇蹟沒有出現，劉香船桅桿沉入水中，最後一抹漩渦攪起一陣白泡沫，海面復歸平靜。我癱倒甲板，船隊靜默，靜靜散開在陽光晴朗的田尾洋海面。

「報告將軍，擄獲劉香四船、六百二十六人及三船貨。其中一艘半毀、另三艘船載的是劉香黨人的家眷和貨品，從廣州欲回銅山島。」守備鄭彩報告：「如何處置？」

我紅著眼眶，咬牙切齒：「貨沒收，人全殺了。」

「啊！」鄭彩說：「堂叔，六百多人，大多是家眷。」

「全殺了，全殺了！」我搥胸頓足大叫：「血祭芝虎！」

「一官叔，這六百多人，有許多人是當年在海上的老兄弟。」鄭彩站著不動：「我，我實在下不了手。」

「大哥，劉香黨人與我鄭家多次在海上爭鬥，互有死傷，這次落入我們手裡，自然是死有餘辜。」芝豹也靠過來說：「但是他們的家眷，也跟我們的家眷一樣，跟著我們四處飄移，立寨安家，不應一道受死。」

「斬草不除根，春風吹又生。」我咬牙切齒道：「否則你我睡不安穩，食不安心，不知何年何月會被人放火、下毒。」

「大哥！」芝豹單腳下跪：「首惡劉香已經葬身大海，我們可以趁此收編香佬人馬，再增我軍力量。」

「是啊！一官叔。」鄭彩附和說：「不殺，饒他們一命，他們自然感恩效命。」

我看向楊耿。

「要殺他們，易如反掌。」楊耿說：「只是此事一經傳播，他日海上其他海賊無人敢降，既然降亦是死，不如拚個你死我活，或許還有生存機會，我軍剿匪將大費力氣。」

「嗯！楊耿說不錯。」我說：「但是，如何預防許心素派廖金順的兒子、外甥到平戶放火報仇的舊事重演？」

「請將軍曉諭，只懲殺劉香的親信，血祭鄭芝虎將軍。」陳鵬獻策：「其他黨人依逮捕海賊律令，解交泉州知府依法處置；家眷亦交由知府發落，如此依法處置，香佬黨人和家眷自是無話可說，無怨可生，這是他們的命運，咎由自取。」

「陳鵬說得有理，我等既已歸順朝廷，自應依王法處置。」楊耿說：「以彰顯將軍的威望。」

「好。」我按下激動的情緒，下令與劉香黨人相熟的鄭彩、鄭聯集合三條家眷船隻，曉諭依法處置，找出劉香的二把手陳阿尾、親信李三虎，他是劉香座船的管船，和軍師陳敬川等八人，將他們押進半毀那艘船的船艙，再將火藥桶推進船艙底層，命士兵將三桶火藥放在甲板。

我從千里鏡看到劉香的軍師陳敬川，被軍士押著最後一個走進船艙。

陳敬川我認得，他是秀才，學問人品俱佳，謙恭有禮，卻跟我一樣沒有考運，連考五次舉人都落榜，從此挹鬱，絕了仕途，跑船從商，有一次遇風暴翻船，在海中漂流三天，被劉香救起，成了劉香的軍師，我很想放了他，但是這就是戰場，無情的戰場。

我一邊想，一邊看著我方軍士從繩索垂降離開劉香船。我放下千里鏡，右手向下一揮，五虎號左舷一排士兵，箭滿弓，箭頭點火。

「放！」千總鄭聯握緊拳頭下令，百支火箭齊射劉香這艘半毀的船，四處著火，火趁風勢迅速轉大，濃煙竄上天際，另外三艘家眷船上哭聲四起。

「轟！轟！」火延燒到火藥桶爆炸，炸壞艙門，一名男子衝出艙門，「啊！」身中兩箭趴在甲板，接著三個全身著火的人衝出來，飛跳入海，箭矢追著他們跑。

火燒塌了甲板，陷落的烈火地獄，一陣尖叫聲後，風捲來燒焦味、炙肉味、臭味。

「啊！」一艘家眷船傳來驚呼，有一名婦人縱身落海，隨後一名少年也跟著跳海，少年游向婦人欲施救，同時間，船上的人抛下多條繩索救援，婦人看似不諳水性，幾番沉浮後隨即沉入海中，少年在海上載浮載沉，最後抓住繩索被拉上船。

海面上，剩下烈火嗶嗶啵啵吞噬船的聲音，船一半沉入海中，「轟！轟！」艙底火藥桶爆炸，加快沉船速度，之後一切都寂靜了。

「走！」我下令，帶著劫自劉香船隊的三艘船、六百一十八名家眷和船倉裡的貨物等戰利品回航廈門。

❖　❖　❖

坐岸觀海戰的各級道府官員，則忙著向崇禎皇帝回報「靖海大捷」奏摺，文稿盈尺。

福州府帶管海防知府吳起龍描述戰況：

查勘得劉香倚鯨波為窟，聚兇黨而結船隊，狂逞數年……果於初八日追躡賊船於田尾洋，五虎遊擊鄭芝龍指定香寇大船，令守備鄭芝虎、千總陳鵬等四面攻敵，香寇驚忙，計難逸脫，遂舉火焚船，巨寇隕身，希黨喪魂，我師大震。

鄭芝龍百戰威名，一腔忠義，淬雪恥兇之志，冒矢石於波濤，奮轟雷掣電之奇，擊豺狼而粉碎，元功首屬，懋賞宜先。

奏報到兵備道參政徐應秋手裡，加述我事前整軍自費造艦的辛苦：

船則大桅高至十丈，皆採自深山，每一舟料，價費至四、五百金。器則甲仗山積，一銃之重二千或三千斤，火力可發至六、七里遠。具芝龍盡心力而始就緒者，而芝龍又捐資自募漁丁，自雇洋船，周詳籌算，計定後發。

徐應秋爲鄭芝虎戰死抱屈：

獨惜守備鄭芝虎義烈自負，水將中最號敢戰，遇敵跳盪鼓舞，乘檣如馬，飛刃如虹，賊望之辟易，累戰皆冒死決勝，其功最多亦最奇，竟與三百餘人，一時同葬魚腹，死忠如虎，可謂不死。

徐應秋並形容我作戰時的英姿：

主將五虎遊擊鄭芝龍英風貫日，豪氣凌雲，陳列風雲變幻，胸蟠甲兵縱橫。遇香魁於田尾洋，號令奮發，直搗黃龍，迫之自焚……

奏報至福建巡撫沈猶龍，奏請崇禎皇帝論功行賞時稱，論功之大小應分以戰爲戰者、枕戈待敵者、以守兼戰者，奏請將我連升三級，從遊擊拔升爲總兵官。

其以戰為戰者，五虎遊擊鄭芝龍，智深勇沉，忠全信立，降李（李魁奇）滅劉（劉香），與臣素有成言，二討服舍，臨事取之如寄。料羅一戰、田尾洋一戰，如鶴逐雀，如驥奔泉，飛馳萬里之航，坐落長鯨之膽。迄於今，一炬除兇，此鄭安堵，皆此兩戰有以先制其死命也……奏請陛下恩賜鄭芝龍升三級，為總兵官。

❖　❖　❖

我爲芝虎辦喪禮，安平城所有路樹、家戶門栓都綁上白麻，全城戴孝，如皇帝駕崩。家祭時，我摒退非鄭家族人，命人將各級官員奏報「靖海大捷」的文稿，在芝虎靈前念一篇、燒一篇。

我哭曰：「何謂奮轟雷掣電之奇，擊豺狼而粉碎；什麼豪氣凌雲，陳列風雲變幻，胸蟠甲兵縱橫；何爲如鶴逐雀，如驥奔泉，飛馳萬里之航，坐落長鯨之膽？當我兄弟在海上空手搏白刃，白刀進紅刀出，面臨生死交關，動輒人鬼殊途之際，豈是各級官員安坐府中能想像戰況，臨空賦詩那般優遊自在，全是空話！空話！」大慟：「吾兄僅知，你先我而去，如拔我心肝，折我手足，此憾無可回天！」

我哭祭後，走進靈堂簾幕後方，跪在鄭二媽黃荷座前喊聲：「娘！」又淚如雨下。黃荷手一揮，所有人退出。二媽摟著我的頭，摸著我的頭髮，猶如撫慰一個受委屈的孩童，任我盡情哭泣。當我哭夠了，二媽才輕聲說：「一官。」

我跪直了身子，我知道二媽有事要說。

「芝虎死了。」二媽說：「不要忘記他爲誰死的。」

「我知道。」我紅著眼點頭：「他爲孩兒死。」

「不僅爲你死，更爲鄭家死。」二媽站起來：「辦完喪事，要更加擴大海五商的規模，以慰芝虎在天之靈，他才不會白死。」

「孩兒知道。」

❖　❖　❖

七月，崇禎皇帝下詔，以剿滅劉香戰功，我從五虎遊擊晉升五虎副總兵官；千總陳鵬加薪二級。

遊擊升副總兵官僅官職升二級，未如巡撫沈猶龍所奏請，連升三級爲總兵官。陳鵬險與鄭芝虎、劉香同葬魚腹，職務不變，僅得加薪二級，每月俸銀多一兩。

「爲朝廷賣命不値錢，做生意比較實在。」陳鵬有感而發，對我和大夥說：「難怪將軍根本不在乎論功行賞，重要的是掃除劉香，閩海從此姓鄭。」

是的，我終於剿滅劉香，肅靖海氛，這片大海我再也無敵手，不管是漢人、紅毛、佛朗機人、西班牙人、日本人都要聽我的，浙、閩、粵海域從此姓鄭，我是貨眞價實的「閩海王」。

34 山五商與海五商

消滅劉香，達成朝廷交付的任務，也除掉我心中大患，從此商船出海再無隱憂，可以四通八達前往日本、臺灣、馬尼拉、澳門和南洋做生意。

這幾年，我在外帶兵征剿，內部則在二媽黃荷主持下，陸續在唐山內地創設金城、木蘭、水宮、火曜、土城五家大商號，通稱「山五商」。將商船隊依駐在港口劃分爲五隊，設五商號管理商船，是爲「海五商」，大張貿易網，貿易金額每年以千萬兩銀的速度暴增。說我富可敵國，亦不爲過。

時間過得很快，三年過去了，山、海五商貿易網運作順暢，雖然榮華富貴和權勢我都有了，但是仍掛心在日本的小松和次郎(田川七左衛門)，夫妻、父子不能團聚，是我心中的遺憾。我只能偶爾和福松、郭櫻用日語聊天，以解相思之愁。

這年是崇禎十一年(一六三八)五月，福松十五歲，入選南安縣學員子弟。必須先成爲學員子弟，今年秋天才有考秀才的資格。對於他能否考上秀才，我有些擔心，擔心他如我往年一樣考運不濟，但又寄予很高的期望。

我記得福松十一歲時，安平城裡的私塾教授張端才，有一回興沖沖跑來找我。
「恭喜將軍，賀喜將軍！」張端才打躬作揖，一開口就道賀。
「先生請起。」我問曰：「喜從何來？」
「今日教授大少爺福松功課時，我以『灑掃應對』爲題，試作一文，文體不限，一個時辰交卷。」
「您看看福松的卷子。」他拿起卷子自顧說著：「福松的破題指出『灑掃應對爲禮之本，灑掃有方，應對有節是人倫綱常，人之處世待物應自灑掃應對起始。』」
「不錯！」張端才自問自答：「這個破題很好。」接著福松提到，「灑掃有方，如行軍布陣，總理內外，安排時序，打掃時按部就班方不爲亂也。灑掃非僅家園庭院，亦應掃除內心中汙穢塵垢，佛家言：『時時勤拂拭，莫使惹塵埃』……」
「嗯，雖然有點牽強。」張端才說：「但勉強言之成理，好的是後面。」
「喔，福松寫什麼？」我好奇。
「福松再舉例，『湯武之征誅，一灑掃也；堯舜之揖讓，一進退也。』意指，商湯討伐荒淫無道的夏桀，周武王征伐寵愛妲己誤國誤民的商朝紂王，有如清掃大地的汙穢塵垢；大堯讓位給大舜，乃高明的政治進退之道。」
「噢！」張端才捻著鬍子驚嘆道：「將軍，此用意新奇，用意新奇！大少爺小小年紀能有如此見識，用語新奇，見解特殊，前所未見，將來定當大任，賀喜老爺。」

我接過卷子仔細端詳，福松字體端秀，一句一言果如張端才所說，十一歲的孩子能有此見識和想法，強我十倍，我樂得賞張端才十兩銀，並道：「請先生多加督促福松課業，不要讓他像我這個武夫一樣，倘他將來能博一科目，爲我門第增光就很好了。」故此，我對他考上秀才寄託很高的期待。

❖　❖　❖

到了九月底，我實在按捺不住相思，趁著南風將歇之際，率三艘船去平戶探望田川松和次郎，帶了一船貢品，包括名貴的血紅珊瑚、珍貴的滿洲深山老蔘、雲貴的冬蟲夏草，以及荷蘭、葡萄牙的千里鏡、鳥銃和短銃進貢給第三代幕府將軍德川家光，還有平戶藩主松浦隆信和「草頭」松浦平山、草的總指揮松平忠輝將軍。

透過松浦平山、松平忠輝，我以大明朝福建副總兵官的身分，轉達並請求幕府將軍德川家光放行田川松和次郎。

另外，還帶了一百簍中藥材給岳父田川大夫。田川大夫爲我管理金閩發漢方藥材鋪，從安平出發的禮運商船隊，會定期到長崎補給中藥材，再轉運到平戶供應給金閩發漢方藥材鋪。

岳父田川大夫雖然日漸老邁，但保養得宜，精神奕奕。次郎十三歲，臉龐酷似長子福松，但是更活潑愛撒嬌，最喜歡在我和田川大夫閒聊時，依偎我身邊，蹭上蹭下，學我喝茶的姿勢，模仿田川大夫講話的樣子。

「岳父大人，請品嘗，這是福建茗茶碧螺春，您嘗嘗。」我恭敬地端給田川大夫一杯茶，「您覺得幕府將軍會准予放行小松和次郎嗎？」我和岳父田川大夫坐在喜相院擦得潔淨的緣廊，陽光晒在身上溫暖舒適，中庭有一棵由綠轉紅的楓樹，在風中搖曳生姿。

「不樂觀。」田川大夫舉杯品香，輕呷一口讚：「好茶！」他接著說：「這幾年，幕府將軍對外國人更不友善了。」

田川大夫說的是，崇禎七年間（一六三四），日本幕府將軍德川家光禁止日本渡航海外，還在長崎築一座人工島「嶼出島」，限定外國人居住。隔年（一六三五）又限定大明朝的唐船只能到長崎港貿易。

「尤其是去年（一六三七）發生島原之亂（又稱島原教案）之後，」他說：「德川家光發布更嚴苛的鎖國令，限令唐船和荷船只能在長崎港貿易。」

島原之亂的遠因是德川幕府不信任九州天主教大名，懷疑信仰天主教的大名會勾結外國勢力叛亂。從十餘年前，我自臺灣亡命逃向日本之際，雙方的關係已勢同水火，這兩股勢力摩擦了十餘年終於釀成大禍。

「德川幕府這十餘年來不斷對九州藩主有馬晴信領地內的天主教徒發布禁令，限制天主徒的活動內容和範圍，又橫加重稅。」岳父田川大夫喝一口茶，握茶杯的手停在半空中，低聲說：「這些不合理的事天主教徒都還能忍受，直到幕府將軍禁止天主教徒不准集會和做禮拜，才激起天主教徒反抗禁教法令。」

他說，去年（一六三七）十月，德川家光派出十萬軍隊進攻九州的長崎和島原，屠殺逾三萬八千天主教徒，男女老幼無一倖免，並搜捕藏匿、逃亡的天主教徒，直到今年二月才結束。

「唉，眞是慘啊！」他放下茶杯，嘆曰：「人間地獄啊！」

「德川幕府從第一代將軍德川家康開始，即對天主教徒持有戒心，雖然他善用荷蘭人、葡萄牙人帶來的西洋新火砲取得幕府將軍的地位，引進蘭學、蘭醫，但內心始終排斥和不信任西洋人。」我說：「還好，我聽從您的建議，沒有要求小松跟我信仰天主教，否則後果不堪設想。」我由衷感謝田川大夫當年的建議。

島原之亂平息後，德川家光發布鎖國令，只准唐船、荷蘭船到日本貿易，信仰天主教的西班牙、葡萄牙商船不准到日本貿易和傳教。

「日本鎖國，對葡萄牙、西班牙打擊甚大，荷蘭信仰喀爾文改革教派，沒有在日本傳教，因此准予貿易。」我向田川大夫分析：「對我而言則獲益甚多，對日貿易，荷蘭非我對手，雖然荷蘭從廣南採購生絲轉賣日本，但生絲品質遠遜蘇杭生絲，仍須仰我鼻息供給生絲。我幾可獨占對日貿易利益，而且我還因此和葡萄牙人或西班牙人合作。」

「爲什麼？」田川大夫不解。

「葡萄牙人和西班牙人不能來日本了，跟荷蘭人又是敵人，要賣東西到日本，只能透過我的商船隊轉運，我可再抽一成。」我開心地說：「天主賜我牛奶與蜜，安得委棄於地乎！」

「啊！還是一官機靈。」田川大夫拍手大讚。

「談什麼？」小松過來爲我們煮茶：「講得那麼高興。」

「我說，我雖然立下戰功，升任大明王朝的副總兵官，卻還是無法接你和次郎回福建團聚。」我感慨：「愛別離，眞是苦呀！」

「一官，橫逆總會過去的。」小松握著我的手：「我對你有信心，就像我們逃過火劫，金閩發吳服店、藥鋪面臨倒閉，但每次你都能起死回生，再創新局面。我相信上天一定會讓我們團聚，只是時間未到。」

「只是，我等得好苦。」

「不會的。」小松指著楓樹：「冬天快來了，春天也不遠了。」

❖　❖　❖

這趟日本行依然無功而返。牽船回福建的途中，遇到水師巡邏船，我順便招停巡邏船，考察船上的戰備。

「直庫何在？」我首先考察直庫的工作。直庫是戰船上管理兵器庫和採買的總務，在海上期間遇到商船，由直庫帶兵上船查緝牌餉、令旗是否僞造或過期。

「直庫黃梧在此。」一名瘦高青年拱手回稟：「將軍有何吩咐？」

「這趟查了幾艘船？」

「回稟將軍，目前查了三艘船，一艘東洋線兩百石福船，兩艘西洋線三百石鳥船。」黃梧恭謹地回報：「其中一艘西洋線鳥船，舊牌充新牌，船貨沒入，管船與貨主皆解福州海防查辦，其他兩艘沒有問題。」

西洋線是指航向廣南、暹羅、瓜哇巴達維亞與天竺等西方的貿易商船；東洋線指航向臺灣、馬尼拉、日本、沖繩的商船。

「很好。」我問：「黃梧，在商號幾年了？」

「小人讀過幾年私塾，到金閩發商號任職三年，初派爲杭州水宮商行二掌櫃跟前當學徒兩年，現在智勇商號任二掌櫃陳陞助理，負責內櫃兼大鳥船直庫，以及發放牌餉，出海查緝船船牌餉。」黃梧畢恭畢敬地回答。

「看來，你會算帳、能簿記又能吃苦，才能升任發牌餉、跟隨戰船出海巡查的直庫。」我有感而發：「很好，年輕人要吃得了苦才有前途，如果對行伍兵陣有興趣，也可以入伍，學習行船和水師船戰之法。你已經在船上了，正可藉此機會學習，事半功倍。我以前在紅毛船上一面當通事，一面學習他們的作戰方法，今日方得克敵制勝。」

「是！黃梧謹記在心。」黃梧單膝下跪，抱拳回稱：「多謝將軍指點。」

接著我再找管船陳浩、針路、繚手等人，一一了解船上作業情形。

「啟稟將軍，出港時接獲二掌櫃陳陞快報。」陳浩說：「令我駕船赴澎湖接熱蘭遮城商務員彼得．佩斯。」

我在料羅灣之役後，不准荷蘭船直駛閩海沿岸，荷蘭人只能在澎湖換乘我的船到安平，再換小船直駛入宅邸碼頭。

「這事我已知道，就勞你跑一趟。」我對陳浩說：「現在就讓我們好好吃一頓，等我犒賞水師官兵的辛勞，你再去澎湖。」

「謝謝將軍。」陳浩說。

❖ ❖ ❖

從日本甫回安平，我自安平港換乘小船直入宅邸內碼頭。小舟接近內碼頭時，看見福松手上拿著馬鞭，在岸邊遠眺向我揮手，來來回回不住走動，時而跳躍時而揮鞭。

「福松怎麼了？」我自問：「從沒看過他那麼興奮、焦急？」

小舟一靠上碼頭，繫好舟，我方跨上碼頭階梯，全身冒著汗的福松卽衝過來抱著我說：「爹，我考上秀才了！」福松高興地說：「我和巴巴望、郭櫻去南安縣學看榜單，看到榜單有我的名字，我好高興，快馬飛奔回安平，路上我縱馬亂走，任馬兒四處馳騁，我好快樂，像樹梢的小鳥大聲鳴叫、唱歌！

「又聽到爹的船已經進港，我不等郭櫻，先來向爹報喜訊！」福松興奮地說：「巴巴望還陪著郭櫻在後方慢慢騎馬回安平。」

「太好了！」我的喜悅和興奮全寫在臉上，「這是你的第一個功名，要好好慶祝！」

我與福松邊走邊談走回宅邸大廳，巴巴望和郭櫻方才大汗淋漓趕到，十四歲的郭櫻雙頰紅潤，爲了方便行動，她挽起長髮身著褲裝，別有一股巾幗不讓鬚眉的少女英挺帥氣。

「一官叔。」郭櫻見了我，趕緊請安道：「福松高中秀才，恭喜一官叔。」

「哈！哈！哈！」我點點頭大笑：「今晚請你娘和郭桐過來一起吃飯，慶祝慶祝！」

郭懷一一家人是福松最親近的人，猶如家人一般。月娘將福松視如己出，杏娘、郭桐和郭櫻姊弟對福松也如同親兄弟般照顧有加。

夜裡，席開三桌，二媽和芝豹、芝莞、芝鵬等堂兄弟，鄭彩、鄭聯和鄭泰等堂姪，我太太顏氏、黃氏和兒子世忠、世襲、世恩、世蔭，楊耿、陳暉和月娘、郭杏、郭桐、郭櫻，俱是曾經待過日本，或看著福松從小長大的宗族、家人，一起慶賀福松人生的第一個功名。

「福松，不負你爹的期望，高中秀才，了卻他一樁心事。」二媽說：「阿嬤期盼你，再接再厲，舉人、進士金榜題名！」

「是，阿嬤，我會全力以赴，再考舉人和進士。」福松站起來向二媽作揖，並舉杯向所有人說：「多謝阿嬤、爹、娘，多謝謝各位伯叔父母、兄弟姊妹為我擔心，給我祝福，我都收藏在心裡，感謝大家的照顧，先乾為敬！」

大夥舉杯、乾杯同聲祝賀福松，稱福松為：「秀才郎。」

接著好菜陸續上桌，大黃魚吐銀絲、白斬雞、白炒鮮竹蟶、竹香南日鮑、佛跳牆、雞湯汆海蚌、雞捲，還有福松愛吃的生魚片和蚵仔煎(蠔仔煎)，最後吃一卷包著蛋皮、豆干、豆芽菜、高麗菜、胡蘿蔔、香菇、香菜和花生粉的潤餅做結束。

散席後，我邀二媽與鄭泰、陳暉和福松喝茶。

「福松，你已經長大，也有了第一個功名，應該要開始了解和學習掌理家業。」我問福松：「你認為如何？」

「當然，我長大了，自應為我鄭家盡一分心力。」福松一臉肅然，拱手說：「聽爹的安排。」

「不是安排，是要你慢慢接觸和了解我鄭家家業經營之道和規模。」我喝口茶，放下杯子：「這些年我奉陛下之命，南征北討，無暇顧及做生意的事，全靠阿嬤主持建立山五商和海五商，今天就先讓你了解這十家商行的營運方式。」

「我曾聽爹和明岳兄（鄭泰）、直心伯（楊耿）談論北京金城商號要在天津開分號，南京的木蘭商號要蓋庫房，還有調度商船往天津和日本的事。」福松接著問：「對商號的名字不陌生，但不了解山五商和海五商之間的關係和如何運作。」

「金閩發商號下轄對內地貿易的山五商、對外運輸貿易的海五商，以泉州安平的金閩發商號爲總部，山五商由鄭泰掌理。以金、木、水、火、土五行命名，五商號各有一名大掌櫃負責經營，互不統屬，直接向鄭泰負責。」我笑著對福松說：「海五商船隊總舵主是陳暉，堂伯鄭明則是大掌櫃，兩人一起管理、調度前往各港口的貿易船班。」

「這山五商就由我來說明。五商總鋪分別是北京金城、南京木蘭、杭州燊榮、福州水宮、廣州土城。各商號在熱鬧省城或縣、府都有分店。」鄭泰攤開大明全輿圖，在地圖上指著：「例如，北京金城商號在天津有金寶、開封有金昌、長安有金鼎、通州有金鑫分店；南京木蘭商號在宜昌有木槿、蕪湖設木蓮、武漢有木香分店；廣州土城商號在佛山有土曜、珠江設土宇分店。各地還在陸續擴展分店，總之，族繁不及備載，有各地商號名冊一份，供福松查看、對照。」

福松接過山五商總鋪及各地分店名冊，一邊翻閱，一邊聽鄭泰繼續講下去。

「山五商的任務是在各地採購海五商指定的商品，例如杭州的燊榮商號負責採購蘇州、杭州的生絲、江西的陶瓷、紹興的布匹；廣州的土城商號採買廣西、雲南、貴州的藥材等。」鄭泰詳細解說：「採買後交給海五商的船隊，運販澳門、臺灣、馬尼拉和日本等地；還有向內地各省運送和販售海五商從海外買回來的舶來品。這是山五商的概況，接下來的海五商，有請陳總舵主來介紹。」

「這『海五商』乃是以五常的仁、義、禮、智、信爲商號命名，負責管理和調度貿易船隻。仁德商號的船隊以福州爲母港；義勇商號船隊以泉州爲母港；禮運商號以安平爲母港；智勇商號的船隊以廈門爲母港；信達商號以漳州海澄爲母港。」陳暉攤開地圖和海圖說：「福松，來看看海圖比較容易了解。」他繼續說：「海五商各商號下轄四十艘至五十艘商船。船上繚手、舵工或椗工平常是船員，遇到海盜，就要變武行，能打能殺。」

「嗯，這我知道，水手同時也是水師戰將。」福松說：「就像爹常說的朝鮮海戰那般，您是管船，也是指揮作戰的將軍。」

聽得陳暉不住點頭、微笑，彷彿當年的情景又回到眼前一般。

「只是，爲什麼海五商的港口是從福州到海澄？」福松指著海圖問：「既然山五商從南京、杭州採購那麼多生絲、綢緞、瓷器，爲何不就近從杭州出發？何必千里迢迢運到安平或廈門再轉運？」

陳暉看了我一眼，哈哈大笑說，「問得好，這就要問你爹了。」

福松轉頭看我。

「本朝仍有禁海律令，你知道嗎？」

福松點點頭。

「浙省杭州、崇明島和溫州皆非爹的防守汛地，在禁海令下，片板不許下海，遑論派船出海貿易。」我眨眨眼說：「只有在我防守的汎地範圍，才有這個方便，懂嗎？」

「這是……違反本朝……律令的事？」福松遲疑著發問。

「沒錯。」我大聲回答。

「哈！哈！哈！」大夥一起大笑。

「福松，這就是一官叔要你開始學著掌理家業的原因。」鄭泰說：「箇中緣由我他日再向你仔細說明。今日你且先了解山、海五商的運作爲要。」

福松點點頭稱：「是。」

「除了做生意，一官叔責令山五商每一家商號，每十日回報當地的氣候變化、天災、政局和一切會影響生意的事件，稱爲商報，商報交由轉運各地的商船帶回安平。」鄭泰比劃著地圖：「以每家商號爲名，如金城商報是北京金城商號寄回安平的商報，木蘭商報代表南京木蘭商號寄回的商報。」

「海五商亦然，每一艘船出航要寫航海日誌，除了航行中發生的大小事，還包含抵達港口的天氣、港埠消息，各港口洋人的動態。」陳暉接口道：「回航後再交給海五商各商號彙整，每十五日出一報至安平，仁德商報代表仁字號回港商船回報的日誌彙整。」

「商報必須有人專門撰寫和寄交。」福松問：「如此大費周章，這商報有什麼作用？」

「這要由我來說。」我接口道：「這讓我據此可以掌握大明朝各地商業、官府最新消息；得知長崎、熱蘭遮城、澳門、馬尼拉和巴達維亞的動態，做為山海五商做生意、建立人脈的依據，和研判大明朝廷的情勢。」我解釋：「這是我當年在荷蘭特遣艦隊和臺灣熱蘭遮城當通事時學到的事，荷蘭人用商報掌握各地政情和農作物產的增長或歉收。例如，天氣澇旱影響桑樹的成長，關係養蠶和結繭數量，直接影響生絲的價格。」

「原來如此，原來如此。」福松聽得連連點頭：「所以爹可以從商報得知本朝和海外大事、天氣變化、農作和貨物產量的增減，得以掌握機先，先發制人。」

「沒錯。」我大喜道：「商報的作用正是令我能掌握機先，先發制人，搶得做生意的最佳時機。例如，以前招募『三人配條牛，移民到臺灣』墾荒，是因爲何金定回報，臺灣荷蘭總督要求我們協助招募墾工；料羅灣大捷後與荷蘭人談和，我載去五百包米、豬羊雞等家畜，荷蘭人馬買下，是因爲何斌的商報來訊，臺灣大旱，糧食農作歉收，荷蘭人和漢人墾工都在挨餓。」

衆人邊聊邊喝茶配茶點，我也剝開水煮花生殼，大嚼花生仁，喝著武夷山茶。

「金閩發商號統轄的山五商、海五商是爲了貿易營運；五虎副總兵官一官爺統轄閩南水師是爲了確保商船航行安全，確保江蘇、浙江、福建、廣東沿海安全。」陳暉放下茶杯：「但是，商船這幾年急速增加，水師戰船隊也跟著擴充，增加的戰船和水師兵員卻不屬於朝廷的船，水兵也不是領朝廷的餉。」

「然則，船從哪裡來？」福松問：「餉從何處來？」

「戰船，由我鄭家自造；軍餉，由我鄭家自籌。」我笑著回答福松：「不勞朝廷花費分毫。這商船貿易盈餘是水師的軍餉來源之一，兩者交互運行，貿易金額日積月累，日益增多。」

「軍餉的另一個來源是保護商船的『牌餉』。」陳暉把玩著一艘木船模型說：「牌餉之前稱爲『報水』，因爲當年我們的金閩發商號戰船沒有十足把握護航每一艘商船的安全，因此採事後收費制。卽先依船的大小律定金額，稱爲『報水』，取得『水牌』後給一副令旗懸掛桅杆以爲識別，我們的戰船卽保護商船航向目的地，待商船安全返港後再付保護費，稱爲『交票』，程序是先保護，後繳費。」

「後來待一官叔消滅李魁奇、劉香後，海上沒有敵人，改爲先繳費制。」鄭泰接著說：「同樣依船隻大小，每年收牌費。保護費依船隻載重量計價，從五百兩銀至三千兩銀不等，繳錢後由海五商發給牌子一面，當繳費證明，因此稱爲牌餉。又給令旗一面懸掛船桅，做爲海上航行辨識，所以牌餉也稱『令旗費』。」

「繳牌餉或令旗費是沉重的負擔，船商爲了省成本，有的會逃牌餉，或拿舊牌蒙混。」我說：「我因此調派水師戰船輪流巡弋，遇商船不論有無懸掛令旗，皆上船查緝，由戰船上管理倉庫及兵器的『直庫』負責率隊上船查驗牌餉，遇無牌及舊牌之船，重罰船主。」

「至此，海上商船不得鄭氏令旗不能來往，」陳暉搖頭晃腦說：「否則受到海盜劫掠，無人保護。如果要抓偶爾出現的小股海賊，我們只須派三艘戰船出航即可剿滅。」

「另一個重點是，那麼多的船員、水師水兵，他們可不是來做白工的，我們要發薪水。」二媽此時開口：「爲了貿易周轉現金和發放船隊薪餉、水師軍餉，我們鄭家設立裕國庫、利民庫兩個公庫，做爲銀錢的周轉和發薪餉之用。明岳，你來解釋。」

「是。裕國庫是提供山五商採購貨品的銀兩，由各商號派員到各地採買指定的貨物，交各港口海五商船隊運送外洋。山五商交貨後，和裕國庫結算支出，再請領下一筆貨款。裕國庫也是支付軍餉的公庫。」鄭泰豪氣地說：「一官叔所部軍官、兵丁、船夫達十萬衆，自給餉，不取於官，因此有人稱爲鄭家軍。

「利民庫則是海商船隊運載貨物出洋販售，賣貨收款後，在當地購買土產，轉銷唐山內地，並向利民庫繳回所收的貨款。」鄭泰繼續說：「這一賣一買之間的順差即是盈餘。」

「簡單地說，利民庫撥盈餘給裕國庫做爲對內採購外銷貨物與發餉之用，如此循環不已。」我接口道：「不出三年五載，每年的貿易金額，加上牌餉收入，逾五千萬兩銀。」

「五千萬兩？」福松聽完瞠目結舌道：「有人形容爹『海船例入三千金，歲入千萬計，以此富敵國。自築城於安平鎮，舳艫直通臥內，所部兵自給餉，不取於官，鏃鑿剽銳，徒卒競勸。凡賊遁入海者，檄芝龍取之如寄，以故，鄭氏貴振於七閩（當時閩有福州、建寧、延平、興化、泉州、漳州、汀州七府）』。我一直以爲言過其實，誇大荒誕，沒想到竟然是眞的。今日我大開眼界，對鄭家事業有一番新的認識，感謝阿嬤和爹、陳伯父、明岳兄的教導。」

「很好，今天只是一個開始。」我拍拍福松的肩膀：「將來你還要學習並運用以官營商、以商爲官的微妙之道。」我對二媽等人說：「今日大家也累了，各自散了回去歇息吧。」轉頭交代福松：「我想起一件事，你先留下來。」

待衆人散席，我領著福松到院子散步，私下說：「方才說的掌握做生意時機、了解仕途之道，以及蒐集最新消息、天候變化、官府動態的管道，除了有檯面上的商報，還有檯面下的『草』。」

「草？」福松問：「草是什麼？」

「草是一個組織，就像東廠。」

「喔！東廠，特務？」

「對，就是像東廠一般的特務。」我說：「當然，『草』只能在暗中部署。我在山五商各分店，海五商各船隊、海防各港埠衙門、各個貿易港，乃至每條商船、戰船都有暗置的『小草』，總人數逾五百人，由草頭、芝豹統領和指揮『小草』通風報信，才能真正掌握商船和戰船內部將領及兵員是否有貳心；商號各掌櫃、採購是否貪汙，以私帳報公帳，或挪用公款、假公濟私等情事，才能及時斷然處置，在星火燎原之前即時撲滅。」

「爹，今日聽您和明岳兄講解的一席話，令我好似大夢初醒，才知道自己身在寶山；既然身在寶山，豈可空手而回。」福松恭敬拱手道：「謝謝爹教導，我會好好學習。」

❖　❖　❖

五天後，彼得・佩斯抵達安平。

彼得・佩斯稍事休息後，馬上與鄭泰、利民庫的掌櫃林義核對帳目。彼得與鄭泰念一筆帳，林義口中複誦，右手撥算珠撥得劈啪響。

鄭泰那些年在日本向田川大夫學日文、向卡隆學荷語，現在都派上用場，成了我不可缺少的左右手。

我坐在一旁喝茶，巴巴望率三名帶刀黑奴站在我後方護衛。我一邊聽鄭泰與彼得・佩斯的對話，順便問黃梧去澎湖接彼得・佩斯到安平的經過。

「郭懷一大爺吩咐小的轉報將軍，荷蘭臺灣新任總督約翰・范德堡（Johan Vander Burgh，第五任總督）有意開闢稻田和蔗田，需要更多人力耕種，盼將軍設法再招募閩、粵農民到臺灣種稻和製蔗糖。」黃梧說著，拿出一封郭懷一的信呈上：「還有紅毛要求盡早釋放紅毛俘虜。」

我看完信，「唔，知道了。」放下信，福松練完武走進來。

「智勇商號估算今年的令旗費當有多少？」我邊問智勇商號二掌櫃陳陞，邊招手要福松坐到身旁：「福松，也來聽聽。」

「稟將軍，智勇商號去年東、西兩洋令旗費共收四百萬兩，今年迄今已收逾兩百萬兩，估計全年應可收逾五百萬兩。」陳陞詳細回答。

「這是福松。」我向陳陞、黃梧頷首指了福松。

「大少爺，我是智勇商號二掌櫃陳陞，之前見過。」陳陞拱手回答。

「大少爺，小的姓黃名梧，梧桐的梧，現在智勇商號任內櫃兼巡查直庫。」黃梧起身拱手自我介紹。

福松微笑以對。

此時，鄭泰與林義走過來向我回報。對帳結果，荷蘭東印度公司尚欠金閩發商號九十萬零九百里爾，合八萬一千零八十一兩銀。「將從今年九月十日起，每月支付利息百分之二點五，至清償爲止。」鄭泰說：「荷蘭臺灣商館要求明年向我採購價值一千兩百萬里爾（一百零八萬兩銀）的貨品，要運回荷蘭和販賣至日本、印度和天方等地，採購品名及數量在此。」鄭泰說著，呈上一份厚厚的採購清單。

我匆匆看幾眼，再交回鄭泰吩咐：「明岳，你就依名單採購，按時交貨取款。」

「是。」鄭泰回答。

「彼得，好久不見，謝謝你來。」我轉身與彼得握手，用荷語向他介紹福松：「這是我的大兒子福松。」

「彼得叔叔午安。」福松用荷語問候。

「喔！將軍的大兒子。」彼得與福松握手致意，「就是當年在好望號小船艙間，你說太太已經懷孕了……那個男孩？」

「沒錯，他就是那個男孩。」我說：「今年十五歲。」

「眞快，時間如流水。」彼得感慨地說。

「對了，彼得，回去後請代我問候范德堡總督，我會盡快招募總督大人需要的種稻田和種甘蔗的農民，但我好奇，熱蘭遮城和大員灣，地方不大，需要那麼多農民墾工嗎？」

「自從伊拉斯謨斯灣（料羅灣）海戰後，我們……」彼得似乎在想措詞：「我們自知只要跟將軍合作，不需要在福建、廣東沿海尋找貿易機會，因此轉向福摩沙島內發展，三年前（一六三五）十一月下旬，當時的總督普特曼斯親自率兵四百七十五人，加上牧師尤紐斯主張『以原住民治原住民』，因此徵召新港社人，合力攻擊麻豆社人，一天就結束戰爭，燒毀麻豆社三千茅屋，麻豆社頭目獻上檳榔和椰子樹苗，代表放棄所有土地，接受荷蘭國王的統治。」

「唉！」我嘆道：「應該是爲了報復麻豆社人浸殺六十三名荷蘭士兵之仇。」

「是的，謀殺者之河事件。」彼得點頭稱是：「將軍是目擊者，一定比我清楚。」

「眞是悲劇！」我喟然點頭稱是。

我的眼前又看到麻豆社人兩兩一組扛著荷蘭士兵，渡溪半途，溺殺荷蘭士兵的景象；也看到麻豆社村莊陷入一片火海，烏魯兄弟和長老、男女老幼遭荷蘭士兵開槍射殺，在槍聲、砲聲中四竄奔逃的畫面，「眞慘！」

「降伏麻豆社之後，普特曼斯總督乘勝追擊。」彼得繼續說，次年（一六三六）再往靠近山邊和往熱蘭遮城南部的地方掃蕩，二月降伏蕭壠社等二十七社、六月降伏小琉求等五十七社，都願意接受荷蘭國王的統治。」

彼得說，普特曼斯總督認爲，光用武力控制原住民的土地是不夠的，應該要仿效巴達維亞的殖民模式，派牧師尤紐斯在新港社設立小學，招收二十名新港社小孩入學讀書。除了成立小學，牧師尤紐斯還召集熱蘭遮城以北的三十餘社長老在新港社的小學開會，宣誓效忠荷蘭總督普特曼斯和荷蘭國王。

「聽說，總督還派人去尋找黃金？」我聽得興趣盎然，這所謂的『聽說』，當然是來自郭懷一和何斌的商報，我追問：「有找到黃金嗎？」

「喔，那是去年四月和今年一月的事。」彼得說，去年（一六三七）四月一名商務員率十二名荷兵、十五名漢人，攜帶兩個月糧食，乘船往南，再往島的東邊找黃金，到了一個叫瑯嶠的地方，跟瑯嶠的原住民友好並結盟，但數日後遇到狂風暴雨，不得不撤回熱蘭遮城。

「有了去年的經驗，今年總督大舉派遣一百三十人，我也有參與。」彼得喝一口茶潤潤喉，繼續說：「我們乘三艘帆船再往瑯嶠尋金，在一個叫太麻里的地方，遇到原住民侵襲，我方在瑯嶠原住民的協助下殺死四十名太麻里人，俘虜七十名女人和小孩，放火燒了村莊內三百多個茅草屋。兩天後，我方進軍到名叫卑南的地方，是個檳榔、椰子樹環繞的大村莊，大約有三千人口。在瑯嶠人和太麻里人的翻譯幫助下，卑南人得知太麻里人的遭遇，沒有抵抗就願意協助我們尋找黃金。但是後來因爲通事和多名士兵染上不明疾病死亡，總督普特曼斯下令中斷探尋黃金行動，撤回熱蘭遮城。」

「這樣說來，福爾摩沙是個大島嶼，還有很多未知的地方值得探索和開發。」我稱許：「東印度公司這幾年也大有斬獲，得到不少土地。」

「也沒有那麼容易，各社原住民順服、反叛無常。」彼得端起茶杯，嘆氣說：「前年歸順我們的華武壠社，半年前不滿持有漁獵執照的漢人，跑進華武壠社的領域內打獵、捕魚，雙方起衝突，華武壠社人射殺和擊傷多名漢人。漢人向總督投訴，執照是總督發給的，要求總督保護他們的安全和賠償損失。」

「後來呢？」

「就在我來這裡之前，總督范德堡率領兩百名荷蘭軍人，加上一千兩百徵調自各社的原住民協助，攻打華武壠社，燒毀四千間茅草屋，大約三千五百多名華武壠社人逃走，抓到四名長老，押回熱蘭遮城堡。」彼得說：「在我啟程來安平時，總督和評議會正在會商如何和華武壠社談判等事宜。」

「熱血和武器是開疆拓土不可少的條件。」我有感而發。

「是啊，若非不得已，我們也不願輕啟戰端。」彼得說。

「有一件事我想請教，關於你我雙方之間的貿易情形，」我問道：「總督和公司董事會是否滿意？」

「謝謝將軍，這兩年福爾摩沙商館的貿易量讓巴達維亞總督和荷蘭總公司董事會十分滿意，希望貿易額能繼續成長。」彼得笑著說。

「總督和董事會不知道這都是您——彼得・佩斯先生的功勞嗎？」我表情誇張，語調高亢：「我一定要寫一封信大大讚揚彼得・佩斯先生的功績，告訴他們佩斯先生擔任下席商務員太委屈了。」

「謝謝將軍的稱讚。」彼得說：「如果將軍要幫我，有一個更快速的方法，如果我能獲得您的首肯，肯定升任上席商務員。」

「好，只要能讓佩斯先生升官，我一定盡力。」我拍著胸脯。

「將軍是否記得一六三六年，貴我雙方洽談通商事宜時，將軍允諾只要荷蘭東印度公司不派船到福建、廣東沿海貿易，您會與我方做生意並釋放俘虜。」彼得從懷中拿出一封信遞給我：「這是范德堡總督致將軍的信，已由Johnson郭先生（郭懷一）翻譯成中文，請求您鑑於雙方這幾年通商合作愉快，儘快釋放一六三五年在伊拉斯謨斯灣（料羅灣）海戰俘虜的荷蘭人。」

「可以。」我點頭，大方地說：「歷年來由我方俘虜的荷蘭人，陸續釋放，現在僅存十七名，這十七人我都會釋放，明天交給你帶回大員，但不包括黑奴。」

我笑著看巴巴望一眼，巴巴望則瞪了彼得一眼。

「他們現在是我的侍衛隊，我一天都少不了他們。」我微笑看著彼得，緩緩說道：「但是我有一個條件，我要採購五十二門大砲和一萬發砲彈，半年內運交，行嗎？」

俘虜可是不能白放的，我要的是大砲和砲彈，但我是用買的，不是用俘虜交換，這個交易還算划算，我沒有占荷蘭人的便宜。

我看著彼得閉目、拇指搓著食指轉圈，他的心中正在飛快盤算著。

「謝謝將軍！」彼得滿懷感激地握著我的手：「您採購火砲和彈藥的要求，我會立即通知總督，爲了您答應釋放俘虜，容我代表總督及十七名俘虜向您致最高敬意。」說完立正，右手放在左胸口，向我致敬。

我向彼得微微點頭回禮。福松、黃梧以一種既崇拜又欣羨的眼神看著我。

彼得臨行前，再與福松握手致意。